バチカン奇跡調査官
ソロモンの末裔

藤木 稟

角川ホラー文庫
19625

目次

プロローグ　シェバと名乗った男　五
第一章　契約の箱とケルビムの奇跡　一四
第二章　アディスアベバ　六六
第三章　オベリスク　一〇八
第四章　石窟教会　一七三
第五章　試練　二三〇
第六章　栄光の門　二九〇
エピローグ　箱の中の真実　三九八

プロローグ　シェバと名乗った男

私の名はマリナ・アティヤ。

ヨルダンのイルビド教会に仕える、二十歳の見習いシスターだ。

毎日、私達は寄付された食料品で大量の食事を作る。教会に寝泊まりする人々と、門前に行列を作る人々の為に。

彼らはイラク北部にあるキリスト教徒の町カラコシュからの難民だ。

昨年、ＩＳＩＳ（イラク・シリア・イスラム国）の戦闘員数千人がシリアからイラク北部に侵入し、イスラム教徒やキリスト教徒を無差別に殺害するという事件が起こった。

カラコシュの人達は突然、広場に集められ、銃を突きつけられ、二時間以内に町を退去するよう命じられた。人々がパニックに陥る中、武装集団は教会から十字架を外し、保管されていた写本を燃やし、その地がイスラム国のものだと宣言したのだ。

家々の塀には赤いペンキで、キリスト教徒（Nasara）を意味するＮの文字と、「イスラム国の資産」という文字が殴り書きされていった。人々は全財産を没収され、着の身着のまま、あるいはパジャマ姿のまま、住み慣れた土地と生活を奪われたのだった。

今や、四万人弱のイラク難民と六十万人を超すシリア難民がヨルダンに逃げ込んで来ており、国境近くの教会は、どこも臨時の難民キャンプになっている。

イルビド教会の地下室でも、十家族八十二名がマットレスで区切ったスペースで寝起きをしていた。乳飲み子を抱えた母親や、目の前で友人を殺された失声症の少年、持病のある老人、怪我で手足を失った者など、いずれも自立が困難な人達だ。

運よく無事だった難民達は、合法的な就労が認められない為、政府から配給される救援物資を頼りに賃貸アパートでギリギリの生活を送りつつ、ヨーロッパへの再定住を希望している。だが、受け入れ審査は遅々として進んでいない。

そして多数の難民を生む根源である中東の政治的混迷については、解決の糸口すら見えていない有様だ。

イラクやシリアでは昨今、政府軍、反政府勢力、イスラム過激派が入り乱れて国土を奪い合っている。米国はISISへの空爆を続け、イギリスやフランス、ロシアもそれに参加する一方で、ロシアはアサド政権への軍事支援を続けている。

こうした状況を憂えるローマ法王は、中東の司教や政府指導者へ平和的対話を呼びかける傍ら、欧州に存在する十二万のカソリック教区に対して、各教区が難民一家族を保護するよう求め、二教区あるバチカンも率先して二家族の難民受け入れを表明していた。

政治の事がよく分からない私は、ただ、ここにいる人達が一人でも多く救われ、子供達が安全に教育を受けられる生活を手に入れられるよう、祈るばかりだ。

思わず溜息《ためいき》を漏らして洗い物をしていると、険しい顔をしたヤコブ神父がキッチンに入ってきた。

「誰か、手の空いている者は二、三名、私と共にラムサ病院へ来て欲しい」

するとと先輩のシスター・テレサが皆の顔を見回し、シスター・クララとシスター・アグネスを指名した。二人が各々頷《うなず》くと、シスター・テレサは私を見た。

「マリナ、貴方《あなた》にもお願いするわ」

「はい、私に出来ることがあるのでしたら」

私も頷いた。

そうして私達が向かった病院の玄関には、三台の埃《ほこり》まみれのトラックが横付けされていた。その中から、血だらけの怪我人が次々と運び出されていく。

噎《む》せ返るような嫌な匂いが鼻をついた。

憎悪と怨嗟《えんさ》の匂いだ。

私は息を呑《の》み、震える指で十字を切った。

「一体、何があったんです？」

シスター・クララが小声で訊《たず》ねる。

「マラー付近の難民キャンプが爆撃されたらしい。樽《たる》爆弾だ。昨夜から大勢の負傷者が運び込まれて、人手が足りないということだ」

樽爆弾とは、樽やドラム缶に爆薬と金属片を詰め込んだ、原始的な爆弾だ。爆風に乗って金属片を飛ばすことで、殺傷力が広範囲に及ぶ。過激派の武装勢力がそれらを輸送ヘリコプターに積載し、市民の居住区上空で開いたドアから蹴《け》落《お》とし、無差別爆撃を行うのだ。

何故。いつまで……

こんな争いばかりが繰り返されるのだろう……


誰もが暗い顔で息を呑んだ。

ヤコブ神父の先導で、私達はストレッチャーが行き交う廊下を通り、三階へ向かった。

開け放たれた大部屋にはぎっしりとベッドが並べられていた。

顔面を包帯で覆われた者、鉄の創外固定器を刺している患者、欠損した患部を包帯で覆った患者達が横たわっている。その間を看護師達が駆け回っていた。呻《うめ》き声や啜《すす》り泣きの声が辺りに響いていた。

「ヤコブ神父、どうかこちらへ」

そう言って看護師がヤコブ神父を案内した先には、十字架を握り締めた、荒い息の男性が横たわっていた。

ヤコブ神父がロザリオを取り出し、瀕死《ひんし》の男性の枕元で祈りを唱え始める。

「ではシスターの方々は、患者が興奮したり、パニックで暴れたりしないよう、順に声をかけて回って下さい。水を欲しがる方には、飲ませて差し上げて。異常があれば、私達にご一報下さい」

「分かりました」

私達は手分けをして、病床を回った。

私は失《な》くした足が痛むと訴えるナヴィドという青年の汗を拭《ぬぐ》って、水を飲ませた。

故郷に帰りたいと訴える老婦人のラナは、彼女の村がいかに美しかったかを私に語った。

家族と離ればなれになったと泣くシャロン少年に、家族の名前を聞き、後で入院患者の名前を調べてあげると約束した。

目の前で夫を亡くしたネダーという婦人が、「生きていても地獄だからいっそ死にたい」と訴えるのを、その手を取って一緒に泣いた。

その隣のベッドでは、頭部に包帯を巻いた六十歳ほどの老人が、虚《うつ》ろな目を天井に向け、何事かを呟《つぶや》いていた。

その耳元に口を寄せてみるが、声がよく聞き取れない。

「どうなさいました？　大丈夫ですか？」

「お水、お持ちしましょうか？」

何度か声を掛けてみたが、反応が薄い。

他の患者はベッドの足元に名前が書かれているのに、この老人はそれもない。

頭部に余程の重傷を負ったせいで、言葉を喋《しゃべ》れないのだろうか。それとも看護師達が忙し過ぎて、名前を書き忘れたのだろうか。

「貴方のお名前は、何と仰《おっしゃ》るんです？」

そう訊ねた時だ。

「シェバ……。我が名はシェバ……」

老人が譫言《うわごと》のように私の声が聞こえるんですね。シェバさん、傷が痛みます？　水をお持ちしましょうか？」

老人が譫言《うわごと》のように答えた。

「帰り……たい……。帰って……そして……を成し遂げる……」

シェバ氏はそう言うと、不意に低く呻いた。大きく顔を顰《しか》め、苦しげに身を捩《よじ》ったかと思うと、げほっ、という声と共に胃液がシーツに吐き出される。

異常事態だ。

私は慌てて看護師を捕まえ、ベッド脇に連れて戻った。

シェバ氏は背を丸め、頭を抱えて唸《うな》っていた。その手足は小刻みに痙攣《けいれん》し、額にみるみる脂汗が滲《にじ》んでいく。

「この方が急に苦しみ出したんです」

「すぐに先生を呼んで来ます。貴方は患者に声掛けを頼みます」

看護師は緊張した様子でそう告げ、駆け去った。

私はシェバ氏の側に跪《ひざまず》き、手を取った。

「しっかりして下さい、シェバさん、故郷に帰るんでしょう？　帰って何か、する事があるんですよね？　どうか頑張って下さい……」

シェバ氏はパクパクと口を動かしたが、声は出ず、口から泡が零《こぼ》れるばかりだ。

そのまま十分余りが経ったろうか。ようやく医師がやって来た。その背後から、ストレッチャーを押した看護師達が駆けてくる。

医師はシェバ氏の瞳孔《どうこう》反応を確認すると、黙って顔を顰めた。

看護師達がシェバ氏の身体をストレッチャーに乗せ、運んでいく。

私はフラフラと、その後を追った。

ストレッチャーが向かった先には、ヤコブ神父が立っていた。

看護師とヤコブ神父は何言か言葉を交わしていたが、やがて二人は私に気付いたようだった。

「マリナ、君が彼を看取《みと》ってくれたそうだね」

ヤコブ神父が柔らかく言った。

「……シェバさんは、亡くなったのですか……？」

ほんの数分間しか知らない人だというのに、涙がぼろぼろと零れてきた。彼の死は余りにあっけないものだった。

「午後六時十九分。患者の死亡が確認されました。死因は脳出血でしょう」

看護師が答える。

「この方はこれからどうなるんですか……？　彼は、シェバさんは、故郷に帰りたがっていました。出来れば、ご遺体を帰して差し上げられないでしょうか」

私は思わずそう口走っていた。

「ご遺体は、暫《しばら》くは霊安室でご家族のお迎えを待つ事になります。シェバ氏は、ご家族について何か仰っていましたか？」

看護師が訊ねてきた。私は黙って首を横に振った。

「お迎えがない場合は、共同墓地に埋葬させて頂くことになります」

看護師は複雑な顔で言葉を継いだ。

重い足で部屋に戻ると、空になったベッドが私を待っていた。

汚れたシーツを剥《は》がし、枕カバーを外そうとした時、枕とカバーの隙間から、麻布に大切そうにくるまれた物体が、軽い音を立てて床に落ちた。

それを拾い上げ、そっと麻布を捲《まく》る。

中には紐《ひも》で束ねられた、古めかしい羊皮紙の束が入っていた。

表紙には記号のような物が一行、書かれている。その他の頁にもびっしりと見慣れない記号が丁寧な筆跡で書かれていた。

シェバさんのたった一つの遺品だった。

何かの暗号だろうか？

それとも彼の日記か何か？

分からない。

ただ、それを見た瞬間、私は胸が苦しくなった。シェバさんから最後の想いを託されたような気持ちになったのだ。

私は病院中を回って、彼の家族や知人がいないかと探した。だが、彼の事を知る人は誰もいなかった。

せめて遺品だけでも、彼の故郷に送り返してあげられないだろうか。この遺品から、シェバさんの故郷が何処か、分からないだろうか？

ヤコブ神父の許《もと》に行き、その事を相談すると、彼はパラパラと羊皮紙を捲って低く唸った。

「何だろうね、これは。アラム文字とも違う。所々、エジプトのヒエログリフに似ているような、そうでないような……。文字には違いないが、私の手には負えそうにない」

「そうですか……」

私は悄然《しょうぜん》と項垂《うなだ》れた。

「だが一つ、私に考えがある。法王猊下《げいか》のお膝元《ひざもと》であるバチカン図書館には、こうした書物を解読するプロの人達が居ると聞いたことがある。

お忙しい方々だろうから応《こた》えて頂けないかも知れないが、一度、君とシェバさんの想いを手紙に書き、猊下に届けてみるというのはどうかね？」

ヤコブ神父の言葉に、私は一筋の光明を見た気がした。

「ええ、ええ。是非、そうさせて下さい」

第一章　契約の箱とケルビムの奇跡

1

バチカン市国。

ローマ北西部の丘の上、テベレ川の右岸に位置する世界最小の独立国にして、カソリック教会と東方典礼カソリック教会、その信徒十二億五千万人余りの総本山である。

その国土面積は、法王ピウス九世曰《いわ》く、「魂と身体を合体させるのに充分な広さ」という、僅《わず》か約〇・四四平方キロメートル。これはワシントンDCの米国国会議事堂の敷地より小さく、モナコ公国の四分の一、日本の皇居の四割弱である。

狭い国土の中には、サン・ピエトロ大聖堂とサン・ピエトロ広場、バチカン宮殿、バチカン政庁、バチカン美術館、バチカン図書館、機密文書館、教皇庁立科学アカデミー、バチカン銀行、スイス衛兵兵舎などが建ち並び、その全域が世界遺産として登録されている。

つまり国自体が文化遺産の宝庫であって、とりわけサン・ピエトロ大聖堂やシスティーナ礼拝堂などは、ボッティチェッリ、ブラマンテ、ラファエロ、ベルニーニ、ミケランジェロといった美術史上の巨匠たちが存分に腕をふるった作品で満ちあふれている。また、バチカン美術館やバチカン図書館には、歴史上の貴重なコレクションが大量に納められている。

バチカンの有名な産業には出版業、モザイク製作がある。経済概況はイタリアを始めとするEU諸国からの輸入に依存しており、二〇一四年の法王庁財政収支は、二千五百六十二万ユーロの赤字であった。

軍事力は保持せず、警察もスイスからの傭兵《ようへい》である「市国警備員（スイス人衛兵）」が担当している。

バチカンは、祈りと芸術、そして外交の国である。

掲げる目標は、キリスト教精神を基調とする正義に基づく世界平和の確立、人道主義の昂揚《こうよう》。そのための武力紛争の回避、人種的差別の廃止と人権の確立、発展途上国に対する精神的・物質的援助等、人道的立場による平和である。大国と違って、軍事力や経済力は持たないが、国境を超えて世界各地に信者と聖職者を持つネットワークこそが、法王外交の力の源泉であり、神髄なのだ。

現在、東欧諸国やイスラエルを含む約百八十か国と外交関係を有し、キリスト教各派の一致促進運動《エキユメニズム》を推進するとともに、世界諸宗教対話会合を開催。ユダヤ教のラビやイスラム教指導者らとも、積極的に対話の機会を設けている。

そんなバチカンの一角に、『聖徒の座』は存在している。

中央行政機構の内、列福、列聖、聖遺物崇拝などを執り行う『列聖省』に所属し、世界中から寄せられてくる『奇跡の申告』に対して厳密な調査を行い、これを認めるかどうか判断して、十八人の枢機卿《すうききょう》からなる奇跡調査委員会にレポートを提出するのがその役目である。

かつての『異端審問所』が魔女などを摘発する異教弾劾の部署であったのに対し、『聖徒の座』は、法王自らが奇跡に祝福を与えるという目的で設立された。

奇跡調査官達は皆、某《なにがし》かのエキスパートであり、会派ごと、得意分野ごとにチームを組んでいる。そして日々、バチカンに報告されてくる様々な奇跡の調査に明け暮れ、世界中を飛び回っていた。

長身にダークブラウンの髪、目尻《めじり》の垂れた青い目が印象的なロベルト・ニコラス神父は、奇跡調査官の一員だ。『聖徒の座』の文書解読部に属する、民俗学と暗号解読のエキスパートである。

最近、聖徒の座の内に新設された『禁忌文書研究部』において、眠っていた秘密文書を解読する役目にも選抜された彼は、多忙を極めていた。

その為、最近はメールの整理や雑務が滞りがちだ。文書解読部に提出すべきレポートも、今日中に二つ、仕上げなくてはならない。

そこでロベルトはこの日、普段より二時間早く出勤したのだった。

ひと気のない休憩室でエスプレッソマシーンのスイッチを入れ、滴々と落ちる黒い液体をまだ覚めない目で眺めていた時だ。

「お早う、ロベルト君。早くから感心だね」

明るいトーンの声が背後から聞こえた。文書解読部主任のコロンボ神父だ。

気さくなピザ屋の親父を思わせるような、小太りで愛嬌《あいきょう》のある風体だが、その眼光は鋭い。イタリア人には珍しいハードワーカーで、やり手の人物だ。

「お早うございます、コロンボ主任」

ロベルトはハッと背筋を正し、立ち上がった。

「実にいい所で会ったよ。一つ、頼まれてくれないかね」

コロンボはニコニコと微笑むと、鞄《かばん》から羊皮紙の束を取り出し、ロベルトに差し出した。

ロベルトは目を瞬いた。

「君なら、それをどう読むね？」

ロベルトは利き目にモノクルを装着し、手袋をはめて書類を受け取った。

「そうですね……。紙とインクの状態からみて、ざっと五百年ほど前に書かれた物でしょうか。使われている文字は紀元前十七世紀から十世紀半ば頃、エジプトから中東にかけて広く使われた原カナン文字、ですからこれは写本です。表紙は『神殿記』と読めるでしょうか。

他の事は、発見状況と内容を検討しなければ何とも言えませんが、まずは旧約聖書の異本あるいは偽書の写しである可能性が考えられるかと……」

すらすらと答えたロベルトに、コロンボはホッ、ホッ、ホッ、と大きく笑った。

「いい部下を持って、私は幸せ者だ。いや、私の見立てもほぼその通りでね。

無論、大方のところ偽書の写本だろうが、実はその書類、法王猊下《げいか》付きの秘書官から直々に回ってきたものだ。無下にも出来ず、さりとて解読するには結構な時間も手間もかかる、さてどうしたものかと思っていたら、なんと、こうして今、君に巡り合えた！」

コロンボはロベルトの背をポンポンと叩《たた》いた。

珍しく早起きなどするものではないな、とロベルトは思った。

「……はい」

「発見の経緯はここに書いてある。イルビド教会のシスターからの手紙だ。参考にし給え。期限はまあ、無いようなものだね。出来次第、レポートを私に送ってくれ」

コロンボは膨れ上がった革鞄《かわかばん》から、手紙と封筒を取り出した。

「分かりました」

「じゃあ、頼んだよ。それと、私も一つ、エスプレッソを頂こう」

コロンボはコップを片手に休憩室を出て行った。

残されたロベルトは小さく溜息《ためいき》を吐いた。

期限など無いと主任は言ったが、何といっても猊下の筋からの勅命である。急いでやるに越したことはない。

ロベルトはデスクに戻り、締切りのレポートを大車輪で仕上げた。溜《た》まったメールの処理は後回しだ。緊急のものだけを数件、処理した。

そうして改めて、『神殿記』なるものをデスクに置く。

添えられた手紙によれば、それは身元不明の人物の遺品ということだ。他に手掛かりらしき情報はない。コツコツと文書を読み解くより、道は無さそうだ。

書面に記された原カナン文字とは、ヒエログリフを祖とし、後に簡略化されてフェニキア文字からアラム文字へと変化して、ヘブライ文字やアラビア文字、ギリシャ文字を経てローマ字やキリル文字、ティフナグ文字等を派生させたという、今日地球上で用いられているほぼすべての音素文字《アルファベット》の原型である。

ちなみにイエスが使った言語は、主にアラム語であったというのが今日の定説になっている。

ともあれ、ロベルトはまず原カナン文字をアラム文字に置き換えて、トレース紙に書き出すと、使い慣れたアラム語の辞書を用いつつ、翻訳を進めていった。

意味不明な単語や固有名詞、さらには誤字や写し間違いと思われる箇所がやたらに多く、文体も読みづらかったが、一通り先へと読み進めることにする。

書面の前半は、シェバ国に建てられた神殿にまつわる、神話的なエピソードであった。

例えば、次のような文である。

『シェバの民は様々な神殿を建てた。それは暁の星の彼方《かなた》からやって来た神が、彼らに精《ジ》霊《ン》の力を与えた為である。

力の精霊は通常の五倍の速さで石切り場から石を切り出し運んだので、シェバ達は奴隷を使うことがなかった。技の精霊が神殿を築く作業は非常に静かで、その側で雲雀《ひばり》が鳴いているのが分かったほどであった。

そうして出来た神殿には数々の精霊が祀《まつ》られ、精霊達もそれを喜んだ。

シェバの民が大地の精霊に酒を捧《ささ》げると、神殿のすぐ脇に海が引き寄せられた。

シェバの民が天の精霊に祈りを捧げると、光の蛇を呼び寄せることが出来た。

また、風の精霊は神殿中に響く琴の音を絶やすことが無かった。

それだから諸国の王はシェバの神殿を見て、口々に言った。

「なんという素晴らしい神殿だろう。彼らの精霊を操る術はなんと巧みなことだろう」

そうして、「このような神殿を造りたい」と王達は熱望したのである』

『神殿記』には、彼らが暁の神や月の女神の神殿を建てたことや、様々な精霊にまつわるエピソードが、ファンタジックな筆致で綴《つづ》られていた。エピソードの中には、ゾロアスター教の教典アパスタークからの引用（類似点）が多くみられた。

いささか平凡な内容に退屈しながら読み進めていくと、後半には突然、ソロモン王が登場した。

ソロモン王とはいうまでもなくダビデの息子で、古代イスラエル王国第三代の王にして、エルサレムに神殿や宮殿を建設、通商を振興して経済を大いに発展させ、たった一代で王国に「ソロモンの栄華」と呼ばれる大繁栄をもたらした人物だ。

『神殿記』には、シェバ国に賢王ソロモンの噂が聞こえて来、王の叡智《えいち》が本物かどうか確かめる為、シェバの民であり知恵の民であるマギの女王がエルサレムへ旅立った、とある。

「ふむ……」

ロベルトは俄然《がぜん》、興味を覚えた。

ソロモン王とシェバの女王の対面は、聖書にも記されている。

豪華な贈り物を駱駝《らくだ》の背に載せてエルサレムに到着するシェバの女王を描いた絵画が多数描かれ、見目麗しいシェバの女王とソロモン王との間にラブロマンスが生まれたとする逸話も多数描かれるほど、有名な場面だ。

聖書によれば、シェバの女王はソロモン王の高い名声を聞き、彼の建てた神殿へ駆けつけた。そして、彼女の抱えていた疑問と謎かけを、ソロモン王にぶつけた。

ソロモン王は、女王のすべての疑問と謎を説き明かした。王が彼女に説明できないことは何一つなかった。

女王は王の知恵と彼の神殿を目の当たりにし、また食卓の料理、居並ぶ彼の家臣、丁重にもてなす給仕たちとその装い、献酌官、それに王が主の神殿でささげる、焼き尽くす捧げ物を見て、息も止まるほど感動する。

そして女王はソロモン王に言う。

「私が国で貴方《あなた》の事績と貴方の知恵とについて聞き及んでおりましたことは本当でした。自分の目で見るまではとても信じられませんでしたが、貴方の知恵と繁栄は、私が聞いていた噂より遥《はる》かに勝っておりました。なんと幸せなことでしょう、貴方につく人たちは。なんと幸せなことでしょう、いつも貴方の前に立って、貴方の知恵を聞くことのできる家来たちは。

貴方を喜ばれ、イスラエルの王座にあなたを就かせられた貴方の神、主はほむべきかな。主はイスラエルをとこしえに愛しておられるので、貴方を王とし、公正と正義とを行わせられるのです」

そうして女王は黄金百二十キカル（約四千キロ）、非常に多くの香料、宝石を王へと贈った。香辛料の中には、非常に稀少《きしょう》で高価な乳香も含まれていた。乳香とは、樹木の切り込みから滲《にじ》み出た樹液が固まった香料で、ローマ時代は神々の食物と呼ばれ、神殿内で焚《た》かれていたものだ。

珍しい贈り物に喜んだソロモン王は、豊かに富んだ国の女王にふさわしい贈り物をしたほかに、女王が願うものを望みのままに与えた。こうして女王とその一行は故国へと帰っていった――というものだ。

勿論《もちろん》、聖書はソロモン王側の視点で書かれている。

シェバ側の視点で書かれた書物は、これまで見たことがない。

当初は通り一遍のレポートを仕上げるつもりだったロベルトだが、強い好奇心に導かれ、解読作業に熱が入った。

『神殿記』では、ソロモン王とシェバの王が神殿の至聖所で対面していた。

その様子は、次のように書かれている。


『シェバの民は皆、優れたマギ（祭司・賢者）であった。中でも女王が精霊《ジン》を操る腕は素晴らしかった。

比類なき美しさの女王は、艶《つや》やかな黒い肌を宝石をすり潰《つぶ》した化粧で彩り、細い三つ編みを垂らした髪に、乳香と没薬《もつやく》の香料を染み込ませていた。素肌の上にカラシリスを着、紫貝で染めた美しいショールと金銀の刺繡《ししゅう》が施された房のある帯をつけていた。瑪瑙《めのう》とエメラルドに彩られた金冠を被《かぶ》り、七色の宝石でできた襟のように大きな首飾りと、美しい色ガラスを使った細工の見事な腕輪をはめていた。

女王はソロモンに向かって言った。「偉大なる王、ソロモンの王、貴方の噂は遠く我らの国にも聞こえています」

ソロモン王は言った。「偉大なる知恵の王、シェバの王よ、イスラエルの南に素晴らしい神殿があるという噂は、私も聞いておりました。

私は今、私の一生の仕事として、このエルサレムに主の神殿を建てようとしています。

それは父の悲願でもありました。

主の声が私に聞こえ、主が私に望むものを与えようといわれたとき、私は神殿を建てる為の知恵を賜りたいと答えました。すると主は大いにお喜びになり、それを授けると約束して下さいました。そうして貴女《あなた》がやって来ました。貴女が私の待ち人でしょうか」

シェバの女王は言った。「貴方の主に訊《たず》ねてみられるといい」

ソロモン王が至聖所で、彼の民を導いてきた神に訊ねると、それは間違いなかった。

そこでソロモン王はシェバの女王に神殿を建てる知恵を求めた。そして、神殿が出来上がった暁には、望む褒美を好きなだけ与えることを、シェバの女王に約束した。

シェバの女王は言った。「我が兄弟たるソロモン王よ、貴方の契約の箱の上とその両脇には立派な智天使《ケルビム》の姿があるというのに、貴方はその力をご存知ない。そこで貴方に我らマギの知恵と精霊《ジン》の力を授けましょう」

ソロモン王は大いに喜び、早速、神殿を造る準備を始めた』

ところが『神殿記』の著者によれば、神殿が完成した際にソロモン王が払った褒美は不足だったらしい。怒ったシェバの女王が、ソロモン王へ次のような書簡を送ったとある。

『偉大なる王、イスラエルの王、我が兄弟たるソロモンへ、偉大なる王、シェバの王、マギの王にして汝《なんじ》の兄弟たる私は、次の事をお伝えします。

貴方と貴方の王国に平安のあらんことを。先日、貴方の使節が私の下へ来た事を嬉《うれ》しく思います。しかし、貴方が私に送った黄金と宝石は少ないものでしかありません。

貴方は私に望む褒美を好きなだけ与えると約束しました。貴方の国は黄金で溢《あふ》れているというのに、何故、貴方の目は歪《ゆが》んでおいでなのでしょうか。

もしも真の友情を願っておいでならば、再び使者を送って下さい。私を貴方の王国へ招き入れて下さい。そうすれば、私達は再び相見《あいまみ》えることができるでしょう』

そうして後日、ソロモン王から遣いが来、シェバの女王は再びエルサレムに参上した。

その時、シェバの女王は大勢の随員を伴い、駱駝に乳香や白檀《びゃくだん》、バルサム油、瑪瑙、エメラルド、琥珀《こはく》など、未加工の交易品を大量に積んでいった。そしてソロモン王に面会し、彼の業績を称《たた》えた。

ソロモン王は喜び、『秘密の部屋』へとシェバの女王を招き入れた、と神殿記には書かれている。

『その部屋は神殿のまことの心臓部であった。そこには巨大な魔法の海があり、精霊の灯《とも》す火があり、精霊が奏でる琴の音で満ちていた。

ソロモン王は言った。「ご足労をおかけしました。貴女が望む褒美とは何でしょうか」

シェバの王は言った。「私の望みは百キカルの黄金と百頭の山羊《やぎ》、五十頭の牛とそれらが十日かかって鋤《すき》かえすことのできる土地。そして貴国が我が国との交易に応じるという約束です。また、我らの神と精霊を正しくこの神殿に祀ることです」

ソロモン王が全ての望みを受け入れたので、シェバとイスラエルは真の友人となった』

話はそこでぷつりと終わった。

ロベルトは複雑な顔で、『神殿記』なる書を閉じた。

シェバの女王といえば、マタイの福音書とルカの福音書にも登場し、「ソロモンの知恵を聞くために、地の果てから来た南の国の女王」であり、しるし無くとも悔い改めた者（改宗者）と考えられている。

つまり聖書に登場するシェバの女王は、元は異教徒でありながら、ソロモン王国の繁栄を聞きつけ、多大な貢ぎ物を持ってはるばるエルサレムに駆けつけて、王と神殿の素晴らしさと主なる神の威光に跪《ひざまず》いたという人物なのだ。

ところが『神殿記』によれば、先に立派な神殿を建てていたのはシェバの方で、ソロモン王はその異教の知恵を借りてエルサレム神殿を建てたとある。

しかも、その謝礼としてソロモン王が黄金と宝石をシェバに送ったが、謝礼が少ないとして、シェバ側が「褒美を催促する為に」エルサレムへ赴いている。

まるでイスラエルの方が後進国扱いである。一昔前なら即刻、異端の書と呼ばれていた類《たぐい》のものだろう。

確かにソロモン王には悪魔や精霊を使役したという伝説があるし、その為に主への信仰心を蝕《むしば》まれ、エジプトの神やバアル神、ダゴン神などを主の神殿に祀《まつ》ったが為に、その死後、イスラエルの分裂と破滅を招いたとも指摘されているが……。

ともあれここから推測できるのは、写本とはいえ、こんな稀少な『神殿記』を所持していた男は、シェバ国の司祭や書記、或《ある》いはその周辺にいた人物にルーツを持つ何者かであろうことだ。

次に、シェバの国が何処かという問題だが、『神殿記』にシェバ国の位置は書かれていなかった。

シェバ国の場所は諸説紛々で、西アラビア説、南アラビア説、エチオピア説など様々にあるが、現在最も有力視されているのは、アラビア半島南端のイエメンにあった古代国家「サバ」がそれだとするものだ。

サバ王国の経済繁栄の基礎となったのは、農業と乳香の活発な取引であった。それに加えて、インドやアフリカとの交易の中心地および物資の集散地として繁栄し、緑と水にも恵まれた事から、「幸福のアラビア」と呼ばれていた。

サバの首都は、建国当初はシルワーにあったが、その後は四十キロほど東のオアシス都市マーリブに移された。サバは多神教であった為、マーリブには多くの神殿が建設されたが、その主神は月の神であった。

そして、マーリブの周囲四キロほどは城壁で囲まれ、周辺のオアシスを維持する為の灌《かん》漑《がい》施設が発達した。紀元前一世紀には巨大ダムが建設され、その前身となった簡易なダムは、紀元前二〇〇〇年頃から存在したともいわれている。

そんなサバ王国についての最古の記録は、ユーフラテス沿岸の町ハディーサで発見された紀元前八世紀頃の碑文である。「サバから羊毛、鉄、雪花石膏《せっこう》等を積んで来た駱駝《らくだ》の隊商が、通行料を支払わなかったので、ユーフラテス川駐留のスフとマリの行政官がこれを捕らえた」と記されたものだ。乳香の道の重要中継地であるサバ国の交易業者は、彼等の香料をレヴァントでフェニキアの織物、鉄等と交換し、それからアッシリアで産するこれらの品の幾つかと交換する為に、東へ向かって旅をしたと考えられる。

続いて紀元前七一五年にはサバ王国のイタムラ王（イタマール一世）が、紀元前六八五年にはサバ王国のカリビル王（カリビル一世）が、アッシリアに朝貢したという記録が、アッシリア資料に残っている。

五世紀にフィロストルギオスが著した『教会史』には、四世紀半ばにローマ皇帝コンスタンティウス二世が当時の南アラビアを支配していたヒムヤル王国にキリスト教宣教師を派遣した事が記され、「その地の住民がかつてシェバ人と呼ばれ、その首都から女王がソロモンに会うため出立した」と書かれている。

このような資料から、少なくとも紀元前八世紀初頭、アラビア半島南端にシェバ国が繁栄していたと考えられるのだが、それより約二百年古いソロモン王の時代にシェバが存在したかどうかは不明である。まして、そこに女性の王がいたことを裏付ける資料もない。

だが、シェバの女王がソロモン王へ貢納したとされる乳香や没薬が採れるのは、イエメンもしくはオマーンである。大量の香料はインド産で、瑪瑙、エメラルド、琥珀などの宝石類は南アラビアでは産出せず、主にアフリカ東部のエチオピアで採れる。それら全てを調達できたのが、古来、交易の中心地であったイエメン地方の王だったという推測に矛盾はない。

さて……。

シェバ国の場所については、一旦《いったん》イエメンと仮定（決定は保留）するとして、他に分かることはないだろうか。

『神殿記』は写本で原典がないため、書物それ自体を解析して成立年代を特定することは不可能だ。だが、『神殿記』と共通するエピソードや言い回しを持つ旧約聖書やその異本と比較して、それほど成立年代が隔たっているとも思えない。

従って『神殿記』の原書は、紀元前四世紀前後に成立した可能性があった。

古い原カナン文字を使っていることや、前半部分のアパスタークとの類似性から考えると、紀元前十世紀頃まで遡《さかのぼ》る可能性もある。

『神殿記』に書かれている原カナン文字の形と各地の資料を見比べれば、もっと時代や地域も絞り込めるかも知れない。

紙やインクの成分を科学鑑定すれば、何かのヒントが摑《つか》める可能性もある。

（やってみるか……）

ロベルトは腰を浮かしかけて、ハッと我に返り、苦笑した。

よく考えてみれば、この仕事は正規の奇跡調査や禁忌文書解読の依頼ではないのだ。

書の真偽を慎重に判別する必要があるかどうかも分からない。

『神殿記』がロベルトの手元にやってきた経緯は恐らく、難民問題に強い関心をお持ちの猊下《げいか》の心情や、若きシスターの熱意と境遇を慮《おもんぱか》った秘書官が気を回し、文書解読部に解読を命じたという所だろう。

そして、イルビド教会のシスターの願いは「身元不明の男性の故郷を知りたい」という一点であり、概《おおむ》ねそこは解決している。推定、イエメンのマーリブである。

ならばひとまず書の翻訳を済ませた後、更なる分析が必要かどうか、上司に指示を仰ぐのがいいだろう。

凝った肩を回し、ふと時計を見ると、午後四時だ。文書に夢中になって、思わぬ時間を食ってしまった。

ロベルトは遅い昼食を摂《と》りに、職員用食堂へ向かった。

のんびり食事を済ませて席に戻ると、机に置いていた筈《はず》の『神殿記』が無い。書き写した筈のトレース紙や翻訳途中のメモも無い。

代わりに付箋《ふせん》が一枚、貼られている。

とある事情により、『神殿記』を私の管理下に置く
追って説明がある迄《まで》、全てを忘れること
文書解読部主任　コロンボ

ロベルトは狐に抓《つま》まれたような気分になった。

早朝には読み解けと言われ、夕刻には忘れろという。まるで訳が分からない。

だがこういう場合、上司に何を訊《たず》ねても無駄だということも、彼は充分理解していた。

聖徒の座において上司の命令は絶対である。忘れろといわれれば、忘れておくしかない。

ロベルトは割り切れない気持ちを振り切るかのように大きな溜息《ためいき》を吐くと、大量の雑務とメールの処理に没頭し始めたのだった。

2

丁度その頃。

『聖徒の座』の科学部に属する奇跡調査官、平賀《ひらが》・ヨゼフ・庚《こう》は、科学部上司のウドルフ主任に呼び出され、会議室にやって来た。

平賀はストレートの黒髪にアーモンド型の黒い目をした日系人神父だ。少女のような顔立ちと繊細そうな見かけとは裏腹に、不屈の忍耐力と高い分析力の持ち主である。

「平賀です」

一声かけて会議室の扉を開くと、U字型のテーブルの正面にウドルフが座り、右手には見知らぬ黒服の中年男性が座っていた。

「待っていたよ、平賀神父。そこへ掛け給え」

ウドルフは左手の椅子を示して言った。

「はい、失礼します」

平賀はペコリとお辞儀をし、大きなチェアに埋もれるようにして座った。

「早速用件に入ろう。君は以前、『契約の箱』の鑑定をしたことがあったね？」

ウドルフは手元のファイルに目を落としながら訊ねた。

「はい。シカゴの私立研究所から、ワシントン・カソリック大学を経由して、バチカンに依頼が来たのです。その際『モーセの契約の箱』といわれている三つの聖櫃《せいひつ》を解析しました。ですが残念ながら、全ては贋作《がんさく》と鑑定結果が出ました」

平賀の答えに、ウドルフは軽く頷《うなず》いた。

「ふむ、それでだね、こちらのエフライム氏がいくつか君に質問したいそうだ」

すると、エフライムと呼ばれた男が薄く微笑んだ。

「ウドルフ主任のご厚意で、君の作った鑑定データを少しばかり拝見させて貰《もら》った。大変緻密《ちみつ》で、偏執的ともいえる内容に感心したよ。流石は日系人神父だけの事はある。日本人には神経質遺伝子というものが備わっているらしいが、そのせいだろうかね」

するると平賀は小首を傾げた。

「神経質遺伝子というのは、セロトニントランスポーターSS型もしくは5HTT遺伝子の『ショート・ショート』タイプの事でしょうか？　私は遺伝子検査をした事がありませんし、その仮説の真偽のほども分かりかねます。従いまして、エフライムさんのご質問がその点に関することでしたら、私ではお役に立てないかと思います」

平賀の答えに、ウドルフはフッと鼻息を吐いてエフライムを見た。

「こういう男ですが、宜《よろ》しいのですか？」

「一向構いませんよ」

エフライムは表情を動かさず答えると、平賀をじっと見詰めた。

「契約の箱について、君が知っていることを話してくれないか」

「私の知っていることと仰《おっしゃ》いましても、それは聖書に書かれている事だけです」

「聖書に書かれている事というと？」

「出エジプト記に曰《いわ》く、モーセの一行はエジプト出国後三カ月目に、シナイの荒れ野に到着し、山に向かって宿営しました。モーセが神の許《もと》へ登って行くと、イスラエルの人々に語るべき言葉を賜ります。それは十戒と、祭壇について、奴隷について、死刑について、律法についてなどの、守るべき様々な規約でした。

モーセとイスラエルの民がそれらを全て行い、守ると誓いますと、主はご自分がお宿りになる聖所――すなわち箱、幕屋、すべての祭具を指示通り造らせるよう、モーセに命じました。

契約の箱はその内の一つです。主は次のように命じられました。

アカシヤ材で箱を作りなさい。寸法は縦二・五アンマ、横一・五アンマ、高さ一・五アンマ。純金で内側も外側も覆い、周囲に金の飾り縁を作る。四つの金環を鋳造し、それを箱の四隅の脚に、すなわち箱の両側に二つずつ付ける。箱を担ぐために、アカシヤ材で棒を作り、それを金で覆い、箱の両側に付けた環に通す。棒はその環に通したまま抜かずに置く。この箱に、わたしが与える掟《おきて》の板を納めなさい。

次に、贖《あがな》いの座を純金で作りなさい。寸法は縦二・五アンマ、横一・五アンマとする。打ち出し作りで一対のケルビムを作り、贖いの座の両端、すなわち、一つを一方の端に、もう一つを他方の端に付けなさい。一対のケルビムを贖いの座の一部としてその両端に作る。一対のケルビムは顔を贖いの座に向けて向かい合い、翼を広げてそれを覆う。

この贖いの座を箱の上に置いて蓋《ふた》とし、その箱にわたしが与える掟の板を納める。わたしは掟の箱の上の一対のケルビムの間、すなわち贖いの座からあなたに臨み、わたしがイスラエルの人々に命じることをことごとくあなたに語る。と。

民数記には、モーセ達が荒野をさまよっていた時代、祭司たちが契約の箱を担いで移動させていたことが書かれています。この箱はレビ人のケハト族が肩に担うべきものと定められ、また、直接これに触れる者は、たとえケハト族でも必ず死ぬ、と警告されていました。

こうしてモーセの一行は契約の箱を先頭に掲げ、昼は雲の柱、夜は火の柱に導かれて移動していったといいます。

約束の地カナンへ辿《たど》り着く直前、モーセは亡くなり、ヨシュアの時代となります。

ヨシュアはヨルダン川を渡る際、神のメッセージを聞きました。そして部下に命じます。

レビ人祭司が契約の箱を担いで先頭に立ち、民はその後に従うように。しかし、あなたがたと箱との間には、おおよそ二千キュビトの距離をおかなければならない。それに近づいてはならない。と。

　季節は春の刈り入れの時期で、ヨルダン川の水は堤を越えんばかりに満ちていましたが、神の箱を担ぐ祭司たちの足が水ぎわにひたると同時に、川の水が堰《せ》き止められました。そうして皆、無事に川を渡ることができたといいます。

　ところが、川を渡った先にあるエリコは、城壁に守られた町でした。

　神はエリコを攻略するよう、ヨシュアに命じます。

　神が示したエリコの攻略方法とは、契約の箱を担いだ司祭の前を七人の司祭が角笛を吹き鳴らして進み、その前を武装した者達が無言で進む、というものでした。

　六日間、ヨシュア達は城壁の周りを一日一周し、七日目には七周回りました。そしてときの声をあげた途端、エリコの城壁がたちまち崩れ落ちたので、ヨシュア達は町を攻め落とすことに成功したのです。

　こうしてカナンに入植し、幕屋が移動する必要がなくなった為、箱はシロの幕屋の至聖所に安置されました。

　ヘブライ人への手紙には、幕屋と至聖所について触れられた箇所があります。

　聖所の垂れ幕の後ろに至聖所があり、そこには金の香壇と、金で覆われた契約の箱とがあって、この中には、マナの入っている金の壺《つぼ》、芽を出したアロンの杖《つえ》、契約の石板があり、また、箱の上では、栄光の姿のケルビムが償いの座を覆っていました。というものです。

大祭司エリの時代には、イスラエルの首都エルサレムが攻め込まれる危機がありました。長老達は契約の箱を戦場へと運び出し、どうか敵から救って欲しいと訴えますが、箱は願いを叶《かな》えてくれませんでした。契約の箱はペリシテ人に、戦利品として奪われてしまいます。

ペリシテ人は奪った契約の箱をアシュドドという都市に運び、ダゴン神殿に納めました。ところが翌朝もその次の日も、契約の箱の前にダゴン神が倒れていました。更にダゴンの頭と両手が切り取られるという不吉な現象も起こり、アシドドの町に疫病が広がったので、契約の箱はガトに移送されました。すると、今度はガトの町の人々に疫病が広まります。そこでペリシテ人はたまらず、箱をイスラエルへと送り返しました。

こうして契約の箱は七カ月ぶりに、エルサレムの西にあるベト・シェメシュの町へと戻ってきました。ただしこの時、契約の箱を覗《のぞ》いた者がいた為に、町の人間七十名が天罰によって死亡します。

ともあれ、契約の箱は再びイスラエル人の元に戻りました。

ダビデ王の時代になると、王は箱を首都エルサレムに迎えたいと考え、新しい車を用意して、ウザとアフヨという者に運ばせようとします。ところが、車を曳《ひ》いていた牛が箱をひっくり返しそうになり、ウザが咄嗟《とっさ》に手を伸ばして箱に触れますと、ウザはその場で神の怒りに触れ、打たれて死んでしまいます。

ダビデ王は箱の力を恐れ、これをオベド・エドムの家に預けました。そして、箱を納める神殿を建てることを夢見ながら、生涯を終えます」

平賀が淡々と淀《よど》みない一本調子で語るのを、ウドルフは欠伸《あくび》混じりに聞いていた。

ウドルフは優秀な科学者で実務の才もある男だが、聖職者の適性には余り恵まれていなかった。安定した職と給料を求めてバチカンに来たタイプである。

エフライムは薄い笑みを浮かべたまま、平賀に話の続きを促した。

「ダビデ王の願いを果たしたのが、その子、ソロモンでした。イスラエル人がエジプトを出てから実に四百八十年目のその時、ソロモン王は遂に主の神殿の建築に着手します。

その建築には七年を要しました。

さらに青銅の柱や鋳物の海、台車や洗盤といった神殿の備品、祭壇や聖卓、燭台《しょくだい》などの祭具を作り終えると、ソロモン王はイスラエルの長老や部族長を集め、ダビデの町シオンから、主の契約の箱を担ぎ登ると宣言します。

そうして契約の箱は神殿の至聖所といわれる内陣へと運ばれ、ケルビムの翼の下に安置されました。

この時、箱の中には石の板二枚のほか何もなかった。この石の板は、主がエジプトの地から出たイスラエル人と契約を結ばれたとき、モーセがそこに納めたものである。と書かれています。

それ以降は、一年に一度、祭司たちが箱を外に運び出すほかは、箱は神殿の至聖所に安置されていたようです。

ソロモン王の死後、紀元前九三〇年頃、イスラエル王国は、ユダ族とベニヤミン族からなるユダ王国と、その他の十部族からなる北イスラエル王国に分裂します。そして紀元前七二二年、北イスラエル王国はアッシリア帝国に滅ぼされます。

残ったユダ王国はアッシリアに服属する形で存続しましたが、第十三代ヒゼキヤ王の時代にバビロニアとエジプトがアッシリアに対抗し始めると、ヒゼキヤ王もアッシリアと戦います。ですが結局、バビロニア軍もエジプト軍も鎮圧され、七〇一年にはユダ王国の街々が占領され、多くの民がアッシリアに連行されました。

この戦いの時、ヒゼキヤ王が主の神殿へ行き、主に訴える場面があります。

イザヤ書に曰く、ヒゼキヤは主の前で次のように祈りました。

『ケルビムの上に座しておられるイスラエルの神、万軍の主よ。あなただけが地上のすべての王国の神であり、あなたこそ天と地をお造りになった方です。

主よ、確かにアッシリアの王たちはすべての王国とその国土を荒らし、その神々を火に投げ込みましたが、それらは神ではなく、木や石であって、人間が手で造ったものにすぎません。彼らはこれを滅ぼしてしまいました。

わたしたちの神、主よ、どうか今、わたしたちを彼らの手から救い、地上のすべての王国が、あなただけが主であることを知るに至らせてください』と。

この時の『ケルビム』が、契約の箱の蓋に造られた一対のケルビムと考えられることから、この時点では契約の箱が神殿にあったと考えられます。

ユダ王国十六代目の王、紀元前六四〇年から六〇九年に在位したヨシヤの時代にも、契約の箱に関する記述があります。ヨシヤ王がエルサレムにおいて過越祭を祝ったとき、レビ人に向かって王がこう言う場面です。

『イスラエルの王ダビデの子ソロモンが建てた神殿に、聖なる箱を納めよ。あなたたちはもはやそれを担う必要がない』と発言した、と書かれています。

ところがこの記載を最後に、契約の箱は聖書に登場しなくなります。

歴史的事実としては、十七代目ヨアハズ王は王位につくと僅《わず》か三カ月後、エジプトに監禁され、そこで死去します。

十八代目ヨヤキム王はエジプトの傀儡《かいらい》として王位につきますが、エジプトの力が衰える一方で勃興《ぼっこう》したバビロニアに、エルサレムは攻め入られます。紀元前五九七年、バビロニアによってエルサレムは陥落し、五八六年にはエルサレム神殿が破壊されて、王族と貴族達はバビロニアに連行されました。

その後、ペルシア帝国の許で帰国を許された王族達は、紀元前五一五年、エルサレムの神殿を以前とほぼ同じ場所に再建しました。それがいわゆる『第二神殿』です。

第二神殿は紀元前五一五年から紀元後七〇年までの間、エルサレムの神殿の丘に建っていたといいます。

けれど、その第二神殿に契約の箱が戻ってきたという記述はありません」

平賀が話し終えると、エフライムはパチパチと手を叩《たた》いた。

「実に神秘的な話だ」

「ええ。まさに奇跡の連続です」

平賀は微笑んだ。

「だが一体、契約の箱は何処へ行ってしまったんだろうか？」

「分かりませんが、物質的には、バビロニアによるエルサレム陥落の時点で破壊されたか、持ち去られたという可能性が高いのではないでしょうか」

「物質的というと？　どういう意味かね」

「契約の箱は主の聖所です。聖書にも、箱自体が意思を持って行動しているように描かれています。そんな箱が誰かに壊されたり持ち出されたりしたなら、それこそが主の御意志であったか、もしくはその時点で箱は主の聖所ではなくなっていた、と思うからです」

「要するに、箱はそれが失われた時点で、既にもぬけの殻であったという訳だね。祭司階級の堕落が原因かな。それとも祀《まつ》り方に不備があったのか。君はどう思うね？」

エフライムは鋭い目つきで問うた。

「はい、それは人が神との契約を破って罪を犯したからだと思います。

エレミヤ書では主が、『かつてわたしが彼らの先祖の手を取ってエジプトの地から導き出したときに結んだ契約』があったが、『わたしが彼らの主人であったにもかかわらず、彼らはこの契約を破った』とありますし、『彼らはわたしに耳を傾けず、聞き従わず、おのおのその悪い心のかたくなさのままに歩んだ』と仰《おつしや》る場面もあります。

ですが、それでも主は我々を見捨てませんでした。ご自身の独り子なる主イエス・キリストを遣わされ、イエスの十字架の血によって、神との新たな契約が結ばれたのです」

平賀は曇りの無い瞳《ひとみ》で答えた。

「ふむ。君の考えは大凡《おおよそ》分かった」

エフライムは小さく肩を竦《すく》めると、椅子を引いて立ち上がった。

「お会いできて良かったよ、平賀神父。時間を頂戴《ちょうだい》して悪かったね」

「もう宜《よろ》しいのですか？」

横からウドルフが訊《たず》ねた。エフライムが頷《うなず》く。

「では平賀、もう下がっていいぞ」

「はい、失礼します」

ペコリとお辞儀をし、退室しようとした平賀の背に、エフライムが声をかけた。

「いつか君から、本物の契約の箱を鑑定したという話が聞きたいものだね」

冗談か本気か分からない口調であった。

「あの、エフライムさんも何処かの研究所の方なのですか？」

平賀は振り返ってそう訊ねたが、エフライムは何も答えなかった。

3

平賀が科学部のデスクに戻ると、机に置いていた携帯のランプが点滅していた。手に取ってみると、奇跡調査のパートナー、ロベルト神父からのメッセージが届いている。

君の都合が良ければ、帰りにバルへ寄らないか
一杯飲みたい気分だ
ロベルト・ニコラス

メールには店舗の地図とURLが付けられていた。年季の入ったバーカウンターや、洒落《しゃれ》たアンティパストの写真が載っている。
彼はいつもどこからこんな店を見つけてくるのだろう、と平賀は不思議に思った。自分でもたまには店を探してみようとグルメサイトを彷徨《さまよ》ってみるのだが、ふと気付くと古代中国のミイラに関するネット論文を読み耽《ふけ》っているという有様だ。きっと自分は探し物が下手なのだろう。

私は六時半頃あがる予定ですが、遅れたら先に行って下さい
平賀

平賀はメールを返すと立ち上がり、中断していた実験を続ける為に実験室へ向かった。

一連のデータの打ち込みを終え、ハッと時計を見ると七時になっていた。

約束を思い出し、鞄《かばん》を取りにデスクに戻ると、バルへの道順がイラスト入りで描かれた手書きの地図が、机の上に置いてある。

平賀は地図を片手に、指定の店へと急いだ。

赤いテントが目印のその店はすぐに見つかった。店内には緩やかなジャズが流れ、漆喰《しっくい》と赤レンガの壁一面にワインボトルが並んでいる。

カウンターでワインを飲んでいたロベルトが、平賀に気付いて手を振った。

「遅れてすみません、ロベルト神父」

「いや、予想より早かったかな」

ロベルトはそう言いながら、五ユーロ札をカウンターに置いた。

するとバーテンダーが素早くその札を取り、「ご馳走様《ちそうさま》です」と言った。

ロベルトがグラスを掲げて乾杯のポーズを取ると、バーテンダーは自分のグラスにワインを注ぎ、ロベルトに乾杯の合図を送った。

平賀は眉《まゆ》を顰《ひそ》めた。

「まさかとは思いますが、私が来る時刻を賭《か》けてたんですか？」

「ガルナッチャワインを一杯分だけさ」

「貴方《あなた》、破門されても知りませんよ」

「まあまあ、それより何か注文しよう。僕はお腹がペコペコだ」

ロベルトは腹を押さえ、メニューボードを見上げた。

「それなら先に召し上がっていれば良かったんです」

「一人だと味気なくてね。適当に注文していいかな」

「ええ、お任せします」

ロベルトが選んだのは、七面鳥のハムのサラダ、大きな鰯《いわし》のマリネ、ポルチーニのフリッタータ、蛸《たこ》のペンネアラビアータだ。

「パーチェ（平和）」

と、二人は乾杯をして食事を始めた。

「なんだか今日はおかしな一日だった」

ロベルトは料理を小皿に取り分けながら、溜息《ためいき》を吐いた。

「何かあったんですか？」

「うちの主任から、とある書面を読み解くよう言われたんだけど、翻訳の途中で没収されてしまったんだ」

平賀は小首を傾げ、ラディッシュをつついた。

「妙ですね。何故ですか？」

「さあ。とある事情だってさ」

ロベルトは肩を竦めた。

「そう言えば、私の方も一寸《ちょっと》妙な事がありました。突然、上司に呼ばれた会議室で、契約の箱について訊ねられてですね、レモンだかライムだか仰る方の前で、聖書を延々と暗唱する羽目に……」

ハハッ、とロベルトは声を立てて笑った。

「へえ、お互い妙な日だったんだ」

「奇遇ですね。ロベルトは、契約の箱についてどうお考えですか？」

「僕はどちらかというと、その中身に興味があるね」

ロベルトはポルチーニを大きく切って口に運んだ。

「十戒を刻んだ石板ですか？」

「いや、マナの壺《つぼ》の方だよ。一度、マナを食べてみたいと思ってさ」

「はあ……。神が天から降らせたパンですよね。コエンドロの実のように白く、その味は蜜《みつ》を入れたせんべいのようであった、と聖書に書かれていますが」

「そうさ。そのパンのお陰で、ユダヤ民族は四十年間荒野を放浪しても飢えることがなかったんだから、凄《すご》いと思わないか？」

「それはそうですが、私はやはり神の御声を直接聞くことができたという、契約の箱の方に興味があります」

平賀はペンネをフォークで突き刺して咥《くわ》え、その油っぽさに顔を顰《しか》めた。

「契約の箱か……。箱の行方については、諸説があるね」

　ロベルトは平賀に紙ナプキンを差し出しながら言った。

「そうなんですか？　教えて下さい、ロベルト」

　平賀は目を輝かせた。

「まずは契約の箱がいつまでエルサレム神殿に存在したかだけど、ごく素直に考えれば、バビロニアのネブカドネツァル王がエルサレムを占領し、神殿を襲った時まで。或《あ》いはその十一年後に彼らが再度襲って来て町を焼き払い、神殿の中に残っていた物を取ったとされる時までだろうね。

　つまり、ネブカドネツァルが持って行ったか、町と共に破壊された、という訳だ」

「ええ」と、平賀は大きく頷いた。

「だけどね、ソロモンの子レハブアム王の時代にも、攻めてきたエジプトが神殿と王の財宝を奪ったという一件があったんだが、その時、箱は安全な場所に隠されていたというぐらいだから、バビロニアの襲撃の際も同じく、何処かに隠されていたのかも知れない」

「何処か、といいますと？」

「分からないよ。例えば隠し部屋とか、地下室なんかじゃないかな。

　ちなみに映画のレイダースの場合、聖櫃《せいひつ》はカイロ近郊の地下から発掘される。レハブアムの時代にエジプト人が箱を持ち去っていたという解釈らしい」

「ですが、レハブアムよりずっと後のヨシヤ王の時代にも、王は契約の箱について言及し、レビ人に向かって『もはや箱を担う必要がなく、この神殿に置いておけばよい』と告げる場面がありますよ。

少なくともその時まで、箱は神殿にあったと考えるべきでしょう?」

「そうだね。だけど結局、聖書から読み取れるのはそこまでだ。

第二正典のマカバイ書第二によると、バビロニアがエルサレムに侵入する前、エレミヤが神の啓示を受け、幕屋と契約の箱を伴ってネボ山に行ったという。エレミヤは山の洞窟《どうくつ》の中に部屋を見つけ、天幕と箱と香の祭壇を入れて、入り口を封鎖したんだ。

だけど、エレミヤの後から来て、道に標識を立てようとしていた者達にはその洞窟が見つけられなかった。お陰で誰も、二度とその場所に行けなくなってしまった。

エレミヤは彼らを叱責《しっせき》したが、結局、『その場所は、神がもう一度その民を集めて、彼らに憐《あわ》れみを示される時まで知られなくてよい。主の栄光が、モーセの時に現われたように、またソロモンが神殿に栄光あるよう、聖別されるようにと祈った時のように、雲の中に現われる』と宣言した、とされている」

「ネボ山はモーセが死ぬ前に登った山ですから、可能性はありますね」

平賀は身を乗り出して頷《うなず》いた。

「ただし、モーセの墓所は特定されていないよね。

イスラムの伝承は、エリコの南八キロ、エルサレムの東二十キロにあるマカーム・ナビ・ムサがモーセの墓所だと伝えている」

「成る程……。その可能性もある訳ですね」

「一方、ユダヤ人の伝承によると、ソロモン王は最初の神殿を建てる時、将来その神殿が破壊されるビジョンを神によって与えられていたので、予《あらかじ》め神殿の地下に、複雑な迷路を通らなければ入れない隠し部屋を造っていた、とされている。

そしてバビロニア襲撃以前に、ヨシヤ王がレビ人に命じて、契約の箱やメノーラーなどの重要な祭具をその部屋へ隠したという。さらに、その場所はユダヤ人だけに伝承されているというんだ。ラビの聖書解釈であるミドラーシュによればね」

ロベルトはぐっとワインを呑《の》んだ。

「それは……気になりますが、確認するのが難しそうな情報ですね」

平賀もコクリとワインを呑んだ。

「そうなんだ。ソロモン神殿の跡地には一旦《いったん》、第二神殿が建てられたが、現在その場所にはイスラム教の聖なる岩のドームが建っている。

彼らはユダヤ教徒の為に地下を発掘することなど許可しないし、ユダヤ側にしたって隠し部屋の情報をイスラムに伝える筈《はず》がないからね」

「そうですか……。やはり神殿の丘に契約の箱が埋まっているという説にはそれなりの妥当性がありますし、いつか発掘の許可が出れば良いのですが」

平賀は祈るような口調で言った。

「そうだね」と、ロベルトは軽く相槌《あいづち》を打った。

「他には、そうだな、アイルランドのタラの丘に埋まっているとか、ネボ山の近くのピスガの山で見たとか主張する者もいれば、イスラエルのジャーハーヤ村のエジプト神殿に隠されていると主張する考古学者がいたりもするけど、あまり信憑性《しんぴょうせい》はないね。

それよりは、バチカン隠匿説の方が可能性があるんじゃないかな。

紀元七〇年のエルサレム攻囲戦において、第二神殿を破壊したのはティトゥス率いるローマ軍だった。その時、契約の箱を手にしたローマ人がバチカンに運び込み、そのままひっそりと保管され続けている、というものさ」

すると平賀は目を瞬いた。

「まさか、でしょう。仮にそうだとすれば、歴代猊下《げいか》がご存知ないとは思えませんし、ご存知ならば、ユダヤ人にお返しになる筈です」

「ところがそこに、返せない理由があったとしたら？」

「どんな理由です？」

「考えてもご覧よ。もしユダヤ人に契約の箱が渡ったとしたら、彼らは間違いなくそれを納めるための第三神殿を、すぐに建てようとするだろう。当然それはソロモンの神殿と同じ場所でなくてはならない。するとどうなる？」

「現在建っている岩のドームを壊さないといけなくなるでしょうか……」

「そういうことさ。つまりはユダヤとイスラムの、いや世界を巻き込む大戦が起こってしまうだろう？」

「では、歴代の猊下はそれを案じて箱を隠し続けていると？」

ロベルトは小さく頷き、ワインを呷《あお》った。

「科学者であるアシェル・カウフマン博士がエルサレム・ポスト紙に発表した説によれば、考古学的調査の結果、第一神殿および第二神殿の至聖所があった場所は、岩のドームのある場所ではなく、そこから約九十メートル北だったと判明したそうだ。もしそれが真実なら、岩のドームを破壊することなく、第三神殿を建設できる可能性がある。

もし、その説が証明されればだよ。これまでバチカンが隠匿していた契約の箱が、ふっと何処からともなく発見される……なんて事が起こるかも。だったら面白いと思わないか？」

ロベルトは愉快そうに言った。

「貴方《あなた》がどこまで本気で話をなさっているのか、私は時々、分からなくなります」

平賀が困惑気味に呟《つぶや》いた時だ。

店のスピーカーから、けだるい声の女性ボーカル曲が流れてきた。ジャズ風にアレンジされた『シバの女王』だ。

「そうそう。箱の行方といえば、忘れちゃいけないのが、エチオピア説だ。ソロモン王とシェバの女王が恋をして、生まれた息子が契約の箱を受け継ぎ、メネリク一世を名乗ってエチオピアを建国したというものだ。少なくとも、エチオピアはそう主張している」

「シェバの女王がソロモン王に謁見したくだりは聖書にもありますが、その息子が箱を持ち去ったという主張は、年代的に無理があるでしょう。それだと、ソロモンの時代からずっと、エルサレム神殿に契約の箱が無かった事になってしまいます」

「そう、そこが問題だ。でも、ロマンチックな話じゃないか。ソロモンとシェバの恋物語は映画にもなって、人気を博したよね」

　ロベルトはカウンターに肘《ひじ》をつき、流れてくる音楽に耳を傾けた。

Oui ! Qu'elle revienne
ああ！　かの女王が再び戻って来られるなら
Oui ! Qu'elle m'entraîne
ああ！　彼女が僕をリードしてくれるなら
Cette folie
Qui avait bouleversé ma vie
僕の人生を混乱させる、かの陶酔
Je le questionne
僕は疑問符
Mais il déraisonne
でも、それはナンセンスな戯言《たわごと》

Ce cœur perdu
Dans l'infini du souvenir
無限の思い出に漂う、この失われた心

Viens reprendre ton royaume
貴女《あなた》の王国が復活しますよう
Toi, la reine de Saba
貴女、僕のシバの女王
Reviens me faire l'aumône
D'un petit peu de toi
もう一度、僕に慈悲の施しを
J'ai essayé de comprendre
Un autre regard déjà
貴女の一瞥《いちべつ》で満足しようと耐えてきたけれど
Mais je n'ai pas pu attendre
でも、もう僕は待ちきれない
Un autre bruit de pas
女王様の靴音を

「平賀、知ってるかい。シェバの女王は毛深かったそうだよ」

「し、知りませんよ、そんなの」

平賀は僅《わず》かに頬を赤らめ、俯《うつむ》いて蛸《たこ》をつついた。

「シェバの女王がソロモン神殿へやって来た時、王はガラスの間に座って女王を出迎えた。だけど女王はガラスを水と勘違いして、服の裾《すそ》をたくし上げ、毛深い脚を露《あら》わにしてしまったんだ。

それを見たソロモン王は、『貴女の美しさは女性の美しさだが、貴女の体毛は男性の体毛だ。体毛は男性には相応《ふさわ》しいが、女性は恥じるべきものだ』と言って、親切にもイスラエル風の除毛をシェバの女王に施してあげたというよ」

「それは親切どころか、余計なお世話です。女性差別的かつ民族差別的です。毛なんてあっても無くてもどうでもいいでしょう？　シェバの女王に失礼だと思います」

平賀はムキになった調子で言った。

もしかすると、自分の体毛が薄いことを気にしているのかも知れない。

「まあまあ、ソロモン王にも悪気はなかったんだろう。彼女の美しさに目が眩《くら》んで、余計な一言を口走ってしまったのかもしれない」

「そうでしょうか。ソロモン王ともあろう人物がですか？」

平賀は懐疑的に訊《たず》ね返した。

「ソロモン王ともあろう人物だって、そんなこともあるさ、きっと。ところでワインを追加しないか？　ついでに牛肉のタリアータとパンとチーズも」

「貴方が食べるなら構いませんが、私は満腹ですよ」

「そう言わず、せめて一口ずつぐらい食べなよ。また栄養不足で倒れるよ」

ロベルトはバーテンダーにワインと料理を注文した。

「私は燃費がいいから大丈夫なんです。それより貴方こそ、最近、仕事がお忙しいんじゃありませんか？　一寸《ちょっと》眠そうな顔、してますよ」

「実はそうなんだ。だけど、今日は溜《た》まった雑用も片付けられたことだし、もうすぐ一息つけると思う」

「それなら良かったです。少しはゆっくり出来るといいですね」

「ああ。君もね」

新しいワインで再び乾杯した二人はこの時、行く手に想像を絶する過酷な状況が待ち受けていることを知る由もなかった。

4

エチオピアの首都、アディスアベバ――。

高層ビルとショッピングモール、大型家電店などが建ち並び、建設ラッシュに沸く町の中心部から四キロ余り離れたサリス・アディス地区に、エチオピアには数少ないカソリック教会、聖マリア降誕教会は建っていた。

その外観は赤煉瓦《あかれんが》造りの素朴なゴシック様式で、緑の大きな尖り屋根《とがやね》と四つの小尖塔《しょうせんとう》が聳《そび》える鐘堂に、幼子イエスを抱くマリアの像が佇立《ちょりつ》している。

それでいて、教会内部に飾られている十字架は、精緻《せいち》な飾り彫りが施されたエチオピア十字だ。

ここはオーソドックス（正教会）の儀式と典礼を保持しながらも、バチカンのローマ法王に帰属する、東方典礼カソリック教会であった。

その日の聖マリア降誕教会では、特別ミサが開かれていた。

壇上に立つゲブレメディン大司教が、ミトラ（王冠）を被《かぶ》り金色の祭服に身を包み、よく響く声で信徒達に聖書を読み聞かせている。

「永遠の神が地上に、シナイ山に足をおろされる
そしてそのみ力の勢いをもって天の天から姿をあらわされる
すべての人は恐怖にうたれ
『見張りの者』らはおおのき
大いなるおそれとおののきが地の果てまで彼らをとらえる

高い山々はふるえ
低い丘はひくくされ
ほのおの前の蠟《ろう》のようにとけ去る

大地は真二つにさけ
地上のいっさいのものはほろびる
そして万人の上に審判がのぞむ

しかし義人に対しては神は和平をむすび
選ばれた者らを神は守る
彼らの上にはいつくしみが与えられる

彼らはすべて神の所有となり
彼らは栄え
みなことごとく祝福をうける

神は彼らすべてを助け

光が彼らにあらわれる
神は彼らと和平を結ぶ

みよ、神は千万の聖者を従えて来る
すべての人をさばき
不信者をことごとくほろぼすために」

席に着いた信徒らの手から手へ、大判の聖書がゆっくり回されていく。
古代ゲエズ文字の筆記体で書かれたその文面を読める者はほぼいないが、一人残らず誰もが敬意を持って、その神の言葉に触れ、その書を拝んでいた。

「神のみわざは来る年も来る年も永遠に続き、
海も河も同じようにその務めを果たし、神のおきてにそむくことはない

だが、お前たち人間はどうだろう
お前達は不忠実で、主のいましめを守らず
そむき去って、ほこらしげに雑言を吐き
けがれた口で大いなる神にさからう

心のかたくなな者どもよ、お前たちには平安はない

それゆえお前たちは自らの生を呪い
お前たちのいのちはほろびる
そのほろびの年は永遠の呪いのうちにまし加わり
お前たちはあわれみを得られない

しかしすべての義人はよろこび
罪のゆるしが実現し
いつくしみと平和と忍耐があらわれ
救いと喜ばしい光が彼らに来る

そのとき選民には知恵が授けられ
彼らはみな生きて、ふたたび罪を犯すことがない
不信によっても、誇りによっても罪を犯さない
彼らの生涯は平安のうちにまし加わり
彼らの喜びの年はふえる

かれらは永遠の喜びと平安のうちに
いのちのかぎり楽しむであろう」

その時、大きくミサに遅刻して、聖堂に入ってきた男がいた。

白いスーツの上下に真っ青なサテンのシャツを着、赤く日焼けした肌に無精髭《ぶしょうひげ》を生やした外国人だ。年齢は三十代半ばだろう。

この教会に外国人観光客が入って来るなど、恐らく初めてのことだった。

男は最後列に腰を下ろし、鋭い視線を壇上の大司教に向けた。

やがて聖堂にミサ曲が響き、大司教が壇上から降りるのを見ると、男は動いた。

側廊を大股《おおまた》で進み、ゲブレメディン大司教の席近くの床に、やおら跪《ひざまず》いたのだ。

「下がりなさい、ミサ中です」

大司教の側近であるタダイ神父が、彼の行動を咎《とが》めた。

だが、男は引き下がらなかった。

「猊下《げいか》。この教会がエチオピアで最も権威あるカソリック教会と知り、訪ねて参りました。どうか私の話に耳を傾けて下さい。

私はマヌエル・パチェッティ。ローマ人のカソリック教徒です」

男の言葉は早口のイタリア語で、その意味を聞き取れた者は殆《ほとん》どいなかった。

ただ、ローマ教皇庁立グレゴリアン大学出身のゲブレメディン大司教だけが、不思議そうな顔で男を振り向いた。

「私に何の用だね？」

ゲブレメディンは鷹揚《おうよう》に問いかけた。

「猊下が聞けば必ずや驚愕《きょうがく》される話があるのです。どうか静かな場所を御用意下さい」

マヌエルはキラリと瞳《ひとみ》を光らせた。

＊　＊　＊

バチカン、聖徒の座――。

サウロ大司教の呼び出しを受けた平賀・ヨゼフ・庚神父は、実験室を出た廊下の突き当たりにある階段を二階へ上った。

二階には、聖徒の座を管轄する責任者の部屋が、ドミニコ会、イエズス会、フランシスコ会、カルメル会、シトー会といった会派の数だけ並んでいる。

平賀は「フランシスコ会」のプレートが付いたニレの木の扉をノックした。

「平賀です」

「入り給え」と、中からサウロの声がする。

扉を開くと、そこにはサウロとロベルトの姿があった。

サウロは歴代法王からの信任厚き大司教である。

サンタクロースを思わせるゆったりとした体軀《たいく》に、皺《しわ》深い面長の顔。その固く結ばれた口は、滅多に無駄口を利くことがない。

少し垂れた長い白眉《はくび》から覗《のぞ》くブルーグレーの瞳は、彼の内にある威厳と静穏と秘めた情熱とを映し出していた。

サウロは赤いベルベットの背凭《せもた》れから身体を起こし、静かに切り出した。

「二人とも揃ったか。君達を呼んだのは他でもない。新たな奇跡調査の依頼が、エチオピアのゲブレメディン大司教から届いたのだ」

大司教からの依頼、という言葉に、思わずロベルトの背筋が引き締まる。

「エチオピアですか。どんな奇跡なんでしょう？」

平賀は瞳を輝かせた。

「エチオピアに、真の契約の箱があるという巷説《こうせつ》は、君達も知っているな。

ソロモン王とシェバの女王の間の子が、エルサレム神殿からエチオピアへ、箱を持ち帰ったとするものだ」

「はい」と、ロベルトは頷《うなず》いた。

「一応は……」と、平賀も頷く。

「エチオピアでは『タボット』と呼ばれる契約の箱のレプリカを、各教会の至聖所に祀《まつ》る習わしになっている。今回はどうやら、その箱の一つが奇跡を起こしたらしい。

タボットの上空に突然、回転する巨大な炎の剣が現われ、その中に智天使ケルビムの姿が浮かび上がったというのだ」

サウロはそう言うと、封筒からB六判の五枚の拡大写真を出してデスクに置いた。

「タボットが起こした奇跡ですか」

平賀とロベルトが写真を覗き込む。

最初の写真は、夜空に光の剣と思わしき形の閃光《せんこう》が走っているものだ。それから、真っ赤な炎を噴き上げる巨大な車輪が、回転しながら空を横切っていく様子が映っている。

残念ながらそのうち三枚はピントがぼけている。

だが、一枚目にはハッキリと光の剣が、三枚目には燃えさかる炎の円の中に人の顔らしき物と、その上部に二枚の羽根、下部に四枚の羽根らしき物が見て取れる。まさにエデンの東で命の木を守る番人、ケルビムを思わせる姿だ。

「この一枚目の写真、確かに剣のようだ。ケルビムの回る炎の剣というのは、稲妻のことを指すのだろうと言われてきたけれど、これは自然現象には見えない」

ロベルトは写真を手にして呟《つぶや》いた。

「ロベルト、三枚目の写真はもっと凄《すご》いです。これ、リピーダにそっくりだと思いませんか？　正教会の奉神礼のビデオで見たことがあります。聖体を煽《あお》ぐ為の扇状の祭具で、先端部にちょうどこんな六枚の翼を持つケルビムが彫り込まれているんです」

平賀は無邪気にはしゃいだ声をあげた。

「私が君達に渡せる資料はそれだけだ。後の詳細はゲブレメディン大司教が直接、君らに話をしたいと言っている。君達には奇跡調査と並行して、タボットの鑑定を行ってもらう事にもなろう」

サウロは含みのある調子でゆっくりと言った。それは調査の裏に何らかの事情があることをロベルトに感じさせた。

「分かりました」

ロベルトは神妙に頷いた。

「あの……資料はたったこれだけなのでしょうか？」

平賀は不服そうな顔をしている。

サウロはデスクに肘《ひじ》をつき、眉間《みけん》に深い皺を寄せた。

「平賀神父。私としてもこの資料だけでは心許《こころもと》ない、多忙な部下を調査に出せないと、先方にかけあってみたのだよ。だが、電話ではこれ以上話せない、の一本槍《いっぽんやり》でな」

「そうだったんですか。はい、分かりました」

平賀は納得した様子だ。

「何があろうと、君達なら最善の対応をしてくれるだろうと、私は信じている。では、行って聖マリア降誕教会のゲブレメディン大司教に会って来なさい。そして奇跡調査に取りかかり、公正なる判断を下してくれ給え。曇りのない……聖徒の目で」

サウロは二人に航空券と資料を差し出した。

部屋を退出した途端、ロベルトはふうっと溜息《ためいき》を吐いた。

「疑問は山のようにあるけれど、とにかく現地へ行ってみるしかなさそうだね」

ロベルトの言葉に、平賀は目を瞬いた。

「疑問といいますと？」

「色々だよ。まず奇跡調査にしては資料が少ないし、奇跡が起こった場所も詳細もハッキリしない。こんな奇跡調査は珍しい」

「ええ、それは私も思いましたが、相手が何も話してくれないのでは、仕方がありません。私達が行って聞くしかありませんよ」

「結論、そうなるね。相手が大司教とあれば事前審査が甘くなっても仕方がないし、サウロ大司教も無理は言えない所があるんだろう」

「はあ、成る程」

平賀はポンと手を叩《たた》いた。

「それに契約の箱やタボットは、本来、シナゴーグやエチオピア正教会に祀られているものだ。普通のカソリック教会には無いものだよね」

「はい。私達カソリック教徒は十字架に架けられたイエス様の血によって、神との新しい契約を交わしている訳ですから」

「そう。なのに何故、聖マリア降誕教会にはタボットがあったのか。そして奇跡を起こしたタボットの写真ぐらい、彼らは何故、送って来ない？」

思案顔になったロベルトに、平賀はニッコリと笑顔を向けた。

「ロベルト、昔の日本には、写真を撮ると魂が盗《と》られるという迷信がありました。写真を撮ること自体が契約の箱に対する不敬だと、ゲブレメディン大司教はお考えかも知れません。その辺りも、行って先方に聞けば分かるでしょう。

却《かえ》ってわくわくしませんか？　それに私達は今回、奇跡を起こした契約の箱をこの目で見、調べることが出来るんです。願ってもない幸運です」

「まあ、そうだね」

「ええ。では、私はこれからシン博士に連絡を取り、調査と科学鑑定に必要な機材をピックアップしなければなりません」

平賀はそう言い残すと、小走りに階段を駆け下りていった。

ロベルトは溜息を吐き、手元の航空券を確認した。出発は明日の二十三時だ。

あれこれ悩んでいても仕方がない。ロベルトも出張準備に取りかかる事にした。

第二章　アディスアベバ

1

ローマ・テルミニ駅からレオナルド・エクスプレスでフィウミチーノ空港へ。そこからエチオピア航空のアディスアベバ行き直行便に搭乗して六時間余り。

二人が仮眠から目覚めると、機体は既にエチオピア上空へと差し掛かっていた。

アフリカ大陸の中では緑に恵まれた高原地帯に、赤茶色の屋根がびっしりと軒を連ねた都市の光景が見えて来る。

到着したボレ空港は、そこを経由してアフリカ各国へ向かうビジネスマンや観光客で賑《にぎ》わっていた。通称「アフリカの玄関口」と呼ばれる、巨大なハブ空港だ。

無愛想な入国審査官の審査を終え、到着口から出ると、カラフルなシャツやスカーフに彩られた賑やかな人垣が出迎えの列を作っている。

その中に黒い司祭服を着た無表情な男性が佇《たたず》んでいるのを、ロベルトはすぐに見つけた。

「バチカンの神父様がたですね？　ようこそ、エチオピアへ。私はタダイ・マリアム。聖マリア降誕教会の副司祭です」

タダイ神父は格式張った所作で、二人に握手を求めた。

「初めまして、バチカンから来ました、平賀・ヨゼフ・庚です」

「ロベルト・ニコラスです。お会いできて光栄です」

二人はタダイ神父と握手を交わした。

「早速、ゲブレメディン大司教の許《もと》へご案内致します。車の方へどうぞ」

タダイ神父の先導で空港の外へ出る。

大気はやや肌寒く、どこか酸いような匂いが混じっていた。標高二千四百メートルの高地であるせいか、車窓から見える雲が近い。

車は「リングロード（環状線）」と標識の出た高架道路をスムーズに走っていく。

「ボレ空港といいこの道路といい、とても綺麗《きれい》で、まるでヨーロッパにいるみたいです」

平賀の呟きに、隣席のロベルトが頷《うなず》いた。

「アディスアベバはこの十年間、経済成長率が十パーセント強と、世界一の伸び率を記録しているんだ。欧米やインド、とりわけ中国からの投資マネーが凄《すさ》まじいと聞く」

「中国ですか？」

「そうさ。中国政府はアフリカ連合本部の総工費一億五千万ユーロ分を全額負担したし、ボレ空港の拡張工事、高速道路建設、ライトレールと呼ばれる電車システムの納入、東アフリカ初の高速鉄道敷設にあたって、工費の七十から八十五パーセントを出資している。

それに、青ナイル川上流に建設中のグランド・エチオピアン・ルネッサンス・ダムの建設でも、タービンなどの大型機材は中国からの借款で賄われるそうだ」

「いわゆるインフラ整備の支援ですね」

「そうだね。インフラの整ったアディスアベバには、安価な労働力を当てにした各国の工場も進出して、今では世界の工場の一つになっている。一九七〇年代から九〇年代初めまで続いた社会主義政権の遺産である国営工場を、生産拠点として利用しているそうだ。お陰で市民の中には富裕層や中流層が生まれ、彼らがまた中国製品なんかを買い漁《あさ》るという訳だ」

「それって、良い事なんでしょうか？」

平賀は率直に訊《たず》ねた。

「資本主義的には良い事だろう。人が豊かな暮らしを望むことは止められない」

「そうですよね……」

車が高架を下りると、途端に雑々とした風景が二人の目に飛び込んで来た。

車線などあって無いかのように、車の鼻先を狭い車間にねじ込み合うドライバー達。道路を自由気ままに横断する歩行者達。物や人を過積載したトラックやバス。家畜の羊の群れが堂々と車道を歩き、中央分離帯では背中に大きなコブのある牛が草を食べている。黒煙を吐くボロ車の前を、大荷物を背負ったロバが横切っていく。

車と人と動物が渾然《こんぜん》一体となって、まるで蛇行する泥川のようにうねる様は、奇妙な迫力がある。

車の速度ががくりと落ちた。

見渡す限り、信号は見当たらない。

道路は舗装されているが、所々に大きな穴が開いている。

歩道にはシートに物を並べて売る露天商や物乞《ものご》いらしき子供達が溢《あふ》れていた。

やがて車は小高い緑の丘を背に建つ、聖マリア降誕教会の前で停まった。

「降りて下さい。中で大司教がお待ちです」

タダイ神父に言われ、教会の中へ入る。

聖堂にはシャツ姿の男性や白い布を被《かぶ》った女性の姿がちらほらとあった。

平賀は背伸びをして、祭壇にタボットがないかと目を凝らしたが、見当たらない。

その時、若い神父がタダイ神父の許へ駆け寄って来た。

二人は平賀達に背を向けて暫《しばら》く話していたが、話し終わると、タダイ神父は困り顔で平賀達に向き直った。

「予定が少々変わりました。先に貴方《あなた》がたをホテルへご案内します」

「何かあったんですか？」

平賀が訊ねる。

「大司教様との話し合いに同席する筈《はず》のマヌエルというイタリア人が、まだこちらへ来ていないらしいのです。これから彼をホテルへ迎えに行きます。

貴方がたも同じホテルですから、チェックインの手続きをしてしまいましょう」

「分かりました」

平賀とロベルトは各々頷き、再び車へ乗り込んだ。

三人が向かったのは、ピアッサと呼ばれる旧市街の中心地であった。

イタリア占領時の建物が多く残る一角で、レストランやツアー会社、映画館、伝統衣装やスカーフを売るマーケットが軒を連ね、多くの人が行き交っている。

車はコテージのような外観をした古いホテル・エラバの駐車場に入った。

その向かいにあるホテル・タイトゥはメネリク二世の妻、タイトゥ皇后がこの地の温泉を好んで建てたという、エチオピア最古のホテルだった。メネリク二世はタイトゥの為に、避暑地であったこの場所を首都と定め、アディスアベバ（新しい花）と名付けたのだ。

ホテル・エラバの入り口でチェックインを済ませ、鍵《かぎ》を受け取って二階へ上がる。

黒光りする木の階段や天井のシャンデリアは昔のままの物を補修しながら使っているらしく、レトロ感に溢れていた。

「部屋に荷物を置いて待っていて下さい。私はマヌエル氏を呼んで来ます」

タダイ神父は廊下を歩いて行った。

平賀とロベルトは荷物をがらんとした部屋へ運び入れ、タダイ神父が戻るのを待った。

「遅いですね、タダイ神父」

平賀は手持ち無沙汰《ぶさた》な様子で、ホテルの案内ファイルを読みながら呟《つぶや》いた。

「そのうち来るだろう。ところで平賀、この部屋にはバスルームが無い」

ロベルトは部屋の設備を見回りながら言った。

「バス・トイレは共用らしいですよ。場所は廊下の突き当たりです」

平賀がファイルを指して答える。

「じゃあ一寸《ちょっと》、確認して来るとしよう」

ロベルトが廊下に出ると、タダイ神父が背広姿の男を連れ、階段を上って来る所だった。

「どうかしたんですか？」

ロベルトは声をかけた。

「部屋の呼び鈴を鳴らしてもマヌエル氏の返答がないので、もしや中で倒れているのではと、支配人を呼んだのです」

「彼の携帯に連絡は？」

「しましたが、携帯も通じないんです」

「それは少々心配ですね」

支配人はマヌエルの部屋をノックし、返事が無いのを確認すると、ポケットから鍵束を取り出した。

「マヌエル様、失礼致します」

支配人が鍵のかかった扉を開いた。

タダイ神父とロベルトも、支配人に続いて部屋に入る。

室内に人影は無かった。

スーツケースは閉じたままテーブルの上に置かれている。ベッドのシーツは乱れ、シャツとズボンが椅子の背に脱ぎ捨てられていた。

タダイ神父はカーテンを引き、掃き出し窓を開けてベランダを見回した。そこにも人影はない。

「お客様は何処かへお出掛けのようですね。行き違いでは？」

支配人はほっとした顔で言った。

タダイ神父は教会に電話をかけ、マヌエルが着いていないか確認した。

「駄目です。教会には来ていない。一体、何処へ行ったというんだ」

タダイ神父は眉《まゆ》を顰《ひそ》めた。

「最後にマヌエル氏を見たのは何時です？」

ロベルトが訊ねる。

「顔は見ていませんが、昨夜電話をかけました。明日、必ず教会へ来るようにと。教会から迎えを出すと伝えたのですが、一人で行けるから大丈夫だと言っていたんです」

「昨夜は連絡がついた訳ですね。そして変わった様子も無かった」

「ええ」

「恐らく昨夜まで、彼はここに居た筈です」

ロベルトはハンガーにかけられたタオルが湿っているのを確認して言った。

その時、開いていた扉から平賀が入って来た。

「マヌエル氏が行方不明なんですか？」

平賀の問いに、ロベルトとタダイ神父が頷《うなず》く。

「最後にこの部屋を清掃したのは何時です？」

平賀は英語で支配人に訊ねた。

「昨日の午後です。だいたい二時から三時頃でしょうか」

「では念のため、今日の清掃は無しにして下さい。マヌエル氏の安全が確認できるまで、失踪《しっそう》時の状態を保持しておきましょう。事故や事件の可能性も否定できません」

平賀はそう言うと、ドアノブのプレートを『起こさないで』に掛け替えた。

「少し大袈裟《おおげさ》なのでは？　うっかり皆さんに会う約束を忘れているだけでしょう。携帯が繋《つな》がりにくい事も、この国ではよくあります」

支配人は苦笑した。

「それならば良いのですが、念のためです。夜になっても戻らなければ、警察にこの部屋を調べて貰《もら》わなくてはなりません」

平賀はキッパリそう告げると、タダイ神父を振り向いた。

「私達はどうします？　教会に戻りますよね？」

「少しお待ち下さい。ゲブレメディン大司教の指示を仰ぎます」

タダイ神父は携帯を持って廊下へ出て行った。

そして暫くして戻って来た彼は、困り顔をしていた。

「お二人共、今日はこのままホテルでお寛《くつろ》ぎ下さい。ゲブレメディン大司教は、やはりマヌエル氏を待ちたいと仰《おつしや》っています。改めて明日、会談の場を設けたいと」

「大司教がそう仰るなら、無理に押しかける訳にもいきませんが……。しかし、マヌエル氏とは何者なんです？　余程の信頼を寄せている方なんですか？」

ロベルトは不審げに訊《たず》ねた。

「よく分かりません。ただ、大事な御方だと聞いています。ともかく貴方がたはこのホテルでマヌエル氏をお待ち下さい。戻り次第、私共に連絡を寄越すようお願いします」

タダイ神父は電話番号を置いて立ち去った。


平賀とロベルトは自室に戻り、アンティークな家具類を二人が使いやすい場所へ移動させると、各自の荷物を解き始めた。

ロベルトはコンパクトなソファセットのテーブルに、色鉛筆、トレース用紙、パソコンといった調査道具を揃えて置いた。

平賀は長机にノートパソコンを置き、ネットの設定を行う。

「ネット回線がかなり不安定です。音や映像のやり取りは無理そうです」

平賀は呟くと、バチカンのシン博士にメールを書き送った。


ホテルの住所と部屋番号をお知らせします。私の道具を発送して下さい。

ネット回線が細いので、重いデータは送らないで下さい。

ケルビムの奇跡の写真から判明したことがあれば、お知らせ下さい。

平賀

暫《しばら》くすると返信が届いた。


荷物を送ります。写真の解析には原本が必要です。

チャンドラ・シン

平賀は小さく溜息《ためいき》を吐いた。

「早く奇跡の謎に迫りたいのに、足止めされてしまいました」

「だけど、折角貰ったフリータイムだ。軽く観光でもしないか？」

ロベルトはテーブルにあった観光パンフレットを捲《めく》った。

「ここでマヌエル氏の帰りを待たなくていいんですか？」

「フロントに伝言を頼んでおけばいいだろう。今は君も手元に分析すべき資料がないし、ネットの調子も悪いんじゃ、退屈だろ？」

「それはそうですが。どこか行きたい場所でもありますか？」

「温泉はどう？　アディスアベバ名物だ。ヒルトンホテルに温泉プールがあるってさ」

「別に興味ありません」

「じゃあ、マルカートは？　東アフリカ最大の市場だそうだ」

「そこで何を買うんです？」

平賀は気のりしない様子で言った。

「あてもなく見て回るのが楽しいんだよ」

「そうでしょうか？」

「君の家に転がっていそうな呪術《じゅじゅつ》アイテムなんかも売ってるよ、きっと」

ロベルトは必殺技を繰り出した。

「いいですね」と、平賀が瞳《ひとみ》を輝かせる。

二人は備え付けの防虫スプレーを全身にかけ、部屋中に殺虫剤を散布して外へ出た。

2

ホテル近くにはメネリク二世の銅像が建つ広場があり、そこが始発駅となるライトレールが走っている。その電車に二駅乗り、二人はマルカートで下車した。

ラスタカラーの旗がなびく狭いアーケードを出ると、巨大な市場が広がっていた。

舗装の悪いアスファルトには、そこかしこに水溜《みずた》まりができている。頭に荷物を載せ、長いスカートを穿《は》いた女性達が、器用に穴を避《よ》けながら行き交っていた。

「平賀、スリには気を付けよう」

ロベルトが言った。

車道に面した店はしっかりしたコンクリート造りだが、少し奥へ進むと、土埃《つちぼこり》の舞う泥の道の両脇にブリキの小屋やテント小屋が犇《ひし》めいている。

各々の店頭ではカラフルな布やTシャツが風に翻っていたり、山盛りの真っ赤なスパイスの隣に、山積みのサンダルが置かれていたりする。

他にもビーズの装飾品の店、音楽CD店、果物屋、缶詰店、鶏を売る店、チャットと呼ばれる麻薬性植物を売る店、ブリキの缶入りの地酒を量り売りする店などもあった。

あちこちに張り出したアムハラ語の看板が、異国情緒を一際引き立てている。

「チャイナ！　チーノ！」

「チャイナとファランジー（外国人）だ！」

「チャイナ、一ブル頂戴《ちょうだい》！」

「水のボトル頂戴！」

「ペンを頂戴！」

元気な声をあげながら、物乞《ものご》いの子供達が平賀の後をついて来る。

「私は中国人ではありません。日系人です」

「お金は物乞いするんじゃなくて、働いて得るんですよ」

「水は持っていません」

「学校には行っていないんですか？」

平賀は飽きもせず、そんな言葉を子供達にかけていた。

ミナレット（モスクの塔）から、祈りの時を告げるアザーンが風に乗って聞こえてくる。

路地を進んだ先の空き地では、ロバと牛が仲良く草を食《は》んでいた。

のんびりと歩いていたそこで平賀は何かに気付いたらしく、不意に駆け出した。

ロベルトが後を追うと、木彫りの民芸品が並んだ店頭に平賀が座り込んでいる。

暫く動きそうにないな、と思いつつロベルトが辺りを見回すと、丁度向かいに本屋があった。

ロベルトは店内を物色し、現地版の聖書と、挿絵の美しい絵本を少しばかり値切って買った。

平賀の許《もと》へ戻ってみると、彼は腕組みをして悩んでいた。

「迷ってるのかい？」

「はい」と、平賀は竹製のミニチュアハウスを手に取った。ミニといっても、三十センチばかりの高さがある。

「これは象の鼻を模して作られる、ドルゼ族の伝統家屋です。ドルゼは地元の言葉で『織り人』を意味していまして、竹とニセバナナの木で編んだ高さ十二メートルもの家を見事に作りあげる事で有名です。それのミニチュアハウスなんて、大変貴重です」

「成る程。でも、持ち帰るには少し大きいんじゃないかな……。他には？」

平賀は次に、側面の白地に黒や赤の斑点《はんてん》が執拗《しつよう》なタッチで描かれた、汚い壺《つぼ》を手に取った。

「この壺は側下部に穴が開いています。ここに節を抜いた竹を差し入れ、壺に水を張り、壺の上部でアロマ等の香料を燃やしてその煙を味わう、所謂《いわゆる》水パイプです」

「成る程。でも君、水パイプなんて吸うのかい？」

「アロマを焚《た》くだけでも素敵だと思いませんか？　それに、この装飾を見て下さい。人口三千人に満たないカロ族が、ホロホロチョウの柄を模して描いたものです」

「ふむ……。その隣の彫刻は？」

ロベルトは、一本の木から枝分かれした無数の笑顔がシメジのように生えている、薄気味悪い彫刻を指さした。

「これは私にも分かりません。持ち帰って是非、調べたいのです」

「……成る程。でも、その隣の人形の方が、ほっとする顔をしているね」

ロベルトの言葉に、平賀は嬉《うれ》しげに頷《うなず》いた。

「そうなんです。こちらはコンソ族の木彫り人形です。日本の古墳時代の埴輪《はにわ》とか、イースター島のモアイを思わせる素朴な顔が可愛いんです」

「そうだね。いいんじゃないか、それで」

ロベルトは明るく言った。

「はい。それに、他の物もどうしても諦《あきら》めがつきません。全部買って、ホテルから発送したいと思います」

平賀は元気よく答えると、気の遠くなるような長い値段交渉を経て、目当ての物を手に入れたのだった。

店を出、タクシーを拾う為に大通りへ出ようと彷徨《さまよ》っていると、思わず見惚《みと》れるほど繊細な細工の十字架を並べて売っている店があった。

「エチオピアの十字架は、私達の物と随分違いますね」

平賀は足を止めて呟《つぶや》いた。

ロベルトは店内を見回し、年代物の王冠や宝石が並んだ棚に目を遣《や》った。相当な高値がついていて、とても手出しが出来そうにない。

「そうだね。いずれも随分手の込んだ造りだ。ま……」

ロベルトは何かを言いかけたが、「いや、何でもないよ」と歩き出した。

二人はタクシーでホテルへ引き返し、遅い昼食を摂《と》ることにした。


食後のコーヒーを飲み終えると、時刻は午後三時半になっていた。

二人はフロントに行ってマヌエル氏の帰宅を確認したが、戻っていないとの答えだ。

タダイ神父にも電話をかけてみたが、教会にも連絡はないらしい。

仕方がないのでシャワーを浴び、平賀の戦利品を梱包《こんぽう》して発送し、ローカル局のテレビ番組をぼんやりと見る。

窓の外で陽はゆっくりと落ち、バルコニーの側に生えた椰子《やし》の葉が赤く染まる。なだらかな丘が続く稜線《りょうせん》が濃いシルエットになって浮かび上がり、ぽつりぽつりと街の灯が点《とも》り始めた。

どこからか祈りの唱和が響いてくる。

「遅いですね、マヌエル氏。本当に、事件に巻き込まれたのではないでしょうか」

平賀は焦《じ》れたように言った。

支配人に頼んで防犯カメラをチェックすると言い出した平賀をロベルトは宥《なだ》め、食堂に連れて行って、進まない食事を終わらせる。

午後七時半。とうとうロベルトが音を上げた。

「分かった、平賀。君の言う通り、マヌエル氏の行方を捜そう」

「警察に届けますか？」

「届けたところで、現状では事件性が低いと見做《みな》され、彼らもなかなか動かないだろう。先に僕らで彼の部屋を調べ、事件性がないか、足取りのヒントがないかを探す」

二人は渋る支配人を説得し、再度、マヌエルの部屋を開けてもらった。

当然、室内は朝見た時のままだ。

「マヌエル氏は貴重品をフロントに預けていますか？」

ロベルトが支配人に訊《たず》ねた。

「いいえ」と、支配人が首を振る。

「では、ここにある荷物が手掛かりの全てという訳ですね」

「ええ……。でも、どうか手荒に部屋を調べないで下さい」

支配人は祈るように手を合わせた。

「分かっています。あくまでマヌエル氏と懇意な……家族のように親しい僕達が、彼の身を心配して、勝手に行うことです。ホテル側にご迷惑はおかけしません。責任は僕達が取ります」

ロベルトの言葉に、支配人は小さく頷いた。

今度は平賀が訊ねた。

「防犯カメラはホテルの何処についていますか？」

「この階は廊下に二カ所です。あとはフロントと玄関に何カ所か」

「その映像を見せて頂けませんか？」

「無理です。警察からの指示がなければ、お見せできません」

支配人は強く拒絶した。

「では、貴方《あなた》か警備の係の方に、異常がないかチェックして頂くことは可能ですか？」

「まあ……そうですね、一応は」

「是非、お願いします。マヌエル氏が死んでしまってからでは遅いんです」

平賀の強い言葉に、支配人は慌てて部屋を出て行った。

二人は手袋をはめて室内をチェックし始めた。

ロベルトはテーブルの上に置かれたスーツケースの前に座った。

「ここまでやりたくは無かったが……」

溜息《ためいき》を吐くと、鍵穴《かぎあな》に針金を差し込み、ナンバー鍵の番号を一つずつ合わせていく。

ややあって、スーツケースが開いた。

中には衣類、虫除《むしよ》けスプレー、薬品類、イタリア語のガイドブック、ペーパーバックが何冊か、懐中電灯、筆記用具、ユーロが少し入った財布があった。

平賀は床の上を丁寧に見、ゴミ箱の中の物を全て床に並べた。

ミネラルウォーターのボトル、ビールの缶、菓子の包み紙、ティッシュなどがあったが、不審な物は見当たらない。

続いて平賀は、脱ぎ捨てられたシャツとズボンのポケットをチェックした。

そして、ズボンのポケットから一枚のメモを取り出した。

「ロベルト、妙なメモがあります。疑問符のようなものと、数字が１３７９と書かれています」

ロベルトも側に来て、メモを覗《のぞ》き込んだ。

「疑問符と１３７９？」

疑問符は左右反転した形で、最下部の「・」の部分だけが赤ペンで描かれている。

「何でしょう。数字は何かの暗証番号でしょうか？」

「或《ある》いは番地、年号……何だろうね」

二人はその後も室内を調べたが、それ以上の収穫は得られなかった。

約一時間後、支配人と警備員が部屋にやって来た。

「防犯カメラの映像をチェックしたところ、昨夜六時過ぎにマヌエル氏がフロントを通って二階へあがって行く姿と、部屋へ入る姿が確認できました。ですがそれ以降、マヌエル様の部屋に人の出入りはありません」

支配人が言った。

「ということは、マヌエル氏が窓から侵入した誰かに連れ去られたという可能性があります。そちらの防犯カメラは確認しましたか？」

平賀が訊ねる。

「窓側にカメラは無いんです。駐車場と門には設置してあるのですが。ざっと見たところ、そちらにも異常は感じられませんでした。マヌエル様はいつも白いスーツに白い帽子を被《かぶ》られてまして、大変目立つ方です。異変があれば、誰かが気付きそうなものです」

「ただね、六時を過ぎると、外のカメラは暗くてよく見えませんや。どうしてもと仰《おつしや》るなら、警察に特別な解析をしてもらうしかありません」

支配人と警備員が口々に言った。

「でしたら、その映像を早く警察へ届けて下さい。携帯やクレジットカードの履歴も調べて頂かなければ」

平賀が言った時だ。

黙って数字のメモを見ていたロベルトが突然、噴き出し笑いをした。

残る三人はギョッとした顔でロベルトを振り返った。

「どうなさったんです、ロベルト神父？」

平賀は心配げに訊ねた。

「僕の勘が正しければ、僕らの友人は、余程悪い冗談がお好きらしい」

「何か分かったんですね」

「ああ。それを今から確認しよう。警察に届けるのはその後でいい」

ロベルトは悠然と答えた。

3

ロベルトが平賀を先導して向かった先は、メネリク二世の銅像広場であった。

そこが始発駅となるライトレールの路線図が、壁に貼り出されている。

ロベルトは路線図の横にメモを並べ、平賀に示した。

「この疑問符を反転した形。どこかで似た物を見たなと思ってさ」

言われて平賀がよく路線図を見ると、ライトレールの南北線が、反転した疑問符にそっくりな形を描いている。

「じゃあ、赤インクで書かれた疑問符の点の部分は……」

「南北線の最南端、終点のカリティ駅。そこにマヌエル氏が居るよ、っていうサインじゃないかな？」

「ですが、彼は誘拐されたんじゃないんですか？　何故、居場所のヒントのメモがマヌエル氏のポケットに？」

平賀は目を瞬いた。

「彼は攫《さら》われたというより、彼本人が謎々遊びを仕掛けてるように、僕には思える。いずれにしてもだ。監視カメラは昨夜六時過ぎ以降、マヌエル氏のドアから誰の出入りも無かった事を示していた。となると、人の出入りは窓からしか考えられない。今朝、タダイ神父が部屋の窓からベランダに出た時、鍵を開けてる様子もなかったしね。

もし、施錠されていない窓から泥棒か誘拐犯が入って来たと仮定しても、その割には部屋が荒らされた様子も、マヌエル氏が暴漢に抵抗した形跡も無かった。

それに、彼のスーツケースには衣類なんかは入ってたけど、パスポートやクレジットカード、カメラ、メモ、現地通貨、携帯の類《たぐい》は無かった。

そこから推測できる最も端的な答えは、必要な身の回りの物だけを持って、彼が窓から外出した、ということだ。夜中にこっそりとね。さっきその姿を想像したら、つい笑いがこみ上げてしまったんだ」

「意味が分かりません。何故、彼がわざわざそんな事をする必要があるんです？」

平賀は眉《まゆ》を顰《ひそ》めた。

「それは本人に聞かないと、僕にも分からない」

ロベルトは肩を竦《すく》めた。

「では、メモの疑問符は駅を表わしているとして、数字の１３７９は何ですか？」

「それは数字じゃなくて、アムハラ文字だと思う。ヘブライ文字やアムハラ文字には、書体によっては数字に見えるものがある。君も今日、マルカートで沢山見ただろう？」

「そう言われてみれば……」

平賀は全く読む気になれなかった看板を思い出して頷《うなず》いた。

「１３７９が何の単語を示してるのかは、僕にもピンと来ない。でも、仮に彼が僕らに見つけ出されるのを待っているとしたら、どうかな。早くて半日、遅くて二日ばかり誰かを待つとしたら……君なら何処で待つ？」

「やはりホテルでしょうか」

「僕もそう思う。カリティ駅で、イタリア人が今朝から泊まってるホテルを聞き込みすれば、きっと彼が見つかるさ」

二人は終点まで電車に乗り、駅を出た。

車道を渡った向かい側に、ツーリストオフィスの看板が出ている。

そこで聞き込みをしようと車道を渡っていた最中、平賀が不意に立ち止まって叫んだ。

「ロベルト、あの看板です！」

ロベルトが見ると、正面のビルに『アビシニア・ゲスト・ハウス』という、ローマ字とアムハラ語で描かれた看板が出ている。

色褪《いろあ》せた看板に描かれた「ゲスト」を意味するアムハラ語の字は所々消え、そのせいで数字の1379によく似た形になっていた。

「そういう事か……。道理で1379の読み方が分からなかった訳だ」

ロベルトが呟《つぶや》いた。

「ホテルは五十メートル先と書いてありますよ。さあ、行きましょう」

平賀は駆け出した。

＊　＊　＊

「こちらに今日お泊まりのイタリア人がいらっしゃると思うのですが」

ロベルトが慎重に切り出すと、アビシニア・ゲスト・ハウスのフロントはニッコリ微笑んだ。

「はい、マヌエル様からお話は伺っておりますよ。神父のお連れ様をお待ちだと」

ロベルトと平賀は思わず数秒、顔を見合わせた。

「今から彼に会えるでしょうか？」

「ご確認致します。失礼ですが、お名前をお聞かせ願えますか？」

「ロベルトと平賀だとお伝え下さい」

「承知しました」

フロントはマヌエルの部屋に電話をかけ、二、三言話すと受話器を置いた。

「どうぞ、奥のエレベーターで五階へお上がり下さい。マヌエル様のお部屋は五〇六号室でございます」

二人は訝《いぶか》りながら五階へ行き、五〇六号室の呼び鈴を押した。

するとガチャリと扉が開き、両手を広げたマヌエルが飛び出して来た。

「待ちかねたよ、アミーコ！」

マヌエルは平賀とロベルトを交互にハグした。

平賀は穴の開くほどマヌエルの顔を見、大きく目を見開いた。

「もしかして貴方《あなた》、カピターノ・パチェッティじゃありませんか？　ローマ・ケーブルテレビの『隊長《カピターノ》が行く！』に出演されていた……」

「えっ、君、私を知ってくれてるの？　イイコだね。君、チャイニーズ？」

マヌエルは上機嫌で平賀の頭を撫《な》でた。

「いいえ、私は日系です。平賀・ヨゼフ・庚といいます」

「そう、君は日系？　私はローマ系だよ。名前はマヌエル・パチェッティだ」

ニコニコ笑うマヌエルに、横からロベルトが訊《たず》ねた。

「すみませんが、『隊長が行く！』とは？」

するとマヌエルは、フンと鼻を鳴らした。

「元シエナ大学准教授の私をメインコメンテーターに迎えた、世界各地の秘境を旅するエキサイティングな探検番組だよ」

そう言えばそんな番組があった、とロベルトは思い出した。

ビッグ・フットやモケーレ・ムベンベを追いかけてジャングルに入り、道中でやらせ臭いイベントが起こるという怪しい番組だ。そこにサファリスーツを着て出演していた男が、確かにこんな顔をしていた。

「大変よく思い出しました」

ロベルトは営業用のスマイルを浮かべた。

「本物の隊長さんに会えるなんて、感動です！」

平賀はまだはしゃいでいる様子だ。

「そう？　良ければ君にサインを書いてあげるよ」

マヌエルが微笑む。

ロベルトは大きな咳払《せきばら》いをした。

「それで……。マヌエルさん、僕達をここに呼んだ訳をお聞かせ願えますか？」

「ああ、勿論《もちろん》だよ。その為に来て貰《もら》ったのだからね」

マヌエルはシリアスな顔になり、二人を部屋に招き入れて内鍵《うちかぎ》をかけた。

平賀とロベルトがソファに着席すると、マヌエルはテーブルの上のビール缶を片付け、ミネラルウォーターのペットボトルを三本置いた。

「こんな呼び出し方をして、驚かせたかな」

マヌエルは水を一口飲んで言った。

「僕達が無事に辿《たど》り着けたから良かったものの、何故、こんな真似を？」

ロベルトが訊ねる。平賀も疑問符を顔に浮かべてマヌエルを見た。

「たまたま通りかかった時に見た、このホテルの看板が印象に残っていたから……という理由もある。君達を一寸《ちよつと》試させて貰う気持ちがあったのも否定しない。

だが、無論、本当の理由は別にある」

マヌエルは勿体《もつたい》ぶった言い方をした。

「それは何ですか？」

平賀が首を傾げる。

「ズバリ言おう。今から話すことを他の誰にも聞かれたくなかったからだ。聖マリア降誕教会のゲブレメディン大司教にも……」

「大司教様にもですか？」

平賀の問いにマヌエルは頷き、再び水を一口飲んだ。

「順を追って話そう。私は学者で探検家だ。このエチオピアには、メネリク一世がソロモン王より譲り受けたという、オリジナルのタボット（契約の箱）を追って来た。

そのタボットは、アクスムにあるシオンの聖マリア教会脇の礼拝堂に納められていて、定められた代々の聖職者一名によって、その命が尽きる日まで守り続けられている。

今回ケルビムの奇跡を起こしたのは、まさにそのタボットなのだよ」

「何ですって!?」

平賀とロベルトはぐっと身を乗り出した。

「では、ケルビムの奇跡は此処《ここ》ではなく、アクスムで起こったのですね?」

ロベルトの問いに、マヌエルはひっそりと声を落とした。

「そうでもあり、そうでは無い……と言うべきか。

本物のタボットは今、シオンの礼拝堂にさえ無い。

いいかい、今、この瞬間、シオンの至聖所は空なのだ。何故なら、そのタボットを守る筈《はず》の聖職者とその弟が、密《ひそ》かに外へ持ち出したからだ」

「まさかそんな事が……」

平賀とロベルトは絶句した。

「奇跡はその兄弟の目の前で起こった。君達に送った写真がそれだ。そして実は、その弟というのが、私が家族のように懇意にしていた優秀なガイドなんだ」

マヌエルはガイドの写真付き証明書のコピーをテーブルに置いた。

名前はベハイル・テッセマ。年齢十八歳。

エチオピア人らしい彫りの深い整った顔だちで、くりくりとした目が愛らしい。

「ベハイルは、年の離れた兄・アシェナフィの命令で箱を運び出す手助けをしたものの、目の前で起こったケルビムの奇跡を見て心底戦《おのの》いた。

それに兄がタボットと共に消えたということは、すぐに教会に知られてしまう。教会側は血眼になって二人を探すだろう。捕まれば、兄は司祭の資格を剝奪《はくだつ》されるだけでは済まない。どんな恐ろしい厳罰、いや極刑が下されるか分からない。

そう思って怖くなり、正教会とは無関係でかつ父親のように慕う私を頼ってきたという次第なんだ」

マヌエルは胸ポケットから葉巻を取り出し、紫煙を深く吸い込んだ。

「確かにそれが本当なら、エチオピア正教会を……いえ、この国を揺るがす大事件です。シオンの至聖所にあるタボットは、エチオピア人民の心の拠《よ》り所、国宝ともいえる代物ですから」

ロベルトは慎重に意見を述べた。

「ですが、そんなニュースは世間に流れていませんよね」

平賀が訊ねる。

「そこが問題だよ、平賀神父。

タボット盗難の事実を知る人間が現状で何人いるか、私にも分からない。彼らがベハイルとアシェナフィ兄弟をどうするつもりかもだ。

しかし、正教会の誇り高い連中が、タボットが盗まれたなどという不祥事を公にするとは、私には思えない。現に今も盗難事件はニュースになっていない。彼らは密かに二人を追ってタボットを取り戻し、二人を始末するつもりだろう。

私はそれだけは絶対に避けたいのだ。家族とも思うベハイル兄弟の命を救いたい。その為に、どうか君達の力を貸して貰えないだろうか」

マヌエルはテーブルに両手をついて、頭を下げた。

「命を救うといわれましても、どうやってです？」

平賀は率直に訊ねた。

「まず正教会の者達より早く、ベハイル兄弟を見つけ出すことだ。そして、二人をバチカンに宗教亡命させる。それしか二人を救う道はないと、私は思っている」

マヌエルは強く断言した。

「宗教亡命……ですか」

ロベルトは息を呑《の》んだ。

「マヌエルさん、貴方がベハイルさんとアシェナフィさんの兄弟を救いたいお気持ちは分かりました。密かに私刑のような事が行われる事も、無論よくありません。ですが、彼らの窃盗の罪は罪です。やはり警察に二人を保護して頂き、罪を償って頂くというのが順当ではないでしょうか？」

平賀の言葉に、マヌエルは溜息《ためいき》を吐いた。

「貴方の考えは甘い。この国の地方警察の実態を知らないんだ。

三年前、メレス・ゼナウィ首相とエチオピア正教会の総主教アブナ・パウロスが相次いで亡くなった時、この国の警察は、それが首相と総主教に対する呪術や祈禱《きとう》のせいであったとして、罪無きワルドゥッバ修道院の修道士達を拘束したり、暴力を振るったり、家を追い出したりしたんだ。

　何故、そんな悲劇が起こったかといえば、まず第一に、この国の警察官共が極めて迷信深くて短慮なせいだ。

　ちなみに裏事情もある。修道院の近くに国営農園を作ろうと計画中の政府とそれを後押しするエチオピア正教会に対し、修道僧達は反発していた。それだから、修道僧達は目の敵にされてしまったんだ。

　いいかい、平賀神父。この国の警察は危険な連中だ。非合理で迷信深く、政府の手先だ。正教会の犬だ。そんな奴らにベハイル兄弟を助けられると、本気で思うのか？」

「それは……」

　平賀は口ごもった。

「君達にこんな事を言うのは酷だし、間違っているんだろうが、私はゲブレメディン大司教のことも、心底からは信用できない。

　彼はタボットの起こした奇跡に関しては私の話を熱心に聞いていたが、ベハイル兄弟の命については無関心のように見えた。

　私はカソリック教会の力でベハイル兄弟を守って貰おうと、縋《すが》る思いでゲブレメディン大司教を訪ねたというのにだ。

　だからもう私は貴方《あなた》がたに、バチカンに頼るしかないんだ……」

　マヌエルはわなわなと拳《こぶし》を震わせながら、再び頭を下げた。

ロベルトは逡巡《しゅんじゅん》していた。国家間の宗教亡命など、一介の奇跡調査官の手に余る。

するとと平賀が隣でパンと手を叩《たた》いた。

「分かりました。やりましょう」

「本当かい!?」

マヌエルは感激した様子で、平賀の手を取った。

ロベルトは諭すような目で平賀を見た。

「だけど平賀、宗教亡命だなんて、僕らの一存じゃどうしようもないぞ。それに僕らの行動は、正教側からすれば敵対行為に当たる。もし、バチカンがタボットを奪取するつもりだなんて誤解されようものなら、国家間係争の火種になりかねない」

「なら、服を脱ぎましょう」

「何？」

「私達がバチカンの司祭でなく、友人として動くなら、その問題を防げるのでしょう？亡命に関しましては、ベハイルさんとアシェナフィさんを救い出した後、お二人の意見を聞いてから考えましょう。人命救助が第一。違いますか？」

平賀はずいっと身を乗り出し、言葉を継いだ。

「ロベルト、私達の本来の仕事は奇跡の調査とタボットの鑑定です。その肝心のタボットはベハイルさん兄弟の手許《てもと》にある訳ですし、奇跡の目撃者もベハイルさん兄弟です。この二人に会わない限り、奇跡調査の続行は不可能です」

「確かにそうだが……」

ロベルトは細い溜息を吐いた。

この頑固な友人は、決して意見を変えそうになかった。人命救助と、奇跡の探究という任務がある限り、彼にはそれをしない理由が無いのだ。いくら反対しようが、「貴方が止めても一人で行きます」と言うに決まっている。

「……分かった」

「有難うございます」

平賀はマヌエルの方をくるりと振り返った。

「それで今、お二人は何処なんです？」

「ベハイルからの手紙によれば、巡礼の道を通っている筈なんだ」

「巡礼の道といいますと？」

「アクスムにあるシオンの聖マリア教会から、ラリベラの聖地を巡り、そこから栄光の門へと入るんだ。途中までは分かっている」

マヌエルはテーブルに地図を広げ、アクスムとラリベラを指さした。

「栄光の門というのは？」

「それが地図には載っていない。私も行った事がない。ベハイルが話すのを聞いたことがあるだけだ。地元民だけが知っているような、辺鄙《へんぴ》な道なのだろう。

ただしそこに行くには条件があって、巡礼の道を辿《たど》った者にしか、栄光の門は通れないと言われているらしい」

「つまり、私達も巡礼の道を行くしか無い訳ですか。

マヌエルさん、私にベハイルさんからの手紙を見せて下さい。ベハイルさんが送って来たという、奇跡の写真の原本もです」

平賀はテーブルに上向きの掌《てのひら》を置いた。

4

『マヌエルさん、いつも良くして下さって有難う。マヌエルさん、ごめんなさい。僕は兄の命でタボットを至聖所から持ち出した。僕は恐ろしい。このタボットは本物だ。ケルビムが炎を噴き上げて頭上を渡るのを僕らは見た。

兄はいつも正しかった。でも、兄はタボットに取り憑《つ》かれてしまった。優しい兄の面影は消えた。神が間近におられるのを、僕らはひりひりと感じている。

いつも兄は正しかった。でも、今回ばかりはよく分からない。正教会は僕らのした事を許さないだろう。捕まれば兄は聖職を追われ、命も取られる。いや、もっと酷《ひど》い目に遭うだろう。どうしてこんな事になってしまったのか。兄が正気に戻るなら、僕は何だってします。

マヌエルさん、どうか兄を助けて下さい。僕はどうしていいか分からない。僕らは巡礼の道の途上にいます。どうか迎えに来て下さい。貴方に偉大なる神の祝福があらんことを。　九月十三日　ベハイル・テッセマ』

ベハイルの手紙は英語で、震える手書き文字で書かれていた。兄を恐れつつも慕うベハイルの悲鳴が聞こえてきそうな迫力がある。

手紙と同封されていたという写真は五枚。バチカンで見た物を拡大コピーする前の原本だ。全体的に引きで撮られている為、砂漠の地表や地形の一部が写り込んでいる。

平賀が虫眼鏡で確認すると、奥には岩山らしきものがあり、一番手前に人工物らしき影も見えた。だが、場所を特定できる程、特徴的な事物は写っていない。

ヒントを求めて写真観察を続ける平賀の背中に、ロベルトが声をかけてきた。

「お早う」

平賀は目を瞬いて周囲を見回した。窓の外が白み、時計は六時を指している。

「お早うございます。もうこんな時間ですか」

「そうさ。また徹夜したみたいだね」

ロベルトは伸びをしながら、ベッドから起き上がった。

昨夜、アビシニア・ゲスト・ハウスで語り合った後、ロベルト達はマヌエルと共にホテル・エラバへ戻った。

支配人を騒がせたことを詫《わ》び、タダイ神父にマヌエル氏が戻ったことを告げ、各自の部屋に戻った途端、平賀は無言で写真の観察に没頭してしまったのだ。

「で、何か分かったかい？」

「確かな事は、まだ何も」

平賀は短く答えた。

「今日はゲブレメディン大司教との会談だ。ミサの後、午後一時に迎えが来る。打ち合わせ通り、大司教との話は僕が行う。いいね？」

「ええ。私より貴方が適任です」

「僕らの任務が無事遂行できるよう頑張るよ」

ロベルトはそう言うと、シャワーを浴びに出て行った。


午後一時二十分。

平賀とロベルト、マヌエルを乗せた車は、聖マリア降誕教会に到着した。

四人は聖堂を抜け、執務室の前に立った。タダイ神父が扉をノックする。

「入り給え」

ゲブレメディン大司教の声に、タダイ神父が扉を開く。

三人が入室すると、タダイ神父は一礼をして去った。

「昨日はお約束をうっかり失念し、申し訳ありませんでした」

開口一番、マヌエルが嘘を吐いた。

「困った御仁ですね。しかしながら、今日この場を設けられたことを幸いに思います」

ゲブレメディン大司教はやんわりと言い、四人がテーブルに着席する。

型通りの自己紹介の後、ゲブレメディンはマヌエルに視線を投げた。

「それでは今回の奇跡について、セニョール・マヌエルから話をしてもらいましょう」

マヌエルは頷《うなず》き、話し始めた。

それは平賀達が昨夜、アビシニア・ゲスト・ハウスで聞いた話と同じだったが、最後の宗教亡命の件《くだり》は省かれていた。

ロベルトは驚きや感心の合いの手を入れながら、話を聞いていた。

平賀はどんな顔をしていいか分からず、ひたすら無表情であった。

マヌエルが話を終え、テーブルに写真とベハイルの手紙の複製を置く。

ロベルトはそれらを手に取って眺めた後、顰《しか》めた顔をゲブレメディンに向けた。

「ケルビムの奇跡を起こしたのがシオンの聖マリア教会のタボットだったとは、驚きました。しかも、それが外へ持ち出されていたとは……」

「左様。私も彼の話を聞いた時は、俄《にわか》に信じられませんでした。ですが、奇跡が起こったことは事実です。証拠の写真も、ベハイル君の手紙の中に証言もあります」

「ええ、確かに。僕達は予定通り、この奇跡の調査を行うつもりです。その為には巡礼の道の途上に居るというベハイル氏に会って証言を取り、タボットを鑑定する必要があるでしょう」

「タボットを鑑定する？　それはどういう意味ですかな？」

ゲブレメディンは片眉《かたまゆ》を吊《つ》り上げた。

「そのタボットにトリックの類《たぐい》の仕掛けがないかを調査し、奇跡を起こす神の力が如何様《いかよう》に宿っているか検分します。科学鑑定すれば、そのタボットが作られた年代なども明らかとなるでしょう。

そうした私共の調査の結果が、十八名の枢機卿《すうききょう》からなるバチカン奇跡調査委員会の審議にかけられた上で、法王猊下《げいか》から奇跡認定が下されるという仕組みです。

この手続きに例外はありません。奇跡調査とその認定は、厳正なルールに沿って行われます。無論、私共が調査したデータや資料が外部に漏れることはありません。それらは委員会と法王猊下が最終決定を下す為の資料として機能する物ですから」

ロベルトはゲブレメディンの顔色を窺《うかが》いながら、慎重に言った。

「ほう……。それはなかなかに面倒な手続きがあるものだ」

ゲブレメディンはハハハ、と空笑いをした。

どうやら彼は数枚の写真と証言だけで奇跡認定が下りるだろうと、簡単に考えていた様子だ。

「はい。奇跡認定の乱発は、奇跡まがいのトリックの横行を招きます。正しき信徒の心を乱し、天国の鍵《かぎ》を預かるバチカンの権威を貶《おとし》めます。ですから審査が必要なのです。

ですが奇跡が本物ならば、必ずや認定が下されるでしょう。元来、私共の調査部は、かつての『異端審問所』が魔女などを摘発する異教弾劾の部署であったことを反省し、法王猊下自らが奇跡に祝福を与えるという目的で設立されたものですから」

ロベルトは重々しい語調で言った。

「ふむ。私はこの度の奇跡が本物だと信じている。シオンの聖マリア教会に納められていたタボットが、モーセの指示によって作られ、ソロモン神殿からこのエチオピアに渡って来た聖なる箱、主の聖座だという事もだ。

かつて何故、神の契約の箱がソロモン神殿を離れ、我が国へ渡って来たのか？　それは神の御意志であったのだと、私は確信している。旧約聖書に書かれたエピソードから分かるように、聖なる箱は意志を持ち、人を動かす。

そうであれば、この度、聖なる箱がシオンの聖マリア教会の至聖所を離れた事にも、神の御意志が働いておるのだろう。そしてまた、セニョール・マヌエルが私の許《もと》に庇護《ひご》を求めて来たことにも、大いなる意味がある。

聖なる箱は今、新たな落ち着き場所を求めているのではないかな？」

ゲブレメディンは眼鏡の奥の瞳《ひとみ》を鋭く光らせた。

「……成る程」

ロベルトはゆっくりと頷いた。

「実際、エチオピア正教会にはこの所、良くない噂も多いのだ。かつては国教であったが、信者は年々減っており、今ではイスラム教徒と同数程度にまで凋落《ちょうらく》したと言われている。

神はさぞお嘆きのことであろう……」

ゲブレメディンは遠くを見るような目をして言った。

＊　＊　＊

「ひとまずベハイル兄弟を追って巡礼の道を行く許可が、ゲブレメディン大司教様から出て良かったです」

ホテル・エラバの自室に到着するなり、平賀が安心したように口を開いた。

「ひとまずは、そうだね」

ロベルトは浮かない顔でソファに腰を下ろした。スプリングが殆《ほとん》ど駄目になっているソファは、座り心地が悪かった。

「何か問題でも？」

「大司教の話を聞いただろう？　彼はタボットを入手するつもりらしい」

ロベルトの台詞《せりふ》に、平賀は首を傾げた。

「そんな事を仰《おつしや》ってましたか？」

「タボットがソロモン神殿を離れてエチオピアに来たのも、シオンの聖マリア教会の至聖所を離れたのも、その情報を持ったセニョール・マヌエルが大司教の許に来たのも、神の御意志だと言っていただろう？」

「はい。契約の箱が意志を持っていることは、聖書にも書かれています」

「そうだけどね。これから僕らが無事、ベハイル兄弟に追いつけたとして、君はタボットを此処《ここ》で鑑定するつもりだろう？」

「当然そのつもりです。契約の箱がそれを許してくれるなら、ですが。鑑定が終われば、箱はしかるべき所にお返しします」

「そのしかるべき場所が何処かが問題さ。エチオピア正教会とエチオピア典礼カソリック教会の争いに巻き込まれなきゃいいけど……。僕としてはタボットをシオンの聖マリア教会の至聖所にこっそり戻して、全てを終わりにしたいよ」

ロベルトが溜息《ためいき》を吐いた時、部屋の呼び鈴が鳴った。

平賀が扉を開くと、マヌエルが満面の笑みで立っている。

「やあ、今日は上手《うま》く行って良かった。いざという時、私達が逃げ込める先が確保できた所で、いよいよアクスムへ出発だ」

「ええ。出来るだけ急ぎましょう」

「私は早速、アクスム行きの航空券を手配して来る。今日の便はもう終わっているから、明朝の便になるだろう。それまでに君達も出発の準備をしておくことだ。アディスアベバを離れると、言葉にも食べ物にも不自由するし、ネットも電話も殆ど通じない」

「そうですか……。巡礼の道を辿《たど》るのに、およそ何日ほどかかるでしょう？」

平賀の問いに、マヌエルは少し考えて答えた。

「アクスム、ラリベラをまわるのに、空路なら二、三日。その先は道を探しながらになるが、一週間もあれば充分追いつけるだろう」

「分かりました。その間、部屋に貴重品を置いておいても大丈夫でしょうか。この辺りの治安はどんな風です？」

「お世辞にもいいとは言えないな」

「分かりました。有難うございます」

平賀はペコリと礼をした。

「それじゃ、また後で」

マヌエルは去って行った。

平賀はパソコンの前に座り、バチカンのシン博士にメールを書いた。


奇跡を写した写真の原本を入手しました。

コピーを私の手許に置き、今から原本をそちらへ郵送します。

私は一週間程度、ホテルを離れます。その間に解析を頼みます。

地方へ行く為、通信環境が悪化しますが、また連絡します。

送付手配して頂いた私の機材は、一旦《いったん》受け取り拒否をし、返送します。

後ほど再送をお願いしますので、預かっていて下さい。

平賀

するとシン間もなくシン博士の返信が届いた。

諸々《もろもろ》了解しました。写真をお待ちしています。
道中お気を付けて。

チャンドラ・シン

第三章　オベリスク

1

翌朝、三人はアディスアベバを発《た》った。

平賀とロベルトは神父服を脱ぎ、半袖《はんそで》Tシャツの上にカフタンシャツ、麻のパンツ、麻の帽子とスニーカー姿に着替えていた。荷物はバックパックに移し替えている。

マヌエルは白いスーツに真っ赤なシャツ、スーツケースという出で立ちだ。

一時間半のフライトでアクスム空港に到着すると、マヌエルはキョロキョロと辺りを見回し、大きく手を振った。

すると背の高いエチオピア人が、三人の許へ駆け寄って来た。

「平賀君、ロベルト君、紹介しよう。彼はガイドのゲタチョウ・テフェリー。政府公認のガイド協会に所属しており、私も何度か世話になった仲だ」

「ゲタチョウです。良い旅にさせてもらいます」

青年はにこやかに会釈すると、マヌエルのスーツケースをさっと担いだ。

ロベルトは眉《まゆ》を顰《ひそ》めてマヌエルを見た。

「のんびり旅行する訳ではないのに、ガイドが必要ですか？」

「この国では必須《ひっす》なんだよ。アディスアベバは国際化されていたけど、地方は違う。イタリア語はおろか、英語も通じない。アムハラ語の通訳は絶対に必要だ」

「一応、僕もアムハラ語は喋《しゃべ》れますよ」

ロベルトの台詞に、マヌエルは驚いた顔をした。

「そうなのかい？」

「はい。言語習得は僕の趣味ですから」

「へえ……。そいつは君を見直したよ」

マヌエルは元気よくロベルトの肩を叩《たた》いた。

調子のいい男だ、とロベルトは思った。

「あの、一生懸命ガイドさせてもらいます。お役に立ちます。宜《よろ》しくお願いします」

自分がクビにされると焦ったのか、ゲタチョウは必死の形相で訴えた。

「ゲタチョウもこう言っていることだし、構わないだろう？　外国人はガイドを随行するのがこの国の常識だ。ガイドは旅のトラブルも解決してくれる、力強い味方だ」

「まあ、別に構いませんが……」

ロベルトは渋々頷《うなず》いた。

「ゲタチョウさん、宜しくお願いします」

平賀がペコリとお辞儀をする。

「はい。平賀先生、ロベルト先生、宜しくお願いします」

「良かったな、ゲタチョウ。じゃあ、今回も宜しく頼む」

マヌエルはそう言うと、ポケットから葉巻を取り出した。ゲタチョウがさっとライターを取り出して葉巻に点火する。マヌエルは満足そうに紫煙を吸った。

「先生、車を用意しました。町までは十分ほどですが、どちらに参りますか？」

ゲタチョウが訊《たず》ねる。

「そうだね、まずはホテルへ」と言いかけたマヌエルより先に、平賀が口を開いた。

「ゲタチョウさん、巡礼の道とは、何処から始まるんですか？」

するとゲタチョウは暫《しばら》く考えこんだ。

「それは確か、アクスムの古い言い伝えですね。

シェバの女王の水浴場へ行って身を清め、オベリスクに眠る先祖に挨拶《あいさつ》をした後、聖なるタボットを納めたシオンの聖マリア教会へ詣《まい》ります」

「では、その順で案内して下さい。急いで回ると、どれぐらいの時間がかかりますか？」

「だいたい半日でしょうか」

「それなら夕方にはアクスムを発てますね。早速、行きましょう」

平賀は元気よく言った。

三人はゲタチョウのジープに乗り込んだ。

古いジープにエアコンは付いておらず、窓を開け、自然の風を入れるだけの空調だ。だが、その入ってくる風というのが、ドライヤーの温風を吹きつけられたように熱い。

「アクスムも高原地帯だというのに、随分暑いんですね」

ロベルトは汗を拭《ぬぐ》いながら言った。

「いつもはこんなに暑くありません。去年と今年は異常なんです。今年の雨期も雨があまり降りませんでした」

ゲタチョウは運転しながら顔を顰《しか》めた。

「これから行くシェバの女王の水浴場とは、どんな所なんですか？」

平賀が訊ねる。

「女王の水浴場はタボットが巡幸の折に最初に訪れる、霊験あらたかな聖地です。側には教会も建っています。普段は街の人が貯水場として利用していますけどね。

街の郊外に足を伸ばせば、シェバの女王の神殿跡もあるんですよ。蒸気風呂《ぶろ》や沐浴《もくよく》に使った配管、謁見室らしき広間、祈禱《きとう》所、パン焼きの窯、大小の部屋など、非常に精密な石積みが残っています。建築当時は三階建ての大宮殿でした。

かつてシェバの女王は、この地からソロモン王の許へと旅立ちました。

それから何があったかは、ご存知ですか？

ソロモン王は、美しく聡明《そうめい》なシェバの女王との間に子供を得たいと考え、最後の宴《うたげ》の後、『一晩自分の元で過ごしてみないか』と女王を誘います。

女王は『貴方《あなた》が力尽くで私を辱める事が無いと、神に誓えるなら』と告げ、ソロモン王は、『貴女《あなた》が私の寝室の物を何も盗《と》らないと誓うなら、私も貴女に誓いを立てよう』と答えました。

そこで、シェバの女王は王の提案に合意します。ところが、これが王の奸計《かんけい》でした。王が宴の際、香辛料をたっぷり効かせた食事を用意させたので、女王は夜中に喉《のど》がからからになって目が覚めます。すると、ベッドの脇に水の器が置かれてあり、女王はつい、この水を飲んでしまったんです。

その瞬間、ソロモン王は起き上がり、女王が約束を破ったことを口実に、彼女と関係を持ったんです。なかなかやるでしょう？」

ゲタチョウは陽気に笑って話を続けた。

「シェバの女王は帰国後に、男児メネリクを出産しました。メネリク王子が成人して父を訪ねると、ソロモン王は王子に、エルサレムに留《とど》まるよう説得します。王子がそれを断ると、ソロモン王はエルサレムの貴顕たちをメネリク王子に随伴させ、『エチオピアに第二のエルサレムを作るように』と命じました。そこでメネリク王はエルサレムから契約の箱を持ち帰り、アクスム王朝を創始しました。

ですからこのアクスムは、三千年の歴史を持つエチオピア文明発祥の地なのです。その後もアクスム王朝は、世界中の国と交易して栄えました。

でも、昔の都市は全部、砂に埋まってしまいました。今は凄《すご》い田舎です。ただ、タボットが人々にお披露目される一月七日には、世界中から大勢の人がやって来て、とても賑《にぎ》やかです」

ゲタチョウの言うとおり、車窓を流れる景色はのどかなものだった。

道の両側には土で固められた原始的な家々が並び、家の前には野犬か飼い犬か分からない犬達が寝そべっていたり、その間を鶏が駆け回っていたりする。

方々の木陰には白い歯を見せて笑い合う、男ばかりの人だかりがあった。

「あれは皆、何をしているんですか？」

平賀が窓から顔を出し、興味津々に訊ねる。

「テラやダッジという地元の酒を飲んで暇を潰《つぶ》してるんです。エチオピアの男は仕事がなかなか見つからないから、暇人が多いんです。私は公式のガイドですけどね」

ゲタチョウは得意気に答えた。

木の束や大きなポリタンク、荷物を持って裸足《はだし》で歩く人達も目立った。

「あれは教会に行く人、買い物にいく人、水汲《みずく》みにいく人、色々です。エチオピア人はどこにでも歩いていきます。時には馬車も使いますが、まず二十キロくらいなら、普通に歩く距離です」

やがて道の前方に、赤茶色の埃《ほこり》っぽい建物群が見えてきた。

「あれがアクスムの市街です」

車はホテルや商店が建ち並ぶ通りに出たが、暑さのせいか人影はまばらで、商店のシャッターは半ば閉まっていた。まるで西部劇に出てくる荒野のゴーストタウンだ。眠ったような街並みの中で、太陽の作る濃い影ばかりが目立っている。

そんなメインロードから外れ、石ころだらけの道を北へ一キロも走ると、丘の上に広い貯水池が見えてきた。

ジープはその脇で停車した。

すると車を降りた平賀とロベルトの後を、ビデオカメラを回しながらマヌエルが付いて来る。

「何を撮ってるんですか」

ロベルトは咎《とが》めた。

「証拠だよ。我々が確かに巡礼の道を辿《たど》ったという記録を撮っている」

マヌエルは厳しい顔で答えた。

「その必要がありますか？」

「『巡礼の道を辿った者にしか、栄光の門は通れない』と言われているだろう？　いざとなった時、誰かに巡礼の証拠を求められるかも知れない。ビデオが無ければ、我々の軌跡をどうやって証明するんだ？」

「まあ……一理はありますね。ですが僕や平賀の顔は極力、映さないで下さい」

「分かったよ」

マヌエルはカメラを回したまま、一行の先頭へ出た。

シェバの女王の水浴場は一見すると、ただのコンクリートの貯水池であった。

水位は低く、池の水は苔《こけ》むしたような緑色で、とても飲めそうにない。そんな水を、街の人々がポリタンクで汲み出している。

「この光景に神秘性を感じるのは難しいね」

思わず呟《つぶや》いたロベルトを、池の縁にしゃがみ込んでいた平賀が振り返った。

「いいえ、ロベルト。この池は巨大な岩盤をくり抜いて作られていますよ」

「何だって？　コンクリート造りじゃないのかい？」

「違います。コンクリートは池に降りる階段部分だけです。相当古い建築物なのに、排水溝などもしっかり作られています」

「それはなかなか興味深い」

二人が感心していると、階段の下からマヌエルが叫んだ。

「おおい、君達も沐浴をお願いするよ」

言われた二人は急いで階段を下り、服を脱いで下着姿になった。

三人が腰まで池に浸《つ》かったところで、ゲタチョウが備えられたバケツで水を汲み、三人の頭から池の水を次々に注いでいく。

水はほどよく冷たく、心地よかった。汗も流れ落ちて爽《さわ》やかな気分だ。

三人は沐浴を終えると、下着と服を新しい物に取り替えた。

「念のため、私は近くの教会へ寄って、十字架のレプリカを買っておくよ。エチオピア十字は各々の教会によって固有の装飾がされているから、確かにここを訪れたという証拠になるからね」

「分かりました。巡礼ですから、教会に寄るのは良いアイデアですね」

マヌエルの提案に平賀が賛成し、一行は池の側の教会へ向かった。

2

再びジープに乗った四人は、間もなくオベリスク広場に到着した。世界遺産に登録されているためか、駐車場には観光バスが数台停まっている。

マヌエルはビデオを回しながら車を降りた。ロベルト達がその後に続く。

広場の入り口には羊達が放牧され、草を食《は》んでいた。

その背後に一際高く、少し傾いだオベリスクが聳《そび》えている。その足元には祭壇と思《おぼ》しきスペースと、なだらかな階段があった。

オベリスクの形状は四隅に角材状の出張りがある四角柱で、尖端《せんたん》が半円形だ。側面の最下部には扉のモチーフが彫刻され、そこから横一列の窓のモチーフが等間隔に十段刻まれているので、十二階建ての細長いビルのようにも見える。

「こちらは高さ二十三メートル、重さ百六十トン。キリスト教を国教に定めたエザナ王の石碑で、三世紀に建てられました。

オベリスクは王の権力を象徴する石碑で、その地下は国王達の埋葬室です。かつては六十四の大オベリスクと二百四十六の中オベリスク、数多くの小オベリスクがありましたが、現存するのは百二十余りです。その全てが、花崗岩《かこうがん》の一枚板から出来ているんです」

ゲタチョウの説明に、双眼鏡で石碑を見詰めていた平賀は首を傾げた。

「素晴らしい石造技術です。でもゲタチョウさん、このオベリスクは一枚板ではなく、三つのパーツを繋《つな》ぎ合わせたのでは？　横一列に切れ目が見えます」

平賀は石の割れ目のような箇所を指さして言った。

するとゲタチョウは苦笑した。

「それはムッソリーニ率いるイタリア軍がエチオピアに侵攻した一九三七年、戦勝記念として三つに切られ、ローマへ持ち去られたからです。アクスムに返還されたのは二〇〇五年になってからなんです」

「そうだったんですか。残念な話です。

それにしても、昔の人はこんな高さと重さの物をどうやって建てたんでしょう？」

「さあ……。当時はこの辺りに生息していたゾウによって建てたとか、タボットの力によって建てたなどと言われています。オベリスクには色々と謎が多いんです」

ゲタチョウの言葉を受けて、マヌエルが話を継いだ。

「そうなんだ。オベリスクは王の墓標といわれているが、果たしてそれが本当かも分からない。オベリスクは全て南向きをしている為、太陽信仰に関係するという説もある」

するとゲタチョウがふと、マヌエルを振り返った。

「先生、オベリスクに纏《まつ》わる歌があるのをご存知ですか?」

「知らないね。どんな歌だい?」

マヌエルが訊《たず》ねると、ゲタチョウは身体を叩《たた》いて拍子を取りながら、単調な節回しで耳慣れないフレーズを歌い始めた。

マヌエルは興味深げに歌を聴いていたが、詞はまるで聴き取れなかった。

「ゲタチョウ、その歌の意味は?」

「それは私にも分かりません。私の祖母がそのまた祖母から聞いたという歌です。昔はオベリスクの周囲で歌われていたといいますが……」

ゲタチョウは、すまなそうに頭を掻《か》いた。

その歌詞はロベルトの耳に、かなり訛《なま》った古代セム語のように聞こえた。

「すまないが、今の歌をもう一度、歌ってみてくれないか?」

ロベルトのリクエストにゲタチョウは喜び、再び身体を揺すって歌い始めた。

「おっと、その歌を収録させてくれ。あとでゆっくり調べてみたい」

マヌエルがビデオをゲタチョウに向けた。

ロベルトは目を閉じ、耳を澄ませて、その歌詞の意味を探った。そして歌が終わると、静かに目を開いた。

「有難う、ゲタチョウさん。その歌、僕の耳には古代セム語のように聞こえます。ざっと意味を述べますと、次のような内容です。

南のクシュの人々はその昔、大きなドラゴンを崇拝して家畜を献《ささ》げていた。しかし、次第にその負担に耐えかねるようになった。

そこで小さな王女は、このドラゴンを殺す為に、毒を混ぜた餌を作って山羊《やぎ》に食べさせた。そして自らドラゴンの生贄《いけにえ》に志願した。

夜、ドラゴンが彼女の許にやって来ると、少女は泣いて命乞《いのちご》いをし、自分の代わりに毒を食べた山羊をドラゴンに差し出した。

そしてドラゴンが山羊を食べて弱った所を殺すことができた。

でもその時、飛び散ったドラゴンの血に触れた彼女の足は、ロバのようになってしまった。

紅海の向こうに住む東の国の王は、ドラゴンを退治した王女の噂を聞き、南の国から彼女を王妃として迎え入れた。そうして彼女は新たな国の女王となった……。

どうやらこれは、南の女王すなわち、シェバの女王を讃《たた》える歌のようです。シェバの女王の足がロバのように毛深かったという伝承にも合致しますから」

いとも簡単に謎を解いてみせたロベルトを、マヌエルは驚きの目で見た。

「ロベルト君……。君は一体、何者なんだ？　君のその才能があれば、エチオピア考古学界は大いに発展するに違いない。私は君を是非、歴史委員会に推薦したい」

するとロベルトは首を横に振った。

「魅力的なお誘いですが、あいにく僕は神父を辞める気はありませんので」

「そうですよ。ロベルトはバチカンに必要な神父ですから」

横から平賀が嬉《うれ》しそうに付け加えた。

「マヌエル先生、振られましたね」

ゲタチョウは明るく笑った。

「うむ……。しかし、この地に歌い継がれてきた歌の存在は、シェバの女王の実在を裏付ける証拠になりそうだ」

マヌエルはビデオカメラを大事そうに撫《な》でた。

「実在の証拠とまでは言えませんが、この地に古くから彼女に対する言い伝えがあったとは言えるでしょうね」

ロベルトは慎重に答えた。

エチオピアには元々ネグロイドの先住民が住んでいたが、紅海を越えてきたセム語系のシェバ人が中心になってアクスム王国を建国したと、一般的に考えられている。従って、アクスム王朝の初期に建てられたオベリスクと、シェバの女王に纏わる歌がペアで伝わっていても、さほど不思議ではない。

建国以来、アクスム王朝は経済的・文化的に様々な国と交流を保った。紀元前五世紀頃からインドやローマと交易を始め、エジプト、スーダン、アラビア、中東諸国とも親交が深く、当時のアクスムにはユダヤ教徒、ヌビア人、キリスト教徒、仏教徒さえいたといわれている。

アクスム王朝は二世紀頃、紅海の向こうにあるアラビア半島に属国となるよう迫った後、北エチオピアを征服して領土とした。

三二五年頃にコプト派キリスト教が伝来すると最盛期を迎え、三五〇年頃にはナイル川中流域のクシュ王国（メロエ王朝）を征服し、五二五年頃にはアラビア半島のヒムヤル王国を滅ぼして栄えるが、十世紀頃にユダヤ教部族の支配を受けて弱体化したという説と、十一世紀に南方のラスタ地方から台頭してきたアガウ族に滅ぼされたという説がある。

ともあれ、当時のエチオピアとナイル川流域の国々、紅海を挟んだアラビア半島、アラビア海の先にあるインド、地中海を渡った先のヨーロッパとの間には、現代人が思うよりずっと深い関係性があったのだろう。

少し先に進むと、地面に倒れ、無残に割れたオベリスクが横たわっている。

「ラムハイ王のオベリスクです。もし垂直に立っていれば、高さは三十三メートルとなり、重さは五百トンという、最大の石碑です。

倒れたのは残念ですが、お陰で地下の墳墓が見られるようになっています」

ゲタチョウはオベリスクの台座部分を指さした。

大きな石畳の一角が切り取られ、地下へと続く階段が剝《む》き出しになっている。

ロベルトが覗《のぞ》き込むと、暗い穴の奥に石棺らしきものが薄《うっす》らと見えた。

「平賀、中に降りてみるかい？」

ロベルトはそう言って背後を振り返った。だが、そこに平賀がいない。

周囲を見回すと、小さめのオベリスクが何本か崩れそうに傾きながら立っている側の地面に、這《は》うように低い姿勢でしゃがみ込んでいる平賀の姿があった。

「又いつの間にあんな所に……」

「平賀先生、そこは危ないから立ち入り禁止ですよ！」

ゲタチョウが大声で呼びかける。

しかし、平賀は石のように動かない。

「すみません。僕が連れ戻して来ます」

ロベルトは平賀に駆け寄り、その肩を叩いた。

「どうしたんだ、平賀。ここは危険だから戻ろう」

すると平賀はゆっくりと身を起こし、彼が見詰めていた物をロベルトに示した。

「これは……」

ロベルトは息を呑《の》んだ。

オベリスクの足元に開いた暗い穴。その地下へと続く階段の中ほどに、尖端《せんたん》に十字架の飾りがついた一本の杖《つえ》と、どす黒く変色した人間の足先が見えている。

「人です。死亡しています。俯《うつぶ》せの姿勢で、背中に死因らしき傷が見えます」

平賀はペンライトを翳《かざ》し、冷静に呟《つぶや》いた。

「何てことだ……。とにかく警察を呼ばないと」

ロベルトは吐き気を堪《こら》えながら、ゲタチョウ達の許へ引き返した。

それから地元警察の到着まで二時間近く待たされ、発見時の様子を一通り聞かれた後、ロベルト達はようやく解放されたのだった。

3

オベリスク広場を出た四人はすっかり無言になっていた。

「シオンの聖マリア教会はすぐ側ですが……どうします？」

ジープに乗り、エンジンをかけながら、ゲタチョウが窺《うかが》うように言った。

マヌエルはふうっと、怒りを含んだ息を吐いた。

「シェバの水浴場で身を清めたばかりだというのに、厄介な事になった。明日の昼にはわざわざ警察に出頭して、調書を取られなきゃならん。全く、どうしてあんな物を見つけてしまったのだか」

「すみません。双眼鏡で鳥を見ていたら、あの場所に何かがあるように思えてしまって、それで……」

平賀は身を縮めて詫《わ》びた。

「いえ、どなたかのご遺体が何時までも発見されない事の方が問題でしょう。平賀のせいじゃありません。我々が今晩アクスムに一泊すればいいだけです。

今は予定通り、聖マリア教会へ行きませんか？」

ロベルトはなるだけ平静な調子で言った。

「はい、私もそれが一番いいかと……」

平賀も同意する。

マヌエルは黙って頷《うなず》いた。

「では、教会の方に参ります」

ゲタチョウはアクセルを踏み込んだ。

五分も走ると、円筒形の大きな教会が目の前に現われた。その天井は丸ドーム型で、黄金のエチオピア十字架が天辺に立っている。

駐車場は拡張工事中らしく、大勢の作業員が行き交っていた。

「こちらは一九六四年に建立された、新しいシオンの聖マリア教会です。元の聖マリア教会が女人禁制だった為、民衆誰もが礼拝できるようにと、エチオピア最後の皇帝ハイレ・セラシエによって建てられました」

ゲタチョウの先導で靴を脱ぎ、中へ入る。

教会の外周を覆う鮮やかなピンクと黄色、ブルーのステンドグラスから差し込む光が、聖堂に柔らかな光を届けていた。

祭壇に描かれた絵画は原色で、児童画のように素朴な風合いだ。天使もキリストも褐色の肌をし、大きな目を見開いている。

祭壇の奥には、緋色《ひいろ》のカーテンが三つ掛かっていた。

「あの奥に黄金のタボットが祀《まつ》られているんですよ」

ゲタチョウが言った。

マヌエルは教会の様子をぐるりとビデオで撮《うつ》すと、気難しげな顔の司祭から、レプリカの十字架を買い求めた。

「ここで礼拝しても構わないでしょうか。先程の死者の為に祈りたいのです」

平賀が訊《たず》ねた。ゲタチョウが黙って頷く。

平賀とロベルトは祭壇に向かい、無言の短い礼拝を行った。

すると祈り終わった二人の側に、布で覆った物体を抱えた修道士がやって来て、二人の前で布を捲《まく》って見せた。

それは大判の古い聖書で、古代ゲエズ文字と鮮やかな挿絵が描かれている。

ロベルトは思わず紙面に目を凝らした。

「これは相当古いものでしょう。なのに、とても色鮮やかですね」

ロベルトがアムハラ語で話しかけると、修道士は静かに微笑んだ。

「この聖書は千年以上前に作られたものです。山羊《やぎ》の羊皮紙に、植物と野菜と卵の特別な染料を用いているので、色が褪《あ》せないのです」

「素晴らしい。一体、どのような調合なんでしょうか？」

ロベルトは意気込んで訊ねたが、修道士はそれ以上の情報を知らないようだった。


教会を出たゲタチョウは、ジャカランダの木立の間の道を指して言った。

「この先に、かつてのシオンの教会と、オリジナルのタボットを納めた礼拝堂があるのです。ご覧になりますか？」

「ええ、是非」

平賀は二つ返事で頷いた。ロベルトも頷く。

「私は疲れたので、ジープで休んでおくよ。三人で行くといい」

マヌエルは踵《きびす》を返して歩き去った。

「私達だけ行ってもいいんでしょうか？」

平賀の躊躇《ためら》いを、ゲタチョウは笑い飛ばした。

「マヌエル先生はあそこへはもう飽きるほど通っておられますから、いいんですよ」

「そうなんですか？」

「ええ、ガイド仲間では有名な話です。たまにいらっしゃるんですよ、映画の『レイダース』とか、グラハム・ハンコックの書いたものを見て、熱心にタボットを調べに来る方がね。

さあ、平賀先生とロベルト先生は私に付いてきて下さい」

三人が暫《しばら》く歩くと、煉瓦《れんが》造りの古びた教会と、小さな礼拝堂が建っていた。その側に、丸い石碑と建物の基礎のようなものがある。

「この遺跡が最も古いシオンの聖マリア教会跡です。メネリク一世がエルサレムから持ち帰った契約の箱が、長い間、納められていました。でも、十六世紀にイスラムによって教会は破壊され、箱は秘密の場所に移されたのです」

ゲタチョウは次に、煉瓦造りの教会を指さした。

「こちらは十七世紀、ゴンダールの王ファシリデスによって再建されたシオンの聖マリア教会です。しかしここには大勢の礼拝者が来る為、契約の箱は隣の礼拝堂に移されました。そして本物のタボットは今も、あの誰も入れない礼拝堂の至聖所にあります」

ゲタチョウは自信満々に言った。

今や至聖所が空だと知っている平賀とロベルトは、ヒヤリと肝を冷やした。

礼拝堂の周囲は鉄柵《てっさく》で囲まれ、人の出入りを拒んでいる。

柵から二十メートルほど離れた礼拝堂の入り口には、白い木綿の布を纏《まと》った男が一人、羊飼いが持つような長い杖に身体を凭《もた》れさせて座っていた。

彼がタボットの番人だろう。かつてはベハイルの兄、アシェナフィ・テッセマ司祭があの場所にいた筈《はず》だ。

礼拝堂の手前には、半分地下に埋もれるようにして建つ古い小屋があり、そちらも柵で囲われていた。

柵の間から覗《のぞ》き込むと、横幅二メートル程度の棚があり、金の王冠や十字架が無造作に並べられている。

「あれは何ですか？」

平賀が不思議そうに訊ねた。

「歴代のアクスム王の王冠と、王家の十字架です。どうしてあんな場所に野ざらしに置かれているのか、よく分かりません。建物は博物館ですが、まあ、あまり見るべき物は無い所ですよ」

ゲタチョウは申し訳なさそうに答えた。

「そうなんですか？　でも、私は見てみたいです。どうですか、ロベルト？」

「僕もやや興味があるかな」

ロベルトは曖昧《あいまい》に答えた。

「なら、私はここでお待ちしていますので、入り口で入場料を払ってお入り下さい」

ゲタチョウが柵の入り口から呼びかけると、制服を着た警備員が二人、建物の中から出て来た。

その人に入場料を払い、柵の内側へ入る。

小さな博物館の割に警備は厳重で、手荷物は全て庭先のロッカーに入れるよう指示された上、入り口で全身にくまなく金属探知機を当てられた。

館の内部は薄暗く、王冠、十字架、主教の衣装、聖書、燭台《しょくだい》、古い土器などが、埃《ほこり》の積もったケースや棚に雑然と並んでいた。各々には説明書きさえ付いていない。

壁には所々に絵画が掛かっていたり、小さなレリーフが彫られていたりしたが、ごくシンプルな装飾に留《とど》まっている。

「まるで倉庫か物置だよ、これじゃ」

ロベルトはそう言いながらハンカチでケースの埃を拭《ぬぐ》い、中を覗き込んだ。

「物は玉石混淆《ぎょくせきこんこう》だね。レプリカも結構混じってる。何より展示が最悪だ」

ロベルトは残念そうに呟《つぶや》いた。

「タボットに関連する品はないようです」

平賀もがっくりと肩を落とした。

手狭な館内を十分程度で見終わると、二人は外へ出た。

そしてシオンの聖マリア教会で十字架のレプリカを買い求めた後、ジープで待つマヌエルの許《もと》へ引き返したのだった。

アクスムでの巡礼を終えた平賀達は、インターネット設備のあるラムハイ・ホテルに宿を決めた。

フロントでゲタチョウと別れた後、平賀は早速自室に入り、ネットにアクセスを試みた。ところが何をどう試しても、回線が通じない。

「ロベルト、すみませんが通訳をお願いできませんか？」

平賀はバスルームで洗濯中のロベルトに声をかけた。

「いいよ、何だい？」

「フロントに、ネットが通じないと言って欲しいのです」

ロベルトは内線電話をフロントにかけ、暫く話していたが、溜息《ためいき》交じりに受話器を置いた。

「今は一寸《ちよつと》調子が悪いが、そのうち通じるだろう、だそうだ。雨期にはよくあるトラブルらしい」

「今は雨期なんですか？」

「あと三日ばかりは雨期らしい」

「適当なものですね」

平賀が呟いた時だ。

ドカドカと物騒がしい複数の足音が近づいて来たかと思うと、ドアが激しく叩《たた》かれ、割れ鐘のような声が響いてきた。

「警察だ、ここを開けろ！」

ロベルトが歩いて行ってドアを開く。

その途端、青い制服を着た警官が三人、勢いよく室内へ駆け込んできた。

一人の警官が座っている平賀の腕をいきなり強く摑《つか》み、後ろ手に捻《ねじ》り上げる。

「何をするんです！」

思わず叫んだロベルトを、残る警官が二人がかりで壁際に押しつけてきた。ロベルトの両手に、冷たい鉄の感触が当たる。

ガチャリ。嫌な音がして、彼の両手に手錠がかけられた。

首を捻って振り返ると、平賀も同様に、後ろ手に手錠をかけられている。

「どういう事です？　説明してください。何かの誤解です。話を聞いて下さい」

ロベルトは懸命に呼びかけたが、警官達はまるで聞く耳を持たない様子だ。

二人は力尽くで引っ立てられ、突き飛ばされて廊下に転がり出た。

するとそこには二人の警官に挟まれ、鼻血を流したマヌエルが立っているではないか。

「私はアブブ巡査だ。ネグッセ司祭殺害事件の容疑者として、貴様らを逮捕する！」

一番体格のいい警官が、ハンカチに包んだコルト・ジュニア拳銃《けんじゅう》を掲げて怒鳴った。

4

バン、と目の前の机が叩かれ、水の入ったコップが跳ねる。

マヌエルは、ビクッと身体を強《こわ》ばらせた。

机の中央には、証拠品ケースに入った小ぶりな拳銃が置かれている。

「この銃が犯行に使われたのは明白だ。そして、ここには貴様の指紋しか付いていない。

さあ、さっさと司祭殺しを白状しろ、マヌエル・パチェッティ！」

アブブ巡査は訛《なま》った英語で凄《すご》んだ。

「それは確かに私のコルト・ジュニアだ。だが、それはただの護身用で、私は一度として人を撃ったことはない。無論、司祭を殺したのも私じゃない。よく調べてくれ」

マヌエルが言った途端、アブブの警棒がマヌエルの身体を強く打ち据えた。

床に倒れたマヌエルを、アブブが何度も何度も蹴《け》ってくる。

マヌエルは血を吐き、背中を丸めて呻《うめ》いた。

「糞《くそ》イタリア人め！」

アブブは興奮し、アムハラ語で訳の分からない言葉を喚《わめ》き散らした。

ぐったりと意識を失ったマヌエルの身体は、若い警官二人に両脇から抱えられ、廊下を引きずられて、留置所の檻《おり》の中へと乱暴に投げ込まれた。

訳も分からず房中で待たされていた平賀とロベルトは、顔を顰《しか》めた。

「大丈夫ですか？」

平賀がマヌエルに駆け寄り、側に膝《ひざ》をつく。

「次はお前を取り調べる。来い！」

警官はロベルトを指さして言った。

「お気を付けて、ロベルト神父」

平賀の声を背に、ロベルトは取調室へと連行された。

ロベルトをパイプ椅子に座らせると、警官二人は直立不動の姿勢で両脇に立った。

「貴様もマヌエルの仲間だな、糞イタリア人」

アブブは興奮に血走った目をロベルトに向けた。

「僕の名前はロベルト・ニコラス。バチカンの神父です。

ネグッセ司祭とは、僕らがオベリスク広場で発見したご遺体のお名前ですか？」

ロベルトはアムハラ語で訊《たず》ねた。遺体の側に転がっていた十字架の形の杖《つえ》から考えて、遺体は聖職者かも知れないと思っていたからだ。

「そうとも。犯人はお前達だ。マヌエルの部屋から出て来たこの拳銃が動かぬ証拠だ」

アブブは断定的に言い、机の上の拳銃を指さした。

「その銃が犯行に使われた事は確かなんでしょうか？」

ロベルトは眉《まゆ》を顰《ひそ》めた。

「明白だ。この国の拳銃所持率は僅《わず》か〇・四パーセントで、世界でも最低クラスだし、そもそもこの街に、聖職者を狙う人間などいない。外国人のお前らを除いてな」

アブブは吐き捨てるように言った。

「ですが、あのご遺体は死後何日か経過していたようです。一方、僕らは今日初めてアクスムに来たんです。渡航記録を調べて頂ければ分かります」

ロベルトはなるべく穏便な口調で言った。

「いいや、マヌエル・パチェッティが頻繁にアクスムを訪れていたことも、十日程前にもこの街に逗留《とうりゅう》し、ネグッセ司祭のいた旧シオンの聖マリア教会近くを頻繁に彷徨《うろつ》いていたことも、調べがついているんだ」

「マヌエル氏がシオンの聖マリア教会礼拝堂に通っていたことは、僕も聞きました。でもそれは映画や本に影響されて、あそこのタボットに興味があったから。それだけです」

ロベルトはアブブの顔色を窺《うかが》いながら、丁寧に話した。

「マヌエルはともかく、お前らは無関係だと言いたいのか？」

アブブの問いに、ロベルトは迷いながら頷《うなず》いた。

「少なくとも、僕と平賀は無関係です。そうでなければ何故、わざわざ遺体を発見したと警察に通報する必要があるでしょうか？　僕らが犯人なら通報などしません。

それに、僕達は聖職者です。ホテルにあるパスポートを確認して下さい」

ロベルトの発言に、アブブは不機嫌そうに目を逸《そ》らした。

「だが、証拠は他にもある」

「何でしょうか？」

「マヌエルが足繁く通い、懇意にしていたのは、アシェナフィ・テッセマ司祭だった。

アシェナフィ司祭はタボットの番人であられ、一般人は側に寄ることもできない御方だが、二人が柵越《さく》しにしばしば会話をしているのを、多くの人間が目撃している。

そして、ネグッセ司祭の遺体の側にはアシェナフィ司祭の杖が落ちていた。

アシェナフィ司祭の杖を盗み出す機会があった外国人は、マヌエルしかいない」

「えっ……。遺体の側にあった杖は、ネグッセ司祭の物ではなく、アシェナフィ司祭の杖だったんですか？」

「間違いない。アシェナフィ司祭の愛用品で、名前が刻まれた杖だ」

アブブの答えに、ロベルトは考えこんだ。

アシェナフィといえばベハイルの兄で、タボットを持ち出した人物である。

「アシェナフィ司祭は、自分の杖がマヌエル氏に盗まれたと証言したんでしょうか」

ロベルトは敢《あ》えてそう訊ねた。

「アシェナフィ司祭は病気療養中であられる。杖は何処かで無くしたと、教会を介して連絡があった」

アシェナフィが病気療養中というのは、教会の吐いた嘘だ。彼が（タボットと共に）行方不明になっていることを、教会はひた隠しにしている様子だ。

「あくまで一般論としてですが、ある人物の持ち物が遺体の側に落ちていたとしたら、最初に疑われるのは、その物の持ち主なのでは？」

ロベルトは慎重に問いかけた。

「貴様、アシェナフィ司祭様が仲間の司祭を銃殺したとでも言うのか！　罰当りめ！」

アブブは立ち上がり、ロベルトに摑み掛かった。

「あの……ですがアブブ巡査、亡くなったネグッセ司祭とアシェナフィ司祭が言い争っているのを聞いたという司祭の証言も、確かにありますよ」

その時、じっと黙っていた若い巡査が、横から口を挟んだ。

「黙れ、黙れ!!」

アブブは興奮し、机をガンガンと叩《たた》いた。

「はっ。申し訳ありません!」

若い巡査は真っ青になり、アブブに敬礼した。

「ひとまずコイツを留置所に戻せ! 気分が悪い」

アブブの鶴の一声で、ロベルトは引っ立てられるようにして、檻の中へと戻された。

次は平賀があの乱暴な取り調べにかけられるのかと、ロベルトは気が気で無かったが、巡査達は平賀を呼び出すことなく去って行った。

そして辺りは突然、静かになった。

「私には今、置かれている状況が分かりません。貴方《あなた》は何を取り調べられたんです?」

平賀は不安げに、ロベルトに訊ねた。

「うん、僕としても話を整理したいから、聞いてくれ。

君がオベリスク広場で見つけた遺体があったね。彼はシオンの聖マリア教会に所属するネグッセ司祭という人物で、どうやら死因は」

「私が見た限り、射殺でした」

話の途中で、平賀が割り込んだ。

「そう、射殺らしい。そしてこの国の拳銃所持率が非常に低い中、聖マリア教会を頻繁に訪ねていた外国人——すなわちマヌエル氏の手荷物から、彼自身の護身用拳銃が発見されてしまったのが問題だ。そもそも聖職者を射殺するなど、外国人の仕業としか考えられないから犯人はマヌエルに違いない、というのがアブブ巡査の主張だな。

それから、遺体の側に落ちていた杖は、アシェナフィ・テッセマ司祭の持ち物だった」

「何ですって？」

平賀は目を瞬いた。

「マヌエル氏が聖マリア教会の礼拝堂に足繁く通い、アシェナフィ司祭と親しかったことから、杖を盗む機会があったのもマヌエル氏しかいない、とアブブは言っている。

その一方で、生前のネグッセ司祭とアシェナフィ司祭が言い争うのを聞いたという証言もあるらしい」

「マヌエル氏が疑われるのも、アシェナフィ司祭が疑われるのも、どちらも困ります」

平賀は腕組みをした。

「まあ一応、僕らも疑われてるんだけどね」

ロベルトは苦笑した。

「何故、私達を疑う必要が？」

「外国人だから、だろう。特にアブブ巡査はイタリア人を嫌っている様子だった」

「それでマヌエル氏を犯人と決めつけて、あんな暴行を……」

「恐らくね。

ヨーロッパのアフリカ分割で唯一独立を守った国と呼ばれるエチオピアも、ごく僅かな期間、ムッソリーニ率いるイタリア軍に占領された歴史がある。オベリスク広場にも、戦勝記念として三つに切られ、ローマに略奪されたというオベリスクがあっただろう？」

「ええ」

「当時のイタリア軍は、エチオピア侵攻において大規模な無差別毒ガス攻撃を空から仕掛けるといった反人道的な行いもした。その事を怨《うら》みに思うエチオピア人がいても、不思議じゃない」

ロベルトは溜息《ためいき》を吐いた。

その時、ロベルトの背後から苦しげな声がした。

「そういう事か……アブブの野郎……」

二人が振り向くと、マヌエルがベッドから半身を起こしている。

「マヌエルさん、気が付かれたんですね」

平賀はほっとした顔をした。

「君らがイタリア語で話してくれたお陰で、ようやく事情が分かった。奴らときたら、アムハラ語で喚《わめ》くばかりでね」

マヌエルは腹を押さえながら、ベッドの縁に座り直した。

「警察に押収された銃は、確かに貴方の物ですか？」

ロベルトが訊ねる。

「そうだ。だが、ただの護身用だ。私は誰に対しても、一度も銃を発射したことはない」

マヌエルは毅然《きぜん》と答えた。

「私達はかけられた嫌疑を早急に晴らし、巡礼を続けなければなりません」

平賀がロベルトとマヌエルを交互に見て言った。

「晴らすといっても、どうやって？」

マヌエルが懐疑的に訊《たず》ねる。

「マヌエルさんが今日より以前、最後にアクスムにいらしたのはいつです？」

「およそ一カ月前から滞在して、シオンの礼拝堂に連日通っていたのは事実だ。礼拝堂の前庭にアシェナフィの姿を見かけなくなり、ベハイルにも三日間連絡が取れなくなって、不思議に思っていたら、私のホテルにベハイルの手紙が届いた。それが九日前の朝だ。

その後はアディスアベバの大司教に会いに行き、そのまま君達を待っていた」

マヌエルは指を折って数えながら答えた。

「ざっと見たところ、あの死体は死後十日から二週間といった状態でした。死亡推定日が十日以上前と確定し、マヌエルさんが当時アディスアベバを離れなかったと証明できれば、マヌエルさんへの嫌疑は晴れます」

平賀は淡々と答えた。

「……アリバイか。私はホテルに戻らなかった日も何日かあったから、完全な証明は難しいかも知れない。ずっとアディスアベバに居たのは本当なんだが……」

マヌエルはバツが悪そうに答えた。

「では次の方法は、貴方の銃が犯罪に使われていないという証拠を明確にすることです。貴方の銃が盗み出されて犯行に使われ、再び貴方の荷物に戻されたのでない限り、貴方の銃と、殺人に用いられた銃の線条痕《せんじょうこん》が一致する筈《はず》がないのです。銃の線条痕はたとえ同一型でも差異があり、指紋と同様の個体差があります。

犯罪捜査はあくまで事実の積み重ねによって行われるべきです。思い込みや偏見によって、人を冤罪《えんざい》に陥れる行いなど、許されてはなりません」

平賀は凛《りん》とした眼差《まなざ》しで言った。

「それはそうだが、何よりまず、僕らがここを出ることが先決だ。いいかい、平賀、次に君が聴取に呼ばれた際、やって欲しいことがある」

ロベルトはそう言うと、平賀と打ち合わせを始めた。

5

平賀の取り調べが無事に終わり、その日は何事もなく過ぎた。

事態が動いたのは翌日の夕刻だ。

平賀達の房を、タダイ神父が背広姿の男と刑務官を伴って訪ねて来た。

「ゲブレメディン大司教の名代で参りました」

タダイ神父は緊張の面持ちで言った。

「弁護士のマコーネンです。直ちに私を代理人に委任して下さい」

背広姿の男が弁護士バッジを示した。

平賀、ロベルト、マヌエルが各々「委任します」と答えると、マコーネンは側にいた刑務官に命じた。

「ここを開けなさい。代理人と話をします」

刑務官が渋々といった様子で鍵《かぎ》を開ける。マコーネンは房の中へ入って来た。

「平賀神父から教会にお電話があった時は、本当に驚きました」

タダイ神父が房の外で呟《つぶや》いた。

平賀は事情聴取の際、電話を掛ける権利をアブブ巡査に訴え、ロベルトとの打ち合わせ通り、アディスアベバの聖マリア降誕教会へ救助を要請したのだった。

「突然、庇護《ひご》をお願いして申し訳ありません。弁護士のご手配、助かりました。それで、この件についてゲブレメディン大司教は何と？」

ロベルトが平賀に代わって訊ねた。

「無論、ゲブレメディン大司教は君らが任務を遂行することを望んでいる。君達を釈放するよう、しかるべき警察の要人に話を通しているところだ」

「そうですか、それは一安心です」

ロベルトがほっと息を吐く。

「第一この勾留《こうりゅう》は、逮捕状も確たる証拠もない状態で行われたものですから、憲法違反です。そこのところは、私がしっかりとここの本部長に対して抗議しておきました。いずれ警察は貴方がたを釈放しない訳にいかなくなります。ただし私の経験上、彼らの面子《メンツ》の為にあと暫《しばら》くは拘束されるでしょう」

マコーネン弁護士は手慣れたものだという様子であった。

「拘束とは、あとどのくらいです？」

「なるべく諸手続きを急ぎますが、恐らく一週間程度かと思います」

マコーネンが答えた時、平賀がずいっと身を乗り出した。

「彼らの面子というのは、何ですか？」

「は？」

マコーネンは平賀の質問の意味が分からず、目を瞬いた。

「いいかい、平賀。地元警察からすれば、自分らが睨《にら》みを利かせてる筈の管轄下で、街の人々の尊敬を受けている聖職者が無残に殺された訳だから、その捜査が全く進捗《しんちょく》しないでは済まされないんだよ。僕らを拘束して取り調べている間は、捜査が進展しているという格好がつく」

ロベルトが横からフォローを入れる。

「そういう事です。ここの警察は非常に面子を気にしていますから」

マコーネンが頷《うなず》いた。

「つまり、この殺人事件について何の手がかりも得られていないのに私達を釈放すると、警察の面子が潰《つぶ》れるのですか？」

平賀は重ねて訊ねた。

「そうですね。貴方《あなた》がたにとっては理不尽な話でしょうが」

「でしたら、もし私達が殺人事件の物証を見つけるなり、真犯人を見つけることができたら、警察の面子は保てる訳で、結果、警察は私達を釈放する気になる訳ですよね？」

平賀が勢い込んで訊ねた。マコーネンはたじたじと後ずさった。

「いや……それは……理屈はそうかも知れませんが、一寸《ちょっと》、そのような話は……聞いたことがありませんし……」

「マコーネン弁護士、警察に取引を持ちかけて下さいませんか。私達が真犯人を見つけることができたら、私達を釈放すると」

とうとう平賀は禁断の台詞《せりふ》を口にした。

平賀はこのまま黙って釈放される日を待つ気はないらしい。彼の探究心は既に殺人事件の解明へと向かっている。ロベルトは細い溜息を吐いた。

平賀はさらに続けた。

「現場や遺体を検証し、事実を追いかければ、必ず真実に辿《たど》り着ける筈です。現場調査を私に許して頂ければ、この事件の証拠となるものを必ず見つけてみせます」

するとマコーネン弁護士は困り顔で、タダイ神父の方を見た。

「だが、平賀神父、そんな事が本当に可能なのかね？」

タダイ神父は心配げに問い返した。

「はい。タダイ神父、どうかゲブレメディン大司教のお知り合いの警察の要人という方にも、私達が捜査の手伝いをすることを許可してもらえるよう、お伝え下さい」

平賀の言葉に、マコーネン弁護士とタダイ神父は顔を見合わせ、黙り込んだ。

ピリピリとした沈黙を破って口を開いたのは、マヌエルだった。

「平賀神父、君が何もせずにいても、私達は恐らく一週間後に釈放されるんだ。でも、もし君がそれより早く事件を解決できると言うなら、君に賭《か》けてみる価値はあるかも知れないね。自信の程はどうなんだい？」

「それは勿論《もちろん》全力を尽くしますが、時間に関してはお約束できません。ですけど、もし私達が何もせず、マコーネン弁護士やゲブレメディン大司教様のお力添えで釈放されたとしても、次に又、私達の代用として、無意味なスケープゴートの何者かが逮捕されないとは限りません。いえ、その可能性は大でしょう。

次のターゲットが逮捕され、その代わりに私達が釈放されたとして、それを手放しで喜べるでしょうか？　私にはそれが良い解決法とは思えません。それから先、知らん顔で巡礼を続けるなんて、私には出来そうもありません」

平賀の頑《かたく》なで清廉な横顔を見ながら、ロベルトは口を開いた。

「僕も捜査に協力するよ、平賀。その方が早く真相に迫れるだろう。

マコーネン弁護士、タダイ神父、どうか平賀の言う通りにしてやって下さいませんか」

「分かった……。君達がそうまで言うのであれば……」

タダイ神父は顰《しか》め面で頷いた。

「こんなことは初めてのケースですが、まあ、出来る限り要望を伝えてみましょう」

マコーネンは半ば呆《あき》れ顔で立ち上がり、タダイ神父と共に去って行った。


翌日、三人が呼び出された取調室には、弁護士のマコーネンと、でっぷり太った警部が待っていた。

「概《おおむ》ね話は通したよ、こちらはツェガエ警部だ」

マコーネンが立ち上がってツェガエを紹介する。

平賀達が机を挟んでツェガエの向かいに座ると、ツェガエは煙草をふかし、不機嫌そうに英語で言った。

「全く、面倒な圧力を上層部へかけてくれたものだな。それで、お前達が事件の証拠を見つけるというのは本当か？」

ツェガエが平賀とロベルトに顔を向けた。

「はい。私は科学者ですから、科学捜査の協力を申し出ます」

平賀は真剣な表情で言った。

「科学捜査ねえ……。こっちでは余り聞かん技法だが、やってもらおうじゃないか。ただし、それで何も分からない場合はマヌエルを起訴してやる」

途端に、マヌエルが狼狽《ろうばい》した。

「止しなさい。そんな事をしても、証拠不十分で不起訴になりますよ」

マコーネンはツェガエを咎《とが》めた。

「大丈夫です、マヌエルさん。必ず、犯人に繋《つな》がる糸口を摑《つか》んでみせますから」

平賀の自信に満ちた言葉に、ツェガエは眉《まゆ》を吊《つ》り上げた。

「ほう、大した自信だな。で、そちらのもう一人はどうなんだ。ロベルト神父とか言ったかね、お前は何が出来るというんだ？」

ツェガエの鋭い眼がロベルトに向けられた。

「僕の専門は暗号解読と民俗学です」

「暗号解読と民俗学？　それは事件捜査に役立ちそうにもないな。なら科学捜査とやらの間は、マヌエルと一緒に拘置所に入っていてもらおう」

ツェガエはロベルトに向かって、紫煙を吐き出した。

「いえ、ロベルト神父は捜査に必要な方です」

平賀が声を高くした。

「ツェガエ警部。ネグッセ司祭の殺害当時、ロベルト神父がこの国に居なかったことは証明済みなのですよ。そもそも彼の拘束は不当です。貴方の立場にとって、何が最も賢明な選択であるか、よくお考えになられては？」

マコーネンは嫌味たらしい口調で言った。

ツェガエは一瞬、険しい顔をしてからコホリと一つ咳《せき》をした。

「いいだろう。神父二人には事件解決に繋がる手がかりを見つけてもらうとしようか。私も科学捜査とやらには興味があるし、神父達に証拠隠滅でも図られては適《かな》わん。よって、私が案内役兼、見張り役として同行する。それでいいか？」

「どのような条件でも構いません」

マコーネン弁護士より先に、平賀が声を発していた。

＊　＊　＊

マヌエルは房に戻され、平賀とロベルトは地下の遺体保管所へと向かった。

四方を白い石壁で囲まれたその部屋には納体袋を乗せたステンレスの台が並び、鼻をつく臭いが漂っている。

「ネグッセ司祭の遺体はどこだ？」

仏頂面をして出迎えた職員に、ツェガエ警部が訊《たず》ねた。

職員は言葉を発することもなく歩き、二十三番と書かれた台の前で立ち止まった。

「死体を確認させて頂きます」

平賀はそう言って、納体袋のファスナーを開いた。

驚いたことに、ネグッセ司祭の遺体は衣服を纏《まと》ったままであった。頭部に白布を巻き、足にはサンダルも履いている。

「ひょっとして、彼は発見されたままの状態で保管されているのですか？」

平賀は不思議そうに訊ねた。

殺人や変死のような場合は、衣服を脱がせて全身をチェックし、裸のまま司法解剖に回されるのが普通である。

「それがどうした」

ツェガエ警部は憮《ぶ》然《ぜん》と答えた。

「司法解剖は？　しないのですか？」

「死因が射殺であることは明白なのに、その必要があるか？　第一、司祭の遺体にむやみに手を触れたり、メスを入れるなど、ここではタブーだ」

平賀は死体の顔をじっくりと観察した。

「腐敗からの変色以外に、暴行を受けて出来たと思われる変色があります。つまり司祭は顔などを殴られ、暴行された後、射殺されたという事です」

「暴行だと？」

ツェガエ警部は死体を少し覗《のぞ》き込み、すぐに青ざめた顔を背けた。

平賀は無表情に死体を横向きにし、背面を確認した。赤黒い血の染みが広がり、その中央の部分の布は破れ、銃弾が貫通して出来た穴がある。しかし、死体の前面の衣服は破れていない。

「犯人を知る手掛かりは、死体の中にあります」

「死体の中？」

「はい、それは銃弾です。銃弾を調べることによって、使われた銃の種類が特定できます。マヌエル氏の銃が使われたのか、それとも他のどんな銃なのかが」

ツェガエ警部は顔を顰めた。

「遺体にメスを入れるつもりか？　それはやはり……」

出来ないと言いかけたツェガエ警部に、ロベルトは助け船を出した。

「銃弾を取り出すだけなら、解剖までしなくても、司祭のご遺体に大きな傷をつけなくても可能です。そうだね、平賀？」

「ええ、先端が二センチほどの医療用鑷子《ピンセット》があれば取り出せると思います」

ルーペで死体を舐《な》めるように見ながら、平賀が答える。

だが、ツェガエは尚《なお》も厳しい顔で唸《うな》っている。

「ツェガエ警部、ご遺体の中に銃弾を残したまま、葬儀や埋葬を行うおつもりですか？　それこそ不敬というものでしょう。仮にナイフを刺されて亡くなった方がいれば、ご遺体からナイフを抜くのが普通です。それと同じ事だとお考え下さい」

ロベルトの言葉に、ツェガエは渋々頷《うなず》いた。

「許可しよう。ただし、遺体への損傷は最低限に頼む」

「はい」と、平賀が頷く。

「それでは警部、医療用鑷子と、摘出した弾丸を載せるトレー、それから手元を照らす懐中電灯を手配して頂けますか？」

ロベルトが言った。

ツェガエは頷き、どこかに電話をかけ始めた。だが、電波の状態が悪い様子で、ツェガエは室内をうろうろ歩き、遂には廊下へと出てしまった。

その間に平賀はさっと司祭の服をめくって胸部や腹部を観察し、素早くまた服を元に戻した。彼の一連の動きは、まるで神業のようであった。

ツェガエは電話をかけ終わると、二人の許に戻って来た。

「警部、ルーペでここをよく見て下さい。縛られた痕《あと》があります」

平賀は司祭の手首を示して言った。

「縛られただと？」

「はい。皮膚が変色して分かりづらいのですが、縄状の跡が見えます。司祭は生前、ロープで手首を縛られていた、という事が分かります。

詳しい事は現場に行き、殺害当時に起こったことを検証したいと思います」

平賀はそう言うと、さらに死体の観察を続けた。

掌《てのひら》の汚れや衣服の汚れを観察し、手袋をはめた手で服の背面についた汚れをこそぎ取り、靴底の泥を採取すると、ポケットから取り出したファスナー付きビニール袋に収める。

そうして四十分余り経った頃、ようやく医療用鑷子等が手元に届いた。

司祭の遺体を俯《うつぶ》せにし、ロベルトが懐中電灯で司祭の傷口を照らす中、平賀がゆっくりと鑷子を傷口に差し込んでいく。

そうして銃弾の固い手応《てごた》えを感じた平賀は慎重にそれを掴み取り、傷口から取り出すとトレーの中に置いた。

赤黒く固まった血に塗《まみ》れた銃弾を、三人は見詰めた。

「七・六五ミリ口径銃弾ですね」

平賀はメジャーを取り出し、銃弾を測り終えると、軽く微笑んだ。

「そうしますと、殺害に使用された拳銃《けんじゅう》は三十二口径となります。一方、マヌエル氏のコルト・ジュニア拳銃は二十五口径です。線条痕《せんじょうこん》を詳しく調べるまでもなく、殺害に使われた銃と、マヌエル氏の銃は別物であると証明されました」

「三十二口径か。我々警察に支給されている三十口径とも違うようだな」

ツェガエもどこかほっとした様子で呟《つぶや》いた。

「しかもこの銃弾、何だか妙な形です。尖端《せんたん》が鋭利といいますか……。ツェガエ警部、何処かに電子顕微鏡があればお借りしたいのです」

平賀がツェガエに訴えると、ツェガエは首を捻《ひね》った。

「そんな物は恐らく総合病院にしかないぞ」

「では、その病院へ私を連れて行って下さい」

平賀は迷いなく言った。

「だが、銃弾を詳しく調べた所で君に何か分かるのかい？　銃は専門じゃないだろう」

ロベルトは懐疑的に訊ねた。

「私は専門家ではありませんが、専門家に心当たりはあります。サスキンス捜査官にデータを送り、調べて貰《もら》うことは出来ないでしょうか？」

「成る程ね。彼には少しばかり貸しもあることだし、やってみるか。FBIのデータベースなら、世界中のどんな銃であろうと、銃の型番ぐらい割り出せるだろう」

平賀とロベルトの会話を聞き、ツェガエ警部は目を丸くした。

「FBIだと？　君ら、米国連邦捜査局に知り合いがいるというのか？」

「はい」と、平賀は屈託無く頷いた。

こうしてツェガエ警部の監視の下、平賀は銃弾をあらゆる角度から撮影したデータを造り、ホテルに戻ってパソコンからサスキンス捜査官宛にメールで送信したのだった。

6

平賀はホテルの部屋に置いたままだったリュックを荷造りし直した。簡単な調査道具だけを詰め、そのリュックを背負う。

そして平賀とロベルト、ツェガエ警部の三人は、死体発見現場であるオベリスク広場を訪ねたのだった。

広場の背後に繋るブナ林の手前に、崩れそうな小さめのオベリスクがあり、その足元に暗い穴が開いている。

地下へと続く階段の中程には、警察が付けたのだろう、死体の位置がチョークで書かれている。血痕《けっこん》も残されたままだ。

平賀はルーペを構え、階段に積もった埃《ほこり》や、地下にある石棺、石畳の床と壁、外の地面などをつぶさに観察した。それからオベリスクの背後にある木立へ分け入り、地表を細かく観察する。

そうして二時間余り地面を這《は》い回っていただろうか。平賀は突然、すっくと立ち上がり、ロベルトとツェガエ警部の許に駆け寄った。

「殺害当時の状況がだいたい分かりましたので、ご説明します」

平賀は明るく言った。

「地面など這って、何が分かったというんだね」

ツェガエは苦笑した。

「はい。司祭の死体は俯せで階段に倒れていましたよね。ですが、彼の衣服は背面の方が汚れていました。特に彼の臀部《でんぶ》にはこのような霧藻が付着していました」

平賀は先程採取したビニール袋を掲げた。

「霧藻？」

ロベルトとツェガエが声を揃えて問い返す。

「霧藻とは、木々の樹皮から垂れ下がるようにして生息する、糸状の植物です。別名サルオガセといいます。一寸《ちょっと》、こちらへ来て下さい」

平賀はツェガエとロベルトをブナ林に誘い、一本の木の前で立ち止まった。

「この木をよく見て下さい。一番下の枝に白い繊維が僅《わず》かに付着し、周囲のサルオガセが千切れているのが分かります」

そう言われてツェガエは目を凝らしたが、何も見えなかった。

ロベルトは利き目にモノクルを嵌《は》め、「確かに白い繊維があるね」と頷いた。

「はい、その繊維は木綿です。恐らくネグッセ司祭はこの場所で殴られ、地面に尻餅《しりもち》をついた。だから、枝に衣服の一部が付着し、衣服の臀部にサルオガセが付着したのです。念のため、隣の木で試してみましょう」

平賀はそう言うと、やにわにふらりと後ずさり、地面に勢いよく尻餅をついた。

ビリッと小さな音がして平賀の服が枝にひっかかり、枝に繊維を残した。そして平賀の臀部には土とサルオガセが付着した。

「良かった、上手《うま》く行きました。ご覧の通りです。

ネグッセ司祭はここで何者かに殴られ、ロープで手を縛られたのでしょう。そして銃を突き付けられるなどして、オベリスクの階段の方へ向かった筈《はず》です。

ロベルト神父、一寸、司祭の役をお願いします」

平賀はロベルトを前に立たせると、ロベルトの背中に人差し指を押し当てた。

「私が犯人だとします。さあ、ロベルト神父、歩いて下さい」

ロベルトは言われた通り、階段に向かって歩き出した。

「ふむ。そうして階段を降りる途中で、司祭は射殺された訳か」

ツェガエが言うと、平賀は首を横に振った。

「いいえ、まだです。司祭の掌には石灰の白い粉が付着していました。彼は一度、地下の石棺か壁に触った筈なんです。ですから、私達も地下へ降りましょう」

平賀はロベルトの背に指を当てたまま、階段を下った。ツェガエが後に続く。

「次に、この地下室で何が起こったかです」

平賀はゴーグルを装着し、血痕や体液に反応して光るＡＬＳ光源で石室をくまなく照らし、メジャーで壁の一部を測った。

「横手の壁面に掌をついた痕があります。大きさからして、司祭のものでしょう。犯人に後ろから小突かれて、この壁に手をついたんです。

ということは、ここで司祭の手を縛っていたロープは解かれていた事になりますね。

それから……この十字架の付近に指紋の痕が重なっています」

平賀は正面奥の壁に彫られたレリーフを興味深げに見詰めた。

そのレリーフは十字架の中央に、丸い花の花弁のような金属の装飾がある。

「司祭と犯人はここで暫《しばら》く時間を過ごし……それから司祭は再び地上へ向かった筈です。

しかし、司祭は銃口を向けられ、階段を駆け下りた。つまり地上に銃を構えた犯人がいたんです。銃口から逃げる為、司祭は行き止まりの地下に逃げるしかなかった。でもその時、背後から撃たれ、階段の半ばに俯せで倒れ込んで死亡した。血痕から判断すると、そういう状況です」

平賀は放射状に散った血痕を、ゴーグルに映る視界で確認しながら言った。

「ということは、犯人は地下と地上にいた事になる。少なくとも二人組か」

ロベルトが呟いた。

「ええ、恐らくは。或《ある》いは犯人は司祭を一人地下室に残し、地上付近で電話をかけていたとか、見張りに立っていたという可能性もあるでしょうか」

「犯人が見張りに立っていたとして、ここで司祭に何をさせていたというんだい？」

「さあ……分かりません」

「ふむ。一寸、僕にもそのゴーグルとライトを貸してくれないか」

ロベルトはゴーグルを受け取って装着した。

するとたちまち、今まで見えなかった物が見えて来る。

ロベルトが興味を惹《ひ》かれたのは、やはり正面奥のレリーフだった。

ロベルトはそれを暫く眺めた後、手袋をはめた手で金属の突起を摑《つか》み、そっと回してみた。耳を澄ますと、回る度にカチカチと音がしている。

「ああ、成る程、そういう事か……。平賀、聴診器は持っていないか？」

「ありますよ、どうぞ」

ロベルトは平賀から聴診器を受け取り、金属部分のすぐ下にチェストピースを当てて、微《かす》かな音を採った。

そうして金属の突起を右へ左へと暫く回していると、突然、辺りにガチャリと大きな音が響いた。

「隠し扉が開きましたよ。金属の装飾はダイヤル式の鍵《かぎ》だったんです」

ロベルトは満足げに平賀とツェガエを振り返った。

ツェガエは無言で目を白黒させている。

「ロベルト神父、流石です」

平賀は瞳《ひとみ》を輝かせた。

ロベルトは解錠された石の扉を押したが反応はなく、苦労してそれを引っ張り、どうにか扉を開くことができた。

狭い地下道がずっと奥へと続いている。

「ここの鍵を開けさせる為、犯人は司祭を縛っていたロープを解いたんです。司祭は役目を果たし、犯人にそれを告げる為、もしくは犯人から呼ばれ、地上へ歩いていった。

ところが突然、銃を向けられた。そこで司祭は隠し通路の方へ逃げようと、階段を駆け下りた。でも、途中で撃たれてしまった……。犯人にとって、謎を解いた後の司祭は用済みだったのでしょう」

平賀は淡々と推理を述べた。

「おお、おお、そうか、成る程……」

ツェガエ警部はすっかり感心した様子だ。頬を紅潮させ、頻《しき》りに手を叩《たた》いた。

「先へ進んでみましょう。犯人が欲しかった何かがある筈です」

ロベルトの言葉に、三人は懐中電灯を翳《かざ》しながら、地下道を歩き始めた。

二百メートル余り進むと、右手に円形に窪《くぼ》んだ小部屋が現われた。

ロベルトがその内部を懐中電灯で照らすと、円形の明かりの中に、物が散乱した室内が浮かび上がる。

そして十字架や杖《つえ》、イコンなどが光の輪の中に現われては消えた。

「こりゃあ、教会の財宝じゃないか……」

ツェガエ警部は呆然《ぼうぜん》と呟《つぶや》いた。

「調べてみましょう。皆さん、犯人の指紋を消さないように手袋をつけて下さい」

平賀はリュックから手術用の極薄手袋を取り出し、皆に配った。

三人は手袋をつけ、暫く室内を歩き回った。

ロベルトは床に落ちた一つの十字架を手に取ったが、その瞬間、彼の脳内に、何かがスパークする感覚が走った。

彼はその十字架に見覚えがあった。

シオンの聖マリア教会礼拝堂の前に建つ、小さな博物館。そこで見、明らかに贋作《がんさく》だと思った十字架にそっくりなのだ。

だが、目の前のそれは贋作ではない。金属の色合い、鏤《ちりば》められた宝石、緻《ち》密《みつ》な細工。明らかに十二世紀あたりに作られたであろう本物だ。

これは何を意味しているのか？

ロベルトは他にも目をやった。

分厚い聖書がある。

保存状態こそ悪いものの、上質の紙に手書きで描かれ、ゲエズ語の装飾文字と絵画が描かれている。ロベルトの見立てでは、これも年代ものの希《け》有《う》な一品である。

続いて彼の目に止まったのは、部屋の角に置かれた小箱であった。

それには鍵がかかっていたが、針金を一本取り出し、少し弄《いじ》れば、小箱は簡単に開いた。

箱の中にあったのは、束になったブル紙幣とメモ書きである。

それを見たロベルトは、たちまち事態を把握した。

「何か分かりましたか、ロベルト？」

平賀の声に、ロベルトは溜息《ためいき》をついた。

「ああ。分かった事は二つある。一つは、この隠し通路がシオンの礼拝堂前の博物館に通じているということだ」

「あの倉庫みたいな博物館ですか？」

「そうだ。あの本物と贋作がごっちゃに混ざっていた博物館さ。

あそこに何故、あれほどレプリカが多かったのか。それは、ネグッセ司祭がここで何をしていたかが分かれば理解できる」

「司祭が何をされていたというのですか？」

平賀はメモを見つめるロベルトの側に寄り、手元を覗《のぞ》き込んだ。

「ご覧、このブルの札束。そして、このメモは十字架やイコンの売買記録だ。筆跡は全て一人のもの。それがどういう意味か分かるだろう？」

問いかけたロベルトに、平賀は首を傾げた。

「要するに、ネグッセ司祭は密《ひそ》かに教会の財産である骨董《こっとう》品をレプリカにすり替え、誰かに売り飛ばしていたんだ」

「そんな……。司祭が教会の大切な財産を？」

平賀は絶句した。

「まさか……だろう」

ツェガエ警部も息を詰まらせた。

「カソリック世界でも過去に何度か、金に困った教会の売り払ったお宝が闇の市場に流れるという事件があった。そう驚くには値しないさ。

恐らくこの殺人事件は、教会の骨董品を巡る闇の売買と関係していたんだ」

ロベルトはそう言って一息吐いた。

「しかしだ。一体誰が、何の為にこんな隠し通路を作ったっていうんだ？　まさかネグッセ司祭一人の仕業じゃあるまい……」

ツェガエは腕組みをした。

「そうですね。この通路の造りは相当古い。恐らく、旧シオンの聖マリア教会と同時期に造られたのでしょう」

「同時期ですって？　だとすれば、この通路の真の目的は……」

平賀はハッとしたように顔をあげた。

「そうさ、平賀。僕もそう思う」

ロベルトと平賀が頷《うなず》き合うのを見て、ツェガエは苛立《いらだ》った声をあげた。

「何だというんだ、おい、二人で納得するな。どういう意味なんだ？」

「警部、その答えは通路を進めば分かります」

ロベルトは踵《きびす》を返し、小部屋を出て通路を奥へ進み始めた。

7

それから更に四百メートルほども進んだろうか。遂に通路は行き止まりとなり、その左右には上り階段が造られていた。

「どちらの階段を上るのかね？」

ツェガエが訊《たず》ねると、平賀は持っていた方位磁石の針を見た。

「えっと、そうですね、左からでいいでしょう」

左の階段を上り切った所には、オベリスクの地下と同じ十字架と花弁のレリーフがある。

「なんだ、代わり映えしないな」

ロベルトは苦笑しながら聴診器を取り、やはり二十分ほどでその扉を開いた。

扉の先には短い通路があり、その先に広間があった。天井と壁一面にフレスコ画が描かれており、突き当たりに緋色《ひいろ》の布がかかっている。手前の祭壇には布のかかった物体が置かれていた。

「これは……この絵は、旧シオンの聖マリア教会のものだ」

ツェガエ警部は呆然と呟き、胸元で十字を切った。

「そのようですね」

ロベルトが平然と頷く。

その時、緋色の布の向こうに人影が動くのが見えた。

「こんな所にいるのを人に見られては厄介だ。道を戻ろう」

ツェガエは慌てて道を引き返した。

左の階段を下りた後、右の階段を上る。すると、又も十字架のレリーフがあった。

ロベルトが扉を開くと、そこは既に博物館の中だ。

「普通にこの博物館に入ろうとすれば、外に警備員がいて、金属探知機の検査も受けなければなりません。でも、この隠し通路を使えば簡単に物を運び出せますね」

平賀は淡々と言った。

「そうだね。ネグッセ司祭は何かのきっかけでこの通路の存在を知り、利用していたんだろう。さて、いよいよ最後の道を残すのみだね」

ロベルトが言った。

「最後の道？　そんな物があったかね？」

首を捻《ひね》るツェガエと共に、平賀とロベルトは階段を降り、再び隠し通路の行き止まりの場所にやって来た。

すると平賀は方位磁石を見、行き止まりの壁を指さした。

「真っ直ぐこちらの方向に行く道がある筈《はず》です、ロベルト」

「ああ、その筈だ。平賀、もう一度ＡＬＳ光源を出してくれ」

「分かりました」

平賀はリュックからゴーグルと光源を取り出し、ロベルトに手渡した。

ゴーグルを着けたロベルトの視界に、かつて誰かが触れた痕跡《こんせき》が浮かび上がる。

痕跡は左の階段の最下段のけこみ部分と、右の階段の下から三段目のけこみ部分に残されていた。

ロベルトはその部分を慎重に調べ、上手《うま》く嵌《は》め込まれていた薄い岩を剝《は》がして、隠された鉄環を発見した。二カ所のそれを強く引いてみる。

するど、どうだろう。

通路の正面にあった壁が静かに持ち上がり、人が屈《かが》んで潜《くぐ》れる空間が出現した。

その中へ入ってみると、正面にあの十字架のレリーフが三つ、刻まれているではないか。

「ここの仕掛けはやはり念入りだ」

ロベルトは聴診器を構え、三つのレリーフの鍵《かぎ》開けに集中し始めた。

「この先に何があるんだ?」

ツェガエは平賀に訊ねた。

「方向から考えて、シオンの聖マリア教会礼拝堂です。そこにはこの国最大の、いえ、世界最大級のお宝がありますから」

平賀は冷静に答えた。

「まさか……その宝とはタボットか!?」

「はい。金銭だけでは取引できず、犯人が殺人を冒してまで欲しかった宝とは、それ以外に考えられません」

「馬鹿な! 番人以外がタボットに触れることはできん。天罰が下るというのに……」

ツェガエは青ざめ、頭を抱えて後ずさった。

それから数十分が経ち、とうとうロベルトが解錠に成功した。

短い通路を出たその先にまず見えたのが、金色に輝く巨大な七叉《しちさ》の燭台《しょくだい》、メノーラーである。それが左右に二つ、並んでいる。

部屋の奥には二メートル近い大きさの黄金のケルビムが一対、向かい合わせに置かれていた。

それらの間に祭壇の台座があった。

台座の前には緋色の垂れ幕が下りている。

「間違いない。ここが『至聖所』だ」

ロベルトが断言した。

二人はあの垂れ幕の奥にタボットが無いことを知っている。しかし、それをツェガエ警部に知られていいものかどうか判断できず、平賀は困り顔をした。

「どうします、ロベルト。部屋を調べますか？」

平賀が言った時だ。

「この部屋に入っちゃならん！」

ツェガエは大声で叫んで二人を押しとどめ、自らも部屋の入り口で立ち止まった。

「ええ、僕達もそう思っていた所です。この先はシオンの聖マリア教会の領分です。教会とタボットに敬意を払い、僕達も入室はしません。

ツェガエ警部。教会の方はタボットに異常はないと仰《おつしや》っているのでしょう？　でしたら大丈夫です。タボットは無事です。犯人も流石に手出しできなかったのでしょう」

ロベルトの言葉に、ツェガエがほうっと安堵《あんど》の溜息《ためいき》を吐く。

「でも、犯人はここへやって来て、アシェナフィ司祭の杖《つえ》を盗むことは可能でした」

平賀が言葉を続けた。

「そうだね。では、僕達も引き返しましょう」

三人は来た道を戻って行った。

帰る道は来るよりもずっと簡単だった。隠し扉の内側には鍵を開く為の取っ手があり、それを回すだけで、そっと押すと扉は開いた。

「ほほう、帰りは楽だな」

ツェガエ警部は思わず呟《つぶや》いた。

「当然です。この通路は元々、至聖所から外へ逃げる為の非常口だったのですから」

ロベルトは悠然と微笑んだ。

「非常口だと？」

「はい。有事の際、タボットや宝物、聖職者が逃げる為の秘密通路です。

バチカンにもいくつもの隠し通路があると言われています。それは天災や戦禍など有事の際、法王猊下《げいか》が脱出する為のものです。有名なものに、サンタンジェロ城への隠し通路なんかがあります」

「……成る程。かつて、初代のシオンの聖マリア教会がイスラム軍によって壊された時、タボットは司祭達の手によって密《ひそ》かに運び出され、秘密の場所に隠したことが知られている。いざという時の為に、こういう隠し通路を用意していたのか」

ツェガエはしきりに感心している。

「ロベルト、犯人がタボットを狙っていた事までは分かりましたが、犯人の手掛かりはやはり拳銃《けんじゅう》の線から辿《たど》るしかないでしょうか」

平賀の言葉に、ロベルトは「いや……」と静かに口を開いた。

「他にも一つ、思い当たることがあるんだ。入り口近くの小部屋へもう一度、立ち寄ってくれないか」

三人は帰路の途中で再び小部屋に立ち寄り、ロベルトは小箱の中にあった売買品リストを手に取った。

「これだ。このリストにあるハルバイ王の王冠……。僕はその本物をアディスアベバで既に目にしていたことを思い出したんだ」

「既に目にしていた？」

平賀は目を瞬いた。

「君は覚えてないか？　マルカートからの帰り道、やけに高価な十字架や王冠を売っていた骨董《こっとう》品店があっただろう」

「そう言えば、ありましたね。では、あの店が密売ルートに関係していると？」

「恐らくね。直接の関係はないにせよ、稀覯《きこう》本や骨董品の世界は案外狭い。あの店を締め上げれば、何らかの情報を得られる可能性は高いと思う」

「ええ、調べる価値はありますね」

平賀が頷《うなず》く。

「どの店だ？　詳しく教えてくれ」

ツェガエがメモを構える。

ロベルトは記憶を頼りに、店へ至る地図を描いた。

＊　＊　＊

その夜、平賀とロベルトは監視付きを条件に、ホテルの部屋へ戻ることを許された。

廊下に警官が立つ部屋の中に入ると、平賀はほっと溜息を吐いた。

「これでマヌエル氏も釈放されますね」

「ああ。ようやく巡礼の旅を続けられる」

「ところでロベルト、私には疑問があります。犯人は何故、拾った杖をわざわざ死体の側に置いたんでしょう？」

「そうだねえ……」と、ロベルトは額に指を当てた。

「単純に言うなら、捜査を攪乱《かくらん》する為、もしくは殺人をなすり着ける為。だけど犯人の心境を想像するなら『怒り』だろうか」

「怒り？」

「犯人はネグッセ司祭を脅して隠し通路の秘密を喋《しゃべ》らせ、殺人というリスクを犯し、ようやくシオンの礼拝堂の至聖所に辿り着いた。

ところがそこにタボットは無かった。そして誰かの杖が落ちていた。犯人は苛立《いらだ》っただろう。小部屋の中で暴れ、あの部屋の惨状を引き起こした。

その時犯人は、『杖の持ち主が、自分より先にタボットを盗んだ』と考えたかも知れないね。そこで杖を死体の側に置いた。そうすれば殺人罪をなすり着けられるし、警察が杖の持ち主を追うことになり、タボットの行方もついでに警察が見つけてくれる」

「ああ、成る程……」

平賀は感心した様子でコクコクと頷いた。

「平賀、僕はふと思ったよ。あのタボットには本当に予知能力が備わっていて、間もなく盗み出されることを知り、アシェナフィ司祭に自分を運ばせたんじゃないかとね」

「はい。何しろ二千年以上信仰を集めてきたタボットです。そのような不思議な力を持っていてもおかしくありません。早く本物をこの目で見たいものです。

ところでロベルト、ネグッセ司祭とアシェナフィ司祭が言い争っていたという証言もありましたよね」

「うん。アシェナフィ司祭はネグッセ司祭の商売に気付いたのかも知れないね。もしかすると、ネグッセがアシェナフィ司祭にタボットを盗むよう、取引を持ちかけたのかも」

ロベルトの推理に、平賀は目を瞬いた。

「そう考えれば、二人が言い争いになっても無理はありませんね」

「まあね。その辺りの事情は、アシェナフィ司祭に会って聞くのが一番だ」

「はい」と、平賀が頷く。

「その為にも真犯人に繋《つな》がる手掛かりを得、早くアシェナフィ兄弟を追わなければなりません。ロベルト、サスキンス捜査官からの返信はまだですか？」

平賀は焦ったように訊《たず》ねた。

ロベルトはパソコンを確認したが、メールはまだ届いていなかった。

その返信が届いたのは深夜十二時を過ぎた頃である。


『神父様がた、ご無沙汰《ぶさた》しています。

お訊ねの件につきまして、調査結果をお知らせします。

あの銃弾は大変珍しい物で、二〇〇九年に設立された反シオニズムの過激派組織・ABPの構成員に支給される、ジハードR3という特殊な銃に用いるものです。

三年前モロッコのアメリカ大使館前で起きたテロ事件の際、FBIは当該拳銃五丁を押収、テロリスト七名を逮捕しました。

銃弾はその時の物と酷似していますが、線条痕《せんじょうこん》は一致しませんでした。

この程度の情報でお役に立つでしょうか。

ビル・サスキンス』

ロベルトはビルに感謝のメールを送り、平賀にもメールを見せた。

「反シオニズムの過激派組織ですか……。それが何故、骨董品の密売を？　資金稼ぎの為でしょうか？」

平賀は小首を傾げた。

「理由は色々考えられる。とにかく朝一番でツェガエ警部に結果を報告しよう」

翌朝早く、二人は警察へ出頭した。

FBIの情報を伝えると、ツェガエは苦い顔で唸《うな》った。

「犯人の出自は絞れたかと思います。例の骨董屋《こっとうや》の方はどうなっていますか？」

ロベルトが訊ねる。

「そっちは昨晩から部下に張り込みさせている。店が開いた所で、店主に任意同行を求める方針だ」

午前十時を過ぎた頃、ツェガエ警部の携帯が鳴った。ツェガエが素早く電話を取る。

「何だと！」

ツェガエはいきなり叫び、電話口に向かって怒鳴りながら部屋を歩き回った。そして溜《ため》息《いき》と共に電話を切った。

「畜生、しくじった。部下が店主に声をかけた途端、奴は迷路のようなマルカートの路地から路地へと素早く逃げ込んだそうだ」

「見失ったんですね」

平賀が端的に話を纏《まと》めた。

「では、付近の聞き込みはどうですか？　それに店内から指紋を採取すれば、隠し通路や隠し部屋の指紋と一致するかも知れません」

「うむ、それしかないな」

ツェガエは憤慨しつつ、再び部下に電話をかけた。

それから三時間かけて分かったことは、店主の名前がケベデ・シフェラウであること。三十代後半のオロモ人であること。ムスリムだが過激派ではないこと等であった。

一方、オベリスクを調べていた者達からも連絡があった。地下の小部屋から、ネグッセ司祭と犯人のものらしき指紋が採取されたこと。入り口の階段付近からは、ネグッセ司祭と犯人と、もう一名の共犯者のものらしき指紋が採取されたこと。

そして共犯者と思われる者の指紋は、ケベデ・シフェラウのものと一致した。

マヌエルの指紋はどちらからも検出されず、彼への疑いは完全に晴れた。

警察は会見を開き、ケベデ・シフェラウの似顔絵を公開すると共に、ネグッセ司祭殺人事件について見解を公表した。

「ネグッセ司祭は、エチオピア教会の財宝を狙う窃盗団によって、暴行の上、殺された。司祭は最後まで教会の宝を守ろうと、悪党と戦った。

犯人グループは現在逃亡中だが、アクスム警察の総力をあげて追跡する」と。

かくして三日ぶりに解放されたマヌエルと平賀とロベルトは、タダイ神父と弁護士に別れを告げ、ホテルで三人の帰りを待っていたガイドのゲタチョウと再会したのだった。

第四章　石窟教会

1

　十一時アクスム発の便に乗り、およそ四十分。プロペラ機は、ラリベラの赤茶けた大地に着陸した。

　飛行場でジープを借り、運転席に座ったゲタチョウは上機嫌であった。

「ラリベラはエチオピア最大の聖地です。十二世紀、アクスム王朝が凋落《ちょうらく》して新王朝ザグウェが興ると、ラリベラ王は首都をアクスムからラリベラに移し、この地に第二のエルサレムを建設しました。巨大な一枚岩をくり抜いて造られた岩窟《がんくつ》教会群は、世界文化遺産にも登録されています。

　私はね、ラリベラの出身なんです。母は今もラリベラにいて、レストラン・バーをやってます。丁度お昼ですし、寄って行きませんか？　インターネットもありますよ」

「ネットが使えるのでしたら、是非」

　平賀は乗り気であった。

「分かりました。ママの料理も是非、味わって下さい」

ジープは賑《にぎ》やかなエンジン音をたてて岩山を登り、舗装された一本道をひた走る。

「ラリベラの標高は二千六百メートル、山頂では三千八百メートルにもなります。この辺りは空気がとても綺麗《きれい》です」

ゲタチョウは嬉《うれ》しそうに言った。

それもその筈《はず》で、辺りはほとんど手つかずの大自然である。青い空の下にごつごつとした岩山が連なり、乾燥した赤土の所々に緑が群生している。

野山の一部は、鮮やかな黄色に色づいている。

ジープが追い抜いていくロバの背にも、黄色い花が大量に載せられていた。

「あの黄色い花はマスカル・フラワーといいます。先生がたは運がいい。明日はマスカルのお祭りです」

ゲタチョウの言葉に、平賀は首を傾げた。

「マスカルとは？」

「古代ゲエズ語で十字架の意味です。ローマ皇帝コンスタンティヌスの母太后ヘレナによって、イエス・キリストがゴルゴタの丘で釘《くぎ》打たれた十字架が発見されたことをお祝いするお祭りです。

エチオピアでは雨期が終わると新年になりますから、新年のお祭りでもあります」

「明日が新年なんですか」

「ええ。エチオピアの新年はウンコタタシとも言い、それはソロモン王がシェバの女王に指輪を贈ったことに由来しています。今頃は前夜祭の飾り付けが行われ、沢山の巡礼者が集まっているでしょう」

やがてジープはきつい坂を登り切って、街へと入った。

円筒形に石を積み、円錐《えんすい》型の藁《わら》の屋根を載せた独特の家々が建ち並んだ景色を見ていると、千年も二千年も昔にタイムスリップしたような気分になる。

家々の門にはマスカル・フラワーが飾り付けられ、広場にはマスカル・フラワーを巻き付けた大きな黄色の十字架が立っていた。

ゲタチョウは山に向けてハンドルを切り、英語でレストラン・バーと書かれた看板の前に車を停めた。

青く塗ったコンクリートの建物の中へ入る。店内は少し涼しく清潔であった。

壁にはエチオピア国旗と大きな十字架がかかり、テーブルにはマスカル・フラワーが飾られている。手作りの味のある椅子にはカラフルなクッションが置かれていた。

「いらっしゃ……まあ、ゲタチョウ!!」

厨房《ちゅうぼう》から現われた小太りの中年女性は、歓喜の悲鳴をあげてゲタチョウに抱きついた。

「ママ、お客さんの前でいちいち騒ぐの、止めてくれよ」

ゲタチョウは照れて身を捩《よじ》った。

「少しぐらいいいでしょ。一ヵ月ぶりに愛する息子に会ったんですもの」

ゲタチョウの母は屈託なく言うと、平賀達に英語で挨拶《あいさつ》をした。

「初めまして、私はムルといいます。どうぞゆっくりしてね」

ムルは一行を六人掛けの大きなテーブルへ案内した。

「うちの店、何でも美味《おい》しいわ。でも今日は金曜日だから、お勧めはベイアイナトゥかシュロ、又はティブス・フィルフィルね」

ムルの言った料理名がどのような物か分からなかったが、ロベルトはベイアイナトゥを、平賀はティブス・フィルフィルを選んだ。マヌエルはビールとシュロを注文する。

「金曜と水曜はファスティング（断食）の習慣があって、我々は肉を食べないんです」

ゲタチョウは少しすまなそうに言うと、母を手伝う為に厨房へ行った。

暫《しばら》くすると料理が運ばれて来た。

エチオピア人の主食は、イネ科のテフという植物の粉を水で溶いて発酵させ、クレープ状に焼き上げたインジェラだ。ワットと呼ばれる惣菜《そうざい》と共に食べるのが一般的である。

ロベルトの前に置かれたのは、灰色のインジェラの上に、紫芋、キャッサバ、人参《にんじん》、豆などを煮た七種のおかずが盛られたものだ。

マヌエルの前にはインジェラに豆ペーストが盛られたものが、平賀の前にはインジェラに刻んだインジェラが盛られたものが置かれた。

「皆さん、どうぞ召し上がれ」

ムルが微笑んだ時だった。

白シャツに黒ズボンを穿《は》いた五人の男達が、ぞろぞろと店に入って来たかと思うと、口々に何かをわめき立てた。

ムルが怒って男達の前に立ちはだかり、早口で何かを言い返す。

何やら物騒な雲行きだ。

すると騒ぎを聞いたゲタチョウが厨房から出て来、両者の間に割って入ったかと思うと、ポケットから札束を出して男達に手渡した。

男達は不満げな顔をしながらも、ぞろぞろと店を出て行った。

「何事です?」

ロベルトが訊《たず》ねると、ムルはハッと溜息《ためいき》をついた。

「あれは銀行の人達。まだ返さなくてもいいお金を、返せ返せと言ってくるよ」

「要するに、嫌がらせです。私の父がムスリムに改宗したから……」

ゲタチョウが横から説明を付け足した。

「何故、改宗なさったんです?」

平賀が不思議そうに訊ねた。

「貧乏だったからです。正教徒と違って、ムスリムは商売のコネを一杯持ってます。ムスリムに改宗したらいい商売ができると、父は安直に考えたんでしょう」

ゲタチョウが呆《あき》れたように言うと、ムルも大きく頷《うなず》いた。

「そう。あの人ね、どうしようもない。馬鹿ね。ラリベラでムスリム、よくない。ここは正教の街だから、みーんな、私の夫のこと嫌った。村八分ね。だから街にいられなくなって、七年前に失踪《しっそう》したよ。

息子と二人で残されたから、私、銀行に借金してこの店を始めたよ。二十年でお金を返すと約束した。でも、早く返せって嫌がらせが、しょっちゅうよ」

「銀行がそんな事を……」

平賀は眉《まゆ》を顰《ひそ》めた。

「母が苦労してましたから、私は英語を勉強して、正規のガイドの資格を取りました。だからもう大丈夫。平気ですよ」

ゲタチョウは元気よく言った。

「私も息子から英語を習ったから、外国人のお客さんも沢山お店に来る。良かったよ」

ムルもそう言って笑ったが、ハッと何かを思いだしたように手を打った。

「そうだ、ゲタチョウ。貴方《あなた》、午後から仕事のお休みを貰《もら》えないの？」

「何だよ、急に」

「実はアディスお爺《じい》さんが亡くなったの。三時からお葬式よ」

「えっ、アディスお爺さんが……？」

ゲタチョウはショックを受けたらしく、無言になって俯《うつむ》いた。それからゆっくりとマヌエルの方を振り返った。

「マヌエル先生、午後からガイドをお休みさせて下さい」

「何だと？　そんな勝手は困る」

マヌエルは首を横に振った。

「アディスお爺さんは、私の父がいなくなってから父代わりをしてくれた方なんです。お願いします」

その時、平賀が横から口を出した。

「行かせてあげましょう、マヌエルさん。ゲタチョウさんにとっては、家族が亡くなったのと同じです。葬儀に出るのは当たり前です」

その言葉に、ゲタチョウは感動した様子で瞳《ひとみ》を潤ませた。

「僕も平賀に同意します。もしよろしければ、僕達にも何か手伝わせて下さい」

ロベルトも続けて言った。

「有難う、先生達」

それを聞いていたムルはすっと姿を消したかと思うと、片腕にエチオピアの白い民族衣装を三着かけ、もう片方の腕に白く長い綿の布を三本かけて戻って来た。

「お葬式に出るなら、ちゃんとした服を着ないとね。これはアベシャリブスという服と、ガビというストール。私からのプレゼントよ」

「よろしいのですか？」

「ええ。お葬式にはできるだけ沢山の人が来てくれた方が、死んだ人の魂も安らかに天国へ行けるというね。だからお願い」

平賀は微笑んで、ムルから服を受け取った。

「本当に君らまで葬儀に出る気か？」

マヌエルは嫌な顔だ。

平賀は当然のように頷き、マヌエルに衣装とガビを差し出した。

「はい、どうぞ。貴方の服ですよ」


ゲタチョウとムルの案内を受けた三人は、正装して花を持ち、一軒の家に向かった。

その家には大勢の人々が集まっていた。

玄関のドアは開け放たれ、室内は丸見えだ。

奥の部屋のベッドには遺体が横たわり、男達が手に香油を擦りこみ、遺体を清めているのが見える。

庭先では「泣き女」と呼ばれる女性達が、悲鳴のような声で泣き叫んでいた。

そうかと思えば、一弦バイオリンのような楽器を奏でながら、掠《かす》れた声で追悼の歌を歌う歌い手がいる。

遺体は香油をたっぷりと塗られた後、棺桶《かんおけ》へと移された。

その間、ロベルトが不思議に思っていたことは、遺体の世話をする男達の中にも、葬儀の参加者達の中にも、頭にターバンを巻いた、明らかにムスリムと思われる人々が混じっていることであった。

「彼らはムスリムなのでは？」

ロベルトの問いにゲタチョウは頷いた。

「そうですよ」

「異教徒なのに、一緒に葬儀を？」

「ええ。宗教は違っても、ご近所ですからね。辛《つら》い時や困った時にはお互いに助け合うのが普通です。ただ、ムスリムの人は教会に入れないし、正教徒はモスクに入れませんから、お互いの教会の前でお別れするんです」

「そうか……。僕らには一寸《ちよつと》考え難い話だけど、素晴らしい事だ」

ロベルトは静かに感銘を受け、どこかで読んだ文献を思い出した。

宗教と政治が未分化であった時代に生まれたキリスト教が、西洋の風土の中で政教分離の方向に発展したのと対象的に、エチオピアではキリストの教えが内面的信仰のみならず、日常生活や政治のあり方をも規定する包括的宗教として育《はぐ》まれた。そういう意味では、エチオピアのキリスト教のあり方は、ムスリムと似た性格を持っている。

そしてエチオピアのムスリムもまた、キリスト教を中心とするエチオピアの中で活動を続けるにあたってその政治色を弱め、そうして両者は長らく共存してきた。

エチオピアで最も尊敬される存在は、厳しい宗教的修練によって卓越した能力を身に付けたキリスト教の修道士であったり、タリーカと呼ばれる神秘主義を究めたムスリムの聖人であったりするが、こうした強い聖人信仰を持つ点においても、エチオピアのキリスト教徒とムスリムには共通点がある。

人々は日常生活で生じた問題を解決する為、宗教指導者の助言をあおぐが、それでも解決できない特殊な事情に関しては、聖人に頼り、奇跡が起きるのを待つのだという。

聖人崇拝の神髄は、神の前での人間の無力感に基づき、人と神の間をとりなす聖人の崇高さを認めることにある。そして、エチオピアのキリスト教徒とムスリムの讃《たた》える聖人は、しばしば同一人物でもあるそうだ。

こうした自然崇拝や精霊崇拝にも似た素朴な形の信仰が、エチオピア人の気質と風土によく合っているのだろう。だから各々の宗派による典礼の違いはあっても、皆同じエチオピア人という事で認め合えるのだろう……。

「シリアやイスラエルに於けるキリスト教とムスリムの関係をより良いものにする為には、今こそエチオピアにおけるキリスト教とムスリムの協調関係に学ぶべき」という内容の論文を誰かが書いていたと、ロベルトは思い返していた。

漠然とそんな事を思っている間に、家の前には整然とした行列が出来ていた。

人々が手に持った花束を棺桶の中に入れ、故人に別れの挨拶《あいさつ》を告げていく。

当然、列にはムスリム達の姿もある。

平賀とロベルトも棺桶に花束を入れ、故人の冥福《めいふく》を祈った。

人々に惜しまれて逝く老人の顔は、僅《わず》かに微笑んでいる様に見えた。

別れの時が終わると、十人ばかりの男達が棺桶を担ぎ上げた。その中にはゲタチョウの姿もある。

棺桶を先頭にした葬列は、次に歌い手が、その後に人々の長い列が続き、最後尾に泣き女達が続いた。

一行はゆっくりとした足取りで、大きな樹のある広場へやって来た。

大樹の下には華やかな原色の衣装を纏《まと》い、手に十字架を持った司祭が立っている。

ムスリム達は、そこでピタリと足を止めた。

前方を歩いていたムルが平賀達を振り返った。

「ここから先は正教徒だけ。皆さんはここで待っていて」

言われた平賀達は広場の入り口付近で佇《たたず》み、正教会の司教が祈りを唱えるのを聞き、歌い手が不思議な節回しで歌うのを聞いた。

人々が見守る中、棺桶がしずしずと墓穴の中へ下ろされていく。

「いい葬儀ですね」

平賀が目を細めて呟《つぶや》いた。

葬儀が終わり、人々が散開していくと、赤く目を腫《は》らしたゲタチョウが平賀達の許《もと》へ駆け寄ってきた。

「先生達、有難うございました。アディスお爺さんを無事に送ることができました」

ゲタチョウは平賀達に手を合わせた。

「いいえ、私こそ、とても美しい葬儀に参列できました」

平賀はペコリとお辞儀をした。

「僕もいい経験をさせてもらった。それに、歌い手の歌も興味深いものだった」

ロベルトが何気なく言った言葉に、ゲタチョウはハッと何かを閃《ひらめ》いた顔になった。

「ロベルト先生が歌をお好きなら、アブタムさんに会ってみられてはどうですか？　国中を歌いながら回っているご老人で、知らない歌は無いというほど博識な方です」

ゲタチョウはそう言うと、遅れて側へやって来たムルに、アブタムの居所を訊《たず》ねた。

ムルが知らない、と首を振る。

ゲタチョウは付近にいる人に声をかけて回り、彼の居所を聞いて戻って来た。

「すみません。あの……アブタムさんは今、留置所らしいです。お金が無くて、バダイさんの店で無銭飲食をしたとかで」

ゲタチョウは気まずそうに言い、頭を掻《か》いた。

「あらまあ……。明日はマスカルのお祭りだというのに、可哀想にねぇ。アブタムさんの歌が聞けないマスカル祭になるなんて、思わなかったわ」

ムルは顔を曇らせた。

「うん、ママ、僕も残念さ。バダイさんも、もう怒ってないと言ってたし、罰金さえ払えば外に出られるらしいんだけど……」

ゲタチョウの言葉に、ロベルトはニッコリ微笑んで話に加わった。

「罰金といいますと、幾らほどでしょうか？」

「五百ブルです。結構な大金です」

「僕が払います」

そう言ったロベルトを、マヌエルが怪訝《けげん》そうに見た。

「どういうつもりだ？　慈善事業か？」

「理由は後でお話しします。ゲタチョウさん、僕を彼の許へ案内して下さい」

ロベルトは強い語調でゲタチョウに頼んだ。

2

ゲタチョウに五百ブルを預け、ロベルトが留置所の前で待っていると、上背の高い瘦《や》せた老人が楽器を携えて現われた。

整った顔立ちの中で一際目立つ大きな瞳《ひとみ》は、此処《ここ》ではない何処かを見ているかのようだ。一癖ありそうな雰囲気を全身から漂わせている。

「わしの歌を聞きたいというのはお前さんか？」

アブタムは掠れた声で、ロベルトに話しかけてきた。

「はい、アブタムさん。お会いできて光栄です。僕はロベルト・ニコラスという者です。貴方《あなた》が国中の歌を知っていると聞いたものですから、是非お目にかかりたくて」

ロベルトは物腰柔らかく挨拶をしたが、アブタムはフンと鼻を鳴らし、ふらりと近くの木の下に腰を下ろした。

「確かにお前さんは、わしの払うべき罰金を代わりに払ったかも知れん。だが、わしは物《も》乞《ご》いじゃない。だから、お前さんの施しを受けるつもりもない。

わしは歌い手だ。五百ブル分、たっぷり歌ってやる。およそわしに歌えん歌はない。さあ、どんな歌が聞きたいか、言ってみるがいい」

アブタムの言いぶりにロベルトは苦笑いをし、木の側に腰を下ろした。

「分かりました。それでは、リクエストします。僕が聞きたいのは、『栄光の門』について歌われた全ての歌です。『栄光の門』は、巡礼の道を通った者にだけ開かれると聞きます。それを伝える歌はありませんか？」

本当にアブタムが国中の歌を知っているような歌い手であれば、何かの手がかりが摑《つか》める筈《はず》だとロベルトは確信していた。

部族文化が色濃く残る土地では、語り部や歌い手といった者達が、その土地の歴史や規律、そしてタブーなどを口伝において語り継いだり、歌として残していたりする事が多い。

アブタムは弦を爪弾きながら、「栄光の門……」と何度も呟き、目を閉じていたが、やにわに意味のある歌を歌い始めた。

涸《か》れた谷にロバが水を求めるように
天の父よ、われらマギの魂はあなたを求める

天の神に、命の神にわれらの魂は乾く
あなたはいわれた
あなたたちをいと高き民とし、ジンの力を与えよう、と
だが敵は強大になり、私達は愁えるばかり
あなたの御前に出、その御顔を仰ぐことが出来るのはいつの日か

神よ、あなたはいわれた
『栄光の門』の砦《とりで》を守れ、その日はいつか来る、と
われらは問う
天の神はどこにおられるのか、いつその日は来るのか、と
昼も夜も私の糧は涙ばかり
男は獣を追って日々の乏しい食料とし、女は子供を次々と亡くす
われらは問う
天の神はどこにおられるのか、いつその日は来るのか、と

われらは魂を注ぎだして思い出す
『栄光の門』の前に立ち、喜び歌い感謝を捧《ささ》げる声の中を
祭りに集う人々の群れと共に進み

神の家に向かってひれ伏した日のことを
ああ、なのに何故、今、私達はうなだれるのか
天の神よ、私達に目を下ろしてください

涸れた谷にロバが水を求めるように
天の父よ、われらマギの魂はあなたを求める
天の神に、命の神にわれらの魂は乾く
われらは問う
天の神はどこにおられるのか、いつその日は来るのか、と……

ロベルトは目を輝かせ、その歌声に耳を傾けた。

最後まで歌い終わると、アブタムは目を開き、ロベルトを見た。

「わしが知ってるのは、これきりだ」

「そうですか。アブタムさん、その歌はどこで習い覚えたのです？」

「あれは確か……。ムジャの町を越え、ゴレンの村を越えた向こうに、大きな岩の裂け目が二つ並んで走り、セミエンジャッカルの群れが暮らしていた。そこからほど近い場所に、小さなテフ畑と大きな井戸と沢山の羊を持つ村があった。

そこには気性の荒い人々が住んでいて、外の人間をとても嫌っているようだった。だが、

わしの歌を聞かせると、彼らは気に入ってくれた。三日三晩、わしはそこで歌を披露し、その代価として充分な飯と酒をもらった。

そうして最後の日、彼らに伝わる歌を一つ、教えてもらったんだ」

アブタムは頰を緩め、懐かしげに語った。

「その村の名前は覚えておられますか？」

「さあ……。名前など特になかったように思う。それとも、わしが聞かなかっただけか」

アブタムは目を閉じ、首を捻《ひね》って何かを思い出そうとしている様子だ。

ロベルトは彼の言葉をじっと待った。

「確か、彼らは太陰暦の暦を用い、モーセのトーラーをとても大切にしていたな」

アブタムの言葉に、ロベルトは身を乗り出した。

「それはもしかすると、ラビ・ユダヤの……いわゆるベタ・イスラエルの人達ではないでしょうか？」

ベタ・イスラエルとは、イスラエル国外に離散して暮らすユダヤ人集団の中でも、特にエチオピアに住む者達をいう。

伝説によれば、ソロモン王の時代にエチオピアに入植したユダヤ人達の子孫ともいい、法律によってイスラエルの市民権を得ることが可能になった今では、一人残らずイスラエルに帰還したといわれている。

仮にベタ・イスラエルの部族が『栄光の門』に関する伝承を持っているとしたら、実に興味深い話だ。

「さてな……。彼らがファラシャ（異邦人）であったかどうかは分からん。わしが知っているのは、彼らに教わったその歌だけだ」

アブタムが肩を竦《すく》めた時だ。

警察での諸手続きを終わらせたゲタチョウが、玄関から走り出てきた。

アブタムは彼の姿を視界に捉《とら》えると、ロベルトに真摯《しんし》な目を向けた。

「ロベルト君、他に聞きたい歌はあるかね？　なければ、わしはもう行く。広場に行って、今宵《こよい》は一稼ぎせにゃならん」

ロベルトはアブタムに深く頭を下げた。

「素晴らしい歌を聞かせて頂き、有難うございました。僕は満足です」

「うむ。それならば良い」

そう言い残すと、アブタムはふらりと去って行った。

＊　＊　＊

その頃、ムルと共に店へ戻った平賀は、久々にネットへアクセスしていた。

速度は遅いものの、回線は安定している。雨期が終わったせいだろうか。

メールボックスには、シン博士からのメールが三通届いていた。

一通目のタイトルは「調査結果」とある。

平賀は胸を高鳴らせながら、そのメールをクリックした。


バチカンに届いた資料の調査結果をお知らせします。
一、ドルゼ族の伝統家屋を模したミニチュアハウス
一、カロ族の壺《つぼ》
一、ツァマイ族の彫刻
一、コンソ族の木彫り人形
以上となります。

ケルビムの奇跡との関係性は今の所見つかっておりません。

より詳細な科学分析が必要であればお申し出下さい。

チャンドラ・シン

平賀はひっ、と小さく声をあげた。

それから、戦利品をバチカンに送った際の荷札に何と書いたか思い返した。「貴重品、割れもの」と書いたことは覚えている。「平賀の私物」とは、書き忘れたかも知れない。

博士に不要な仕事をさせてしまった申し訳なさで、平賀は身体が縮む思いであった。

それにしても、由来不明の彫刻がツァマイ族の物と判明したのは収穫だ。

深呼吸をして気を取り直し、次のメールを開く。

タイトルはやはり「調査結果」だ。鮮明化され、分割された圧縮画像がいくつか添付されている。


バチカンに届いた写真原本の調査結果をお知らせします。

画像解析の結果、写真の手前に写り込んだ人工物は石積みの井戸です。

また、画面にある針葉樹とジャイアントロベリアが平均的サイズと仮定し、三角定理を用いてケルビムの炎の高度と大きさを割り出しました。高度は地上約四百五十メートル、直径四十メートル前後と推定されます。

ノイズの分量から推定して絞りが八程度での撮影と仮定しますと、充分な光量を取り込む為にシャッター速度は落ち、およそ二秒間、レンズは開いたままとなります。炎が車輪状に見えるのはこの為で、もしシャッター速度を早くすれば、一点を軸にして高速回転する細長い炎が撮影されたでしょう。

以上の仮定に従えば、炎の回転速度はおよそ秒速四十メートルでしょう。

色温度の分析から、炎は低い部分で六百度、高いところで千度前後です。

デジタル加工の痕《あと》は見受けられません。

画面奥に見える岩山の稜線《りょうせん》から場所を特定できないか、試してみます。

又、正確な撮影時刻が分かれば、星の位置から場所を割り出せる可能性があります。

新たな情報があればお知らせ下さい。

チャンドラ・シン

平賀は考えこんだ。

やはりケルビムの奇跡は自然現象ではない。炎の温度から、プラズマ現象でもない。

細長い炎が回転していたとなれば、まさにケルビムの回転する炎の剣に合致する。

しかしながら問題は、場所の特定に繋《つな》がる手掛かりを見いだせなかったことだ。

正確な撮影時刻を知る為には、撮影者であるベハイル・テッセマに会わねばならず、ベハイルに会う為には、誰も知らない「栄光の門」に辿《たど》り着かねばならない。

平賀はヒントを求めてマヌエルを振り返った。

マヌエルはソファに寝そべり、フラスコ瓶に入ったタッジをあおっている。ゲショと呼ばれる苦味つけの木の枝を煮出した汁と蜂蜜《はちみつ》を混ぜて発酵させた、地元の酒だ。

平賀は小さい溜息《ためいき》を吐き、再びパソコンに向き合った。

三通目のメールをクリックする。

タイトルは無題であった。


道中、無事にお過ごしでしょうか。

残念ながら、現在お知らせできる新情報はありません。

「栄光の門」に関する文献、ケルビムの奇跡に関するネット動画や噂など、手を尽くして調べましたが、手掛かりは皆無です。

引き続き、調査を続けます。

チャンドラ・シン

平賀はメールの返信を書いた。

シン博士、メールを有難うございます。こちらは元気に巡礼を続けています。

アクスムでは殺人事件に巻き込まれましたが、釈放されました。

明日ラリベラを巡礼した後、栄光の門を探します。

ツァマイ族の彫刻等につきましては、科学分析は不要です。

平賀

メールを送信し、あてもなくネットを検索していると、ロベルトとゲタチョウが戻って来た。

「栄光の門に関するヒントを摑《つか》んだ」

ロベルトの弾んだ第一声に、平賀は喜び、マヌエルはソファから飛び起きた。

「ムジャの町の向こう、ゴレンの村を越えた向こうにある、大きな岩の裂け目が二つ並んで走る場所を探してくれ」

ロベルトの言葉に、ゲタチョウは大きな地図を持って来てテーブルに広げた。

マヌエルとロベルトが食い入るように地図を見る。

平賀は回線の遅さに苦戦しながら、ネットで地形を調べていった。

「これじゃないか？」

「ここじゃないでしょうか」

ロベルトと平賀の声が揃った。二人は同じ場所を見つけたようだった。

3

翌朝、ゲタチョウがホテルに迎えに来、平賀達は徒歩で巡礼先の教会へ向かった。

ホテルの玄関を出ると、道には既に巡礼者が列をなしている。そのゆっくりした歩みに付き従って、教会までの道程を進んでいく。

道端にはマッシュルームのような形をした家々が、軒を寄せ合っていたり、ぽつりぽつりと離れた場所に建っていたりする。空き地部分には遠方からの巡礼者達が沢山のキャンプを張っていた。

長い列の中に観光客は一割もいない。ほとんどが敬虔《けいけん》なエチオピア人だ。道中も口々に祈りを唱え、時に跪《ひざまず》いて祈っている。

眼下に教会が見える頃になると、辺りは人熱《ひといき》れで蒸し、地面から陽炎《かげろう》が立ち上っているかのようだった。

ラリベラの岩窟《がんくつ》教会は、岩盤を竪穴《たてあな》工法で地下へ掘り下げた後、四辺に通路を造り、石柱の形に残った岩塊を横穴工法でくり抜いて、その内部に礼拝所や部屋を造り、さらに外観を整え、至る所にレリーフや飾り窓や絵画を施して、教会としたものだ。全てが一枚岩から掘り出されている為、柱は無い。その異彩な建造方法は現代の技術でも解明出来ないといわれている。

すっかり動かなくなった人の列に業を煮やしたゲタチョウは、公式ガイドの証明書をかざしながら大声を上げ、人々を押し分けて道を作っていった。

マヌエルがビデオを構え、撮影し始める。

ゲタチョウを先頭にした一行は岩肌の階段を下り、高い岩壁に挟まれた短い通路を通って、頭上にエチオピア十字がくり抜かれた狭い岩穴へと入った。

すると突然、教会の身廊を思わせるアーチ状の高い天井が頭上に広がった。十字の穴から差し込む日射しが足元に十字架を描いている。

「ここはアダムの墓といいます。教会同士を結ぶ地下通路の玄関口です」

そこを抜けると細い地下回廊が延びていた。突き当たりの階段を少し上ると、連結された二つの教会が建っている。

「ゴルゴタ教会とミカエル教会の双子教会です。ここで靴を脱いで下さい」

ゲタチョウは平賀達の靴を鞄《かばん》に入れて担ぐと、ゴルゴタ教会へ入って行った。

壁に刻まれた十字架から差す日射しが巡礼者達の白い装束に反射し、聖堂内はぼんやりと明るい。

聖書の一場面を描いたアフリカンカラーの絵画、エチオピア十字、どこかの部族のシンボルらしき幾何学模様などの装飾が、壁や天井を華やかに彩っている。

天井は吹き抜けで開放感があり、二階部分にはロマネスク風の半円形アーチの装飾や小窓が多数見られた。ただ外観よりも手狭に感じるのは、柱のない構造を支える壁を厚く取っている為だろう。

「ゴルゴタ教会は聖墳墓教会を模して作られた、ラリベラ王の墓所といわれています。形の違う三つの窓は三位一体を表わしています」

ゲタチョウが言った。

緑と金の布に包まれたラリベラ王の棺《ひつぎ》らしきものが、岩の窪《くぼ》みに置かれている。

レプリカの十字架は売っていなかった為、マヌエルは、十字架を胸元に構えてポーズをとってくれた司祭の写真を撮り、撮影代を払った。そして小さなイコンを買った。

続いて入ったミカエル教会の内部は、ゴルゴタ教会とは違った雰囲気で、温かみのある聖人のレリーフがいくつも彫られていた。

白い装束の司祭が、一際大きな十字架を掲げて立っている。

「あれはラリベラ王の十字架ですよ」

ゲタチョウが言った。マヌエルは彼の写真を撮り、イコンを一つ買った。

ミカエル教会を出た先は長い岩のトンネルで、それを抜けた先に薄桃色の大きな教会が聳《そび》えている。

「ここはラリベラ王が最も愛したという聖マリア教会。王はこの教会中央の柱にキリストが寄りかかっているのを見たといいます。今でもラリベラで一番人気の教会なんです」

ゲタチョウの言葉通り、巡礼者の数がやたらに多い。

四人はなんとか中に入り込み、人類の発祥と終末を象徴するという壁画を目にした。他にもキリストの昇天、ゴルゴタの受難などをモチーフとしたカラフルな壁画が数多く描かれている。細工の施された壁や柱には、巡礼者達が口づけする姿が目立った。

中央聖堂では三人並んだ司祭が十字架を掲げ、その足元に信者が跪いていた。司祭は十字架を信者の額の上に掲げ、短い祝福の言葉を贈っている。

マヌエルはその三人の写真を撮り、聖マリアのイコンを買った。

聖マリア教会を裏口から出ると、その北壁に穿《うが》たれた小さな祠《ほこら》がある。

「マスカル教会です。ここは人気がないので、ゆっくり見られますよ」

ゲタチョウが笑った。

四人が中へ入ると、壁や床は飾り気のない直線的なデザインで、その方々に聖画ポスターがかけられている。ポスターの絵柄は何故か西洋風だ。

部屋のあちこちに吊《つる》されたカーテンの奥は、司祭の個室になっているらしい。カーテンを開けて何人かの司祭が姿を現わした。

マヌエルは彼らの写真を撮ってイコンを買い、平賀とロベルトはようやく静かな場所で祈る時間を取ることが出来た。

マスカル教会の左手には、細い岩の通路が奥へと続いている。

石の通路には所々に横穴が掘られ、狭い空間に身を横たえた修道士が聖書を読む姿があった。

息苦しさを覚え、ロベルトがふと顔を上げると、雲一つ無い空が一直線に延びている。

ラリベラ王が何故、地上に当たり前の教会を建てなかったのかと、ロベルトは今更ながらに不可解さを感じた。

エルサレムがムスリムに陥落したのを受けて、目立たぬようにと考えたのか。

それともあのオベリスク群の存在が示すように、この地には大昔から巨石に対する並ならぬ厚い信仰が培われていたのだろうか。

一行が暫《しばら》く歩くと、一際大きな教会が前方に見えて来た。

「岩窟教会の中でも最大最古の聖救世主教会です。高さ十一・五メートル、横幅三十三・七メートルという大きさで、再建前のシオンの聖マリア教会を模して建てられました」

四人は靴を脱ぎ、礼拝堂へ入った。

がらんと広い聖堂には、いくつもの赤い敷物が重なるように敷き詰められている。

柱やアーチの装飾はシンプルだが精巧だ。余分な飾りを削《そ》ぎ落とした分、却《かえ》って重厚感と威厳を漂わせている。

一つの柱の前では聖職者が、上半身裸の男性の胸に十字架を押し当てていた。それを大勢の人々が見守っている。

すると突然、男性が苦しげに呻《うめ》き、床を転げ回り始めた。周囲の人々が、慌てて男の両手両足を押さえつける。

聖職者は十字架を男の全身に翳《かざ》し、強く押しつけながら、何かを話しかけている。

男性は暫く藻掻《もが》いていたが、徐々に大人しくなったかと思うと、ぐったり動かなくなった。

「あれは何をしているのです？」

平賀が訊《たず》ねた。

「霊に憑《つ》かれた人を治療しているんです。悪い霊を追い出さないと、病気が治りません」

ゲタチョウは真面目な顔で答えた。

「成る程、エクソシズムですね」

平賀が興味深げに見詰める中、男性は汗を拭《ぬぐ》って笑顔で立ち上がり、司祭に感謝を述べている。

マヌエルは司祭の写真を撮ってイコンを買った。

ゲタチョウは広間にかかった緋色《ひいろ》のカーテンを指さした。

「あの中に、アブラハム、イサグ、ヤコブの墓といわれる三つの墓があります」

それから近くの壁に掛かった黄金の十字架を指さし、声を潜めた。

「実はあの十字架は一度盗まれて、ベルギーの骨董《こっとう》コレクターの手に渡りました。でも、又戻って来たんです。

アクスムでも教会の宝を狙う窃盗団の事件がありましたが、信じられない話です」

ゲタチョウは怒ったように言った。

一行が次に向かったのは、聖マリア教会の南壁に掘られた岩穴であった。

「ここがダナゲル教会。狭いです。中には絵が一枚あるだけで、何もありません」

ゲタチョウはそう言いながら、中へ入って行った。

入ってすぐの場所に大きな絵が展示され、先に十字架のついた杖《つえ》を持つ司祭が側に座っている。

マヌエルは無愛想な司祭の写真を撮り、イコンを買った。

次の教会へ向かう為には、一度地上へ出なければならない。

四人はペットボトルの水を飲みながらガタガタ道を暫く歩き、岩肌の階段を下りて橋を渡った。

「ガブリエル・ラファエル教会。二棟続きの教会で、かつてラリベラ王の宮殿として使用されていました」

そこは元王宮というだけあって、窓や柱が凝ったデザインに作り込まれていた。

湿度が高いせいか、赤褐色の外壁には苔《こけ》がびっしりと生え、風化によって建物の角が崩れている部分も多い。

マヌエルはやはり司祭の写真を撮り、イコンを買った。

外に出るとすぐ、建物の側面に幅五十センチほどの細いスロープが、地表の高さに向かって延びている。

「これは『天国への道』。無事に上まで登り切ると、天国に行けます。でも、落ちると危ないので登らないで下さい。

さて、次のメリクリウス教会へは、ベツレヘム教会を通って行きましょう」

かなり風化が進み、まるで白蟻の塚のようになってしまっている教会に、ゲタチョウは入って行った。中には地下へ続く狭いトンネルがある。

「ここは『地獄への道』。無事に抜けるといい事があります」

そう言ってゲタチョウは懐中電灯を構え、穴の中へ下りていった。

マヌエル、平賀、ロベルトがその後に続く。

狭いトンネルを暫く進み、急な階段をよじ登ると、目の前に巨大な岩窟《がんくつ》があった。剥《む》き出しの岩の所々が直線的に加工され、十字架形の窓が開いている。

「メリクリウス教会です。今は教会ですが、元は監獄だったと言われます」

その内部は太い柱が多くあり、かつては鮮やかだったろうフレスコ画がうっすらと残っていた。

柱の側にいた司祭の写真をマヌエルは撮り、イコンを買った。

次の教会は、外壁を装飾的に彫り込んだ縞模様《しまもよう》が美しく、大きさも立派であった。入り口には大勢の巡礼者達が祈りを捧《ささ》げる姿がある。

「ここはエマニュエル教会。人気の教会ですね。元は王家の礼拝堂だったとか」

四人は人波に押されながら聖堂へ入り、祈りを捧げた。

マヌエルが司祭の写真を撮り、イコンを買う。

人波に流されながら外へ出た四人は、日陰の岩の上で休憩を取った。

「残りの教会は二つです。少し遠いですが、頑張りましょう」

ゲタチョウは元気よく言った。

残りの三人は汗だくになっている。足元は砂だらけだ。いつの間にか虫に食われた所がやたらにむず痒《がゆ》い。

平賀に至っては、ぜいぜいと肩で息をし、火照った顔でしきりに水を飲んでいる。

「大丈夫かい、平賀？」

「全然平気です」

ロベルトの声かけに平賀は笑って答えたが、その自己申告は怪しいものだった。

休憩の後、四人はゲタチョウを先頭に再び歩き出した。

岩山を下り、地下トンネルをくぐり、狭い岩の間を進んで次の教会に辿《たど》り着く。そこはまるでペトラ遺跡のように、自然の洞窟《どうくつ》を利用して造られていた。

「アッバ・リバノス教会です。ラリベラ王の王妃マスカル・クベラが、聖人リバノスに献げる為に、一晩で造ったそうです。聖リバノスは四世紀にシリアから来て、この地にキリスト教を布教しました」

一行は靴を脱いで聖堂に入り、祈りを捧げた。マヌエルがイコンを買う。

アッバ・リバノス教会を出ると、一行は再び地上を目指して階段を上った。

「次はいよいよラリベラで最も有名な最後の教会、ギオルギス教会です。これまでに見た教会群を全て作り終わった後、ラリベラ王の夢枕に聖ゲオルギウスが立ち、作るように命じたといいます。少し歩く必要がありますが、見応《みごた》えがありますよ」

ゲタチョウを先頭に地表に出た一行は、思わず目を見開いた。

朝の十倍ほどにも増した大勢の巡礼者達が、列を成し、ギオルギス教会へと続く道を埋め尽くしている。

ゲタチョウは焦って時計を見、三人を振り返った。

「急がないと。ミサが始まれば、貴方《あなた》がたのような異教徒は教会の中へ入れません」

一行は巡礼者の列の間をすり抜けながら、早足でギオルギス教会へ向かった。

それでも僅《わず》か六百メートルほどの距離を進むのに一時間余りを要してしまった。

ようやく眼下に見えて来たギオルギス教会は、縦横十二メートルの十字架の形をしていた。天井部分にはさらに三重の十字架が彫り込まれている。

四人は蟻のような歩みで石段を下って行った。岩壁に開いた無数の穴には白骨化した修道士の死骸《しがい》が置かれている。

どうにか階段を下りきった所で、人波は全く動かなくなってしまった。

「これ以上は無理ですよ」

ゲタチョウが泣き言を呟《つぶや》いた。

「そうですね、引き返しましょう。地上からでも参拝はできるでしょう」

ロベルトもゲタチョウに同意する。

「ここで諦《あきら》めるんですか？」

平賀が言った時、教会の中からミサの声が響いてきた。

「時間オーバーです。仕方ありません」

そう言ったゲタチョウに、マヌエルはビデオカメラを押しつけた。

「じゃあ、お前が中を撮影して、イコンか十字架を買って来てくれ。頼んだぞ」

するとゲタチョウは困り顔で頷《うなず》いた。

「分かりました。皆さんは焦らずゆっくり地上に出て、階段の近くにいて下さい」

ゲタチョウが強引に前進していくのを見ながら、平賀達は階段を上り始めた。


地上には教会を幾重にも取り巻く人の渦が出来ていた。

まだそこへ夥《おびただ》しい巡礼者の群れが次々と押し寄せて来る。

バチカンのミサでも大勢の信徒がサン・ピエトロ広場に集まるが、それより激しい熱気とエネルギーを感じ、ロベルトは圧倒された。

人々がミサに合わせて唱和する声が大地を震わせ始める。

ゲタチョウを待つうちに日射しはすっかり傾き、星が瞬き出した。

人のどよめきの声に目を凝らすと、紺色に金糸の鮮やかな刺繍《ししゅう》が入った衣装をつけた司祭が二つの十字架を持ち、ギオルギス教会の最上階の窓から姿を見せている。

それから眼下の人波が割れていき、縄を編んで作ったと思われる巨大な十字架《マスカル》が、司祭達の手によって聖堂から運び出された。

それまで聖堂を取り巻いていた人々が、マスカルの動きを追って移動を始める。

マスカルが地上に姿を現わすと、群衆は静まりかえり、皆、腰を下ろし始めた。

平賀達もそれに倣って地面に座る。

巨大なマスカルはロープで囲まれた場所に据えられ、そこに司祭が火を灯《とも》した。

人々は歓声を上げ、マスカルが一気に燃え上がる。

人々は歓声を上げ、マスカルを拝んだ。

主や、我等爾《なんじ》の十字架に伏拝し、爾の聖なる復活を讃栄《さんえい》せん
主や、爾の民を救い、爾の業に福を降《くだ》し、吾《わ》が國《くに》に幸いを與《あた》え、
爾の十字架にて爾の住所《すまい》を守り給え……

教会の中からゲエズ語の祈禱《きとう》と、タンバリンや太鼓を打ち鳴らす音が響いてくる。

長い長い祈禱が終わる頃、ようやくゲタチョウが平賀達の許《もと》へ戻って来た。

「撮影は？　イコンはどうした？」

マヌエルが訊《たず》ねる。

「完璧《かんぺき》です」

ゲタチョウはカメラとイコンをマヌエルに手渡した。

マヌエルは満足そうに頷くと、炎を噴き上げるマスカルをビデオに撮り始めた。

マスカルの側にいた巡礼者が、長いロウソクのようなものを聖火の中に差し入れる。

その火は同じロウソクのような物を持つ巡礼者から巡礼者へと伝えられていき、小さな炎はさざ波のように広がって、辺りを神秘的に照らし出した。

聖堂を見下ろす東の崖《がけ》の縁には、いつの間にか白いターバンに白衣を纏《まと》った男達が並んでいた。太鼓を肩から吊《つる》した者や、手に鈴を持った者、杖《つえ》を持つ者など、その数は百人を超えているだろう。

「彼らはデブテラ。聖堂に歌舞を奉納する役目の男達です」

ゲタチョウが言った。

デブテラが鈴を振ると、幾重もの鈴の音が聖堂へ降り注いでいった。

身体を揺すりながら、彼らは歌い始めた。

そこに太鼓の響きが加わり、踊りの動作が激しさを増していく。

「教会音楽とは思えんけたたましさだな」

マヌエルが眉《まゆ》を顰《ひそ》めた。

「いえ、聖書にはユダヤの民が太鼓や鈴、タンバリンを叩《たた》いて神の為に舞い踊ったと記されています。これが古来の姿かも知れません」

ロベルトが言った。

「そういうものかね？」

マヌエルは首を傾げつつ、デブテラ達にカメラを向けた。

その時デブテラ達が突然、動きを止めた。

すると地を埋める群衆の中から、甲高い女性の声がルー、ルルルー、ルー、ルルルーと響き始めた。

「あれはエチオピアの喝采《かっさい》。デブテラ達の歌舞を褒めています。まだまだ祈りは夜通し続きますよ」

ゲタチョウが小声で解説をする。

祈禱の声、踊りと歌、喝采の声が渾然《こんぜん》一体となり、十字架を燃やす炎と共に天へと昇っていく。人々の祈りもそれに乗って天へ届きそうだ。

十字架が燃え落ちると、また新しい十字架が運ばれてき、燃やされた。

「お祭りはこのまま朝まで続きますが、どうします？」

ゲタチョウが三人を振り向いて訊ねた。

「この辺で帰りましょう。明日は『栄光の門』を探して出発ですから、休みませんと」

ロベルトは眠そうに目を擦《こす》っている平賀を横目で見て言った。

「そうだな。巡礼は済ませたことだし、ホテルへ戻るか」

ロベルトの提案に、マヌエルも頷いた。

「もう帰るんですか？」

ぐずったように言う平賀に「多数決だ」と言い聞かせ、一行は祭りを後にしたのだった。

4

翌朝早く、ゲタチョウは大量の水を積み込んだジープで平賀達を迎えに来た。

「すごい量のペットボトルですね。二十四本もあります」

平賀は荷物をリアゲートに入れながら、目を丸くした。

「それでも一日分ですよ、砂漠方面へ向かいますから。先生方も暑さ対策は万全みたいですね」

ゲタチョウが平賀達の服装を見て言った。

平賀とロベルトはズボンと肌着の上からムルに貰《もら》った衣装を着、ガビを巻いている。マヌエルは白シャツと白ズボンに帽子を被《かぶ》り、ガビを肩にかけていた。

「昨日は結構暑さに苦しみましたから、これなら少しは涼しいかと」

ロベルトが答える。

「昨日はどちらかというと人酔いで疲れたのでは？　よく眠れましたか？」

「ええ、ホテルは快適でした」

「それは良かった。そうそう、昼食にはムルの手作りランチを用意してあります」

ゲタチョウはセンターシートのクーラーボックスを叩いた。

二十分も走ると舗装道路は終わり、砂利だらけの一本道となる。それをひたすら東へ走る。

ゲタチョウは地図を広げて道を再確認し、エンジンをかけた。

ゲタチョウがそつなく答えると、マヌエルはビールを持って助手席に座った。

「先生はそう仰《おっしゃ》ると思いました。それもクーラーボックスに入れてあります」

マヌエルが余裕の表情で訊ねる。

「ゲタチョウ、ビールは無いのか？」

「ムジャの町までは約一時間、そこから二、三時間でコボという大きな町へ着きます。暫《しばら》くはコボを起点にして動きましょう。そこからゴレン村までは二、三時間ですから」

ゲタチョウが言った。

「コボには我々が泊まるようなホテルもあるのかね？」

マヌエルが訊ねる。

「そうですね……。取り敢《あ》えずは揃ってます」

ゲタチョウは微妙な言い回しで答えた。

ジープは車体を揺らしながらムジャを通り過ぎ、十時半過ぎにコボへと到着した。

コボで給油を済ませ、早めの昼食を摂《と》り、ゴレン村を目指す。

その辺りから車窓の景色に変化が起こった。

荷物を担いだ人やロバが行き交う姿は見えなくなった。

道沿いにぽつりぽつりと出現していた集落も、ほぼ無くなった。

前方には険しい山が迫っている。

「こんな所に『栄光の門』があるのかねえ……」

マヌエルが不満げに呟《つぶや》き、ビールを呷《あお》った。

「ここからですよ、先生。あの岩山を越えると又、景色が変わりますから、楽しみにしてて下さい」

ゲタチョウは明るく答えた。

「ゲタチョウさん、地図を見せて貰っていいですか？」

代わり映えのしない車窓の景色に退屈したらしく、平賀が言った。

ゲタチョウが「どうぞ」と平賀に地図を渡す。

ロベルトは眠気を催し、うとうとと船を漕《こ》いだ。

「皆さん、ゴレン村が見えましたよ」

ゲタチョウの声に、ハッとロベルトは目を覚ました。

車は山の頂上付近にいるらしく、眼下に広がる景色を妨げる物はない。

ロベルトは思わず目を瞬き、平賀は窓から身を乗り出した。

前方に広がっていたのは荒涼たる大地、そして地平線まで遥《はる》かに続く砂漠であった。

「あれは駱駝《らくだ》でしょうか？」

平賀は弾んだ声をあげ、双眼鏡を構えた。

いつの間にか眠っていたマヌエルも起き上がり、ヒュウと口笛を吹いた。

「皆さん、前方に見えるのが世界一過酷で美しいと言われるダナキル砂漠です。駱駝の商隊は砂漠で採れる塩を運んでいるんです。

どうして砂漠で塩が採れるかといいますと、元は海の底だったのが干上がった為、標高が低い所に水分が溜《た》まって塩湖になっているからです」

ゲタチョウが誇らしげに解説をする。

そして車は、山頂から少し下った所のゴレン村に停車した。

その途端、マッシュルームのような形の家から子供達がわらわらと飛び出してきて、車を取り囲んだ。

「ねえ、水を頂戴《ちょうだい》」

「水を頂戴」

片言の英語と共に、小さな手がドンドンと窓を打つ。

ここでは「金をくれ」と言う子はいない。皆、口を揃えて「水」と言う。

ゲタチョウはげんなりと溜息《ためいき》を吐き、クラクションを乱暴に鳴らした。

「ここで少し休もうと思いましたが、面倒ですね。先に進みますか？」

「いや……。できればここで情報を仕入れたいですね」

ロベルトが慎重に答える。

「何の騒ぎだ……？」

「ゲタチョウ、私はトイレを借りたいんだが」

マヌエルの言葉に、ゲタチョウは仕方ないという風に肩を竦《すく》め、エンジンを切った。

「みんな、静かに！」

車を降りるなり、ゲタチョウは叫んだ。

「この村で一番いいトイレのお家《うち》は、どこかな？」

すると子供達が大声で答えた。

「村長さん！」

「村長さんの家！」

「じゃあ、村長さんのお家に案内してくれる子は、誰かな？」

「わたし！」

「こっち、こっちだよ！」

子供達がゲタチョウの腕を引っ張って歩き出す。

「マヌエル先生ー、私に付いて来て下さーい」

ゲタチョウはマヌエルに英語で呼びかけた。マヌエルがその後を付いていく。

「彼、なかなか子供あしらいが上手《うま》いね」

ロベルトがクスッと笑って平賀を見ると、平賀は深刻な顔でロベルトを見返した。

「ロベルト。あの子達、脱水症状を起こしかけています。私の水をあげてはいけないでしょうか？」

平賀は車を遠巻きに見ている子達を視線で示した。

「平賀、キリがなくなるぞ」

「ええ、分かっていますが……」

「なら、君の分を一本と、僕の分を一本。それだけなら」

ロベルトが言い終わらないうちに、平賀はパッと顔を輝かせ、紙コップとペットボトルを持って車外に降り立った。

見る間に平賀の周囲に二十人ばかりの子供達が群がってくる。

「順番です、順番に！」

必死に叫ぶ平賀をよそに、子供達は彼の手からペットボトルを奪うと、今度は子供同士でそれを奪い合い始めた。

「やれやれ……」

ロベルトは子供の手からひょいとペットボトルを奪い、高くに掲げた。

「悪い子には、あげない！」

低い声で宣言すると、子供達の動きがピタリと止まった。

「みんな、静かについておいで。あそこのお兄さんが、お水をくれるからね」

ロベルトは水を高く掲げたまま平賀の側に行き、はい、とそれを手渡した。

ロベルトの睨《にら》みが利いているせいか、子供らは平賀の差し出したコップから大人しく水を飲み、次の子にコップを手渡していく。

それでもあっという間に二本のペットボトルは空になった。

まだ物欲しそうにしている子供らを前に平賀が困り顔をしていると、その様子を見ていた老婦人が二人の許《もと》に近づいて来た。

「今年は雨期に雨が降らなくてね、村の井戸が涸《か》れてしまったんだ。だが、また夜になればこの子らの父親が、水を買うなり汲《く》むなりして帰ってくるだろうよ」

老婦人は嗄《しわが》れた声で言い、側にいる子の頭を宥《なだ》めるように撫《な》でた。

「今年の水不足はそんなに深刻なんですね」

ロベルトは声を落とした。

「そういう年もあるさ。もっと酷《ひど》い年もあったね。全ては神の御心のままに……。この地で生きるというのは、そういうことさ」

老婦人は目を細めて空を見た。

ロベルトは何を言っていいか分からず、押し黙った。

エチオピアには、ナイル川の水の七割から八割を供給するタナ湖がある。エチオピア高原に降るモンスーンの雨は太古から肥沃《ひよく》な土をエジプトに供給し、それを享受したエジプトは早くから栄えた。だが、エチオピア自身はナイルの恩恵を殆《ほとん》ど受けずにきた。

三百十八万年前の化石人骨「ルーシー」が発見された事から人類発祥の地とも呼ばれるエチオピアだが、アクスムやラリベラの王国が勃興《ぼっこう》した時代を除き、常に貧しかった。

そこでエチオピア政府は現在、国内に電力と水源を確保すべく、タナ湖付近に巨大ダムを建設しようと計画している。

その計画に反対しているのがエジプトだ。エチオピアがナイルの流れを止めるのではないかという懸念から、ダムの建設反対を訴える声が高まっているという。

ロベルトはやるせない溜息を吐いた。

「平賀先生、ロベルト先生。村長から情報を貰《もら》いました！」

ゲタチョウが手を振りながら戻って来た。


四人が車に乗り込むと、ゲタチョウは村長に描いてもらったという地図を見せた。

それは岩の裂け目を示す二本の線と七つの丸が描かれているだけの、暗号のようにシンプルな絵だ。

「この辺りには七つの集落があるそうです。順番に回ってみましょう」

一行は村長の地図を目安に、七つの集落を回った。

すると赤土の壁とトタン屋根の丸い家が連なるばかりの集落の中に、一つだけ、石造りの塔が建つ村がある。塔といっても三階建ての住居程度の高さであるが、低い他の建物と比べて目立っていた。その側には小さなテフ畑があり、羊が飼われている。

四人は車を降り、その集落へと進んだ。

5

集落の入り口には鳥居のような門が立ち、長い杖《つえ》を持った屈強な男が仁王立ちしていた。

ゲタチョウが彼に駆け寄ると、男は杖の先でゲタチョウを押し戻した。

ゲタチョウはひるまず、愛想よく男に話しかけた。

「こんにちは、私はゲタチョウ、公式のガイドです。この村に『栄光の門』の歌が伝わっていると聞いて、お客さん達を連れて来たんです」

すると鋭い目をした男は、ぺっと地面に唾《つば》を吐き捨てた。

「誰もこの村へ入ることは許さない」

「そう言わず、話を聞いて下さい」

「お前らに話す事など何も無い」

「何か欲しい物はないですか？　水もありますよ」

「今は忌み月だ。災いを村に招き込む訳にはいかない」

「私達が災いだなんて、そんな言い方をしなくても」

ゲタチョウは泣きそうな顔になった。

「災いは常に外から来る。現に今、村長の孫が死の病で苦しんでいる」

「それはお気の毒です。ですが、それは私達のせいではないでしょう？」

ゲタチョウと男が押し問答を続けていると、平賀がロベルトの腕を掴《つか》んだ。

「あの二人は何を話してるんです？」

「どうやら今は忌み月で、村長の孫が死の病で苦しんでいるそうだ」

ロベルトが答えると、平賀はキリッと眉《まゆ》を寄せた。

「死の病？　それはどんな病状でしょうか。私の鞄《かばん》にはもしもの為に用意してきた薬があります。子供を私に診させて貰えないかと、伝えて下さいませんか？」

「……よし、分かった」

ロベルトが平賀の言葉を門番に伝える。

男は怪訝《けげん》な顔をしたが、「ここで待て」と言い残し、集落の奥へ歩いて行った。

暫くすると、男は老人を伴って姿を現わし、門から離れた所で話を始めた。

二人の周りに、集落のあちこちから男達が集まって来る。

円陣になった男達はがやがやと話し合い、ちらちらと平賀達を見ては指差した。

一時間余り経った頃、頭に羽根飾りをつけた老人が呼ばれてやって来た。

そうしてようやく最初の門番が平賀達の許《もと》に引き返して来た。

「付いて来い」

男はそれだけを言うと、踵《きびす》を返して歩き出す。

一行は集落の奥にある大きな家へと案内された。

家の入り口上方には、ダビデの星が描かれている。

木の扉を開くと、室内には老若男女が集い、一人の子供の周囲を取り巻いていた。

子供は虚《うつ》ろな表情で、敷物の上に寝ころんでいる。

平賀は子供に近づき、熱を確かめ、脈を取り、瞳孔《どうこう》や心音を確かめた。

「彼の症状を詳しく教えて下さい」

平賀の言葉をゲタチョウが訳して伝えた。

すると村長と名乗る老人が立ち上がり、答えた。

「お腹が痛いといって下痢が止まらない。酷い熱が一日おきに出ている。痙攣《けいれん》や吐き気もある。時々、こんな病があるが、子供がかかるとまず死んでしまう」

ゲタチョウがそれを平賀に通訳すると、平賀は頷《うなず》いた。

「この子の症状は感染性腸炎とマラリアです。それも卵形マラリアと呼ばれるものでしょう。発熱はいつからです？」

平賀が再び訊《たず》ねると、老人は「一週間前からだ」と答えた。

「まだ初期ですから、治療が間に合うかもしれません。車から薬と水を取ってきます。水は大量に使いますが、構いませんね？　下痢が酷くなると、脱水症状で命を落とします」

「まあ、いいだろう。コボの町に戻れば水は補充できるからな」

マヌエルの答えを聞くと、平賀は素早く立ち上がった。ロベルトがその後を追う。

二人は車から必要な物を取って家に引き返した。

平賀はミネラルウォーターを沸かして少し冷ました物に、適量の砂糖と塩を混ぜて電解質飲料を作ると、ぐったりしている子供の上体を起こし、それと抗生物質を飲ませた。また、マラリアの特効薬であるAL合剤を与えた。

子供は喉《のど》を鳴らして飲料を呑《の》んだ。余程、喉が渇いていたのだろう。

平賀は毛布で子供をくるみ、額に濡《ぬ》れタオルを載せた。

「ゲタチョウさん、町で水を補充して来てもらえませんか。清潔なタオルを十枚ほどと、蚊取り線香も買って下さい。私はここで看病を続けます」

平賀の言葉をゲタチョウが村長に伝える。

村長の許可を取り、ゲタチョウはコボの町へ買い出しに走った。

それから丸二日間、平賀は子供の傍らで様子を見守りながら、定期的に薬と飲料を摂取させた。

ロベルト達には隣部屋があてがわれ、部屋から出るなと言い聞かされる。

三日目に子供の下痢は止まり、寝床から起き上がれるまでに回復した。どうやら病気の治癒に成功したようだ。

そんな子供の様子を見て、村長はようやく笑顔を見せた。

「この度のことはまことに有り難い。村をあげての祝宴に招待したい」

ゲタチョウはそれを訳して平賀に伝え、「申し出を受けて下さい。断るのは失礼にあたります」と付け加えた。

そうして四人は祝宴に出ることになった。

女達は畑に出かけ、男達は選抜した羊を屠《ほふ》った。

村の中央広場に藁《わら》が敷かれて宴席が設けられる。

棒に吊《つる》された羊が焼かれ、香ばしい煙を漂わせた。

女達は小さな穀物を鉢ですり潰《つぶ》し、パンを焼き始めた。

大きな瓶に入った蜜酒《みつしゅ》が宴席の中央に運ばれてくると、女達が酒を木の碗《わん》に注ぎ入れ、男達に手渡していく。平賀達もそれを受け取った。

葉っぱの上に盛られた食事が配られる。

配膳《はいぜん》を済ませると、女達は離れた場所に円座を組んで座った。

「私の孫が死の病から無事に蘇《よみがえ》ったことに乾杯だ」

村長は蜜酒の入った碗を高く持ち上げた。男達もそれに続いた。

皆は蜜酒を呑み、食事を始めた。

平賀達も見よう見まねで同じように振る舞った。

「ところで、お前達は医者なのか？」

村長の問いかけをゲタチョウが訳し、平賀が答えた。

「いえ、私達は神父です。神に仕える者です」

「エチオピアの僧侶《そうりょ》ではないな。何故ここに来たのだ？」

「それは貴方《あなた》がたが『栄光の門』のことを知っていると思ったからです」

平賀は素直に答えた。

「『栄光の門』を知ってどうするのだ?」

「私達はタボットを持った兄弟を探しているのです」

「探してどうするのだ?」

「助けたいと思っているのです。このままだと彼らの身が危険だからです」

「お前達は証《あかし》を持つ者か?」

「証? どういう意味ですか?」

平賀の言葉をゲタチョウが訳して伝えると、長老達はひっそりと議論を始めた。

ロベルトは思わず我が耳を疑った。それは長老達の会話が、訛《なま》りの強いヘブライ語であったからだ。

ヘブライ語を使うということは、彼らがベタ・イスラエルの民だという証拠であった。

彼らが「栄光の門」の鍵《かぎ》を握っていることを、ロベルトは確信した。

『彼らは伝説の……かも知れない』

『いや、そうとは決められない』

『そうとも。彼らには証が無い』

『間違いはおかせない』

『それなら……をするしかない』

『……にお伺いを立てよう』

『そうしよう』

ロベルトの耳には、そのような会話が切れ切れに聞こえた。

頭に羽根飾りを付けた長老が立ち上がり、石造りの塔の方へと向かって行った。

暫《しばら》く経って戻って来た長老は、平賀とロベルト、マヌエルの三人を指さして、ジェスチャーで付いて来いと告げた。

「どこへ行くのです？」

ロベルトがヘブライ語で訊ねると、長老はフッと笑った。

「お前は言葉が分かるのか。それなら話は早い。女王がお呼びだ」

「女王？」

「そうだ。私の後に付いて来い」

長老は歩き出した。三人が後に続く。

坂道を登り、石の塔の近くまで来ると、塔の背後に大きな石組みの井戸があるのを平賀は目にした。

「あの井戸、ベハイルさんの撮った写真の前景に写っていたものです。それに、ここから見える岩山の稜線《りょうせん》、ケルビムの奇跡を写した写真のものとそっくりです」

「何だって？」

「じゃあ、ベハイル達はやはり此処《ここ》に……」

「はい。ケルビムの奇跡が撮影されたのは、この場所に間違いありません」

平賀は空を指さし、断言した。

「ああ、良かった。これでようやくベハイル達に追いつける」

マヌエルは感無量の様子で空を仰いだ。

「平賀、後で村の人にも話を聞いてみよう」

「はい。新たな証言が得られそうですね」

ロベルトと平賀は頷き合った。

「おい、何を話しているのか。女王を待たせるな」

長老が振り返って三人を咎《とが》め、言葉を継いだ。

「お前達に言っておく。女王には触れてはいけない。また女王の目の高さより上になってもいけない。充分、注意するように」

長老はそう言うと、三人を石の塔へ招き入れた。

螺旋《らせん》状の階段を三階へ上がると、円形の間が広がっていた。

「女王、男達をお連れしました」

長老はヘブライ語で言い、広間の入り口で恭しく跪《ひざまず》いた。三人もそれに倣う。

広間の奥には一段高い台座があり、星空と月の見える窓を背にして女が座っていた。

月明かりの逆光と、顔を覆うレースのベールに遮られて、女の表情は見えない。

黒い肌が映える広いデコルテの白いカラシリスの胸元には、サファイア、エメラルド、スピネル、孔雀石《くじやくせき》、ラピスラズリ、カーネリアン、アメジスト等をふんだんにちりばめた大きな首飾りをつけ、ウエスト部分には金銀の細かな刺繍《ししゅう》が施された房のある帯を締めている。

頭には三十カラットはあろうかという巨大なエメラルドや瑪瑙《めのう》をあしらった金冠が輝き、細工の見事な腕輪がはめられた腕で、月と蠍《さそり》をあしらった杖《つえ》を持っていた。

その姿は、ロベルトが読んだ『神殿記』の女王の姿によく似ていた。

スリットの入った裾《すそ》から覗《のぞ》く足首には、アンクルウォーマーに似た毛皮の足飾りが付いている。

女の足元には四人の侍女が跪いていた。

「お招き頂いて光栄です、女王様」

ロベルトはヘブライ語で言った。

「ようこそ、いらっしゃいました。私はシェバの末裔《まつえい》たる一族の女王、グディトです。どうぞ今夜は私の客間でお泊まり下さい」

女王の声は硬質なガラスを弾《はじ》いたように澄んでいた。

シェバという名やその華麗な姿に驚きを感じながら、ロベルトは頭を下げた。

「有難うございます。実は一つ、女王様にお願いがあるのです」

「何でしょう」

「僕達はタボットを持った二人を探して来ました。彼らがここを通り、『栄光の門』に進んだことは分かっています。そして、貴女《あなた》がたが門の番人であるということも……。

どうか僕達に、道を示して頂けないでしょうか」

すると女王の赤い唇が持ち上がり、艶然《えんぜん》と微笑んだのが分かった。

「それはまたの日に、お教えしましょう」

「分かりました。では、質問をもう一つ……」

「何でしょう」

「タボットを持った二人は、ケルビムの炎が空を渡るのを見たそうです。女王様もそれをご覧になりましたか？」

「それもまたの日に、お答えしましょう」

女王がパンと手を鳴らすと、足元に侍っていた女が天井から垂れた紐《ひも》を引いた。

すると天幕が下りてきて、女王の姿を隠した。

三人は仕方なく広間を下がった。

それから三人が案内された客間は、石の塔の側にある建物の一室であった。

「おお、コボの町で高級ホテルを探すより、こっちの方が豪華じゃないか」

マヌエルは部屋に入るなり歓声をあげた。

石のベッドには美しい織物が敷かれ、蚊《か》除《よ》けの薄い天幕が張られている。

花瓶には花がふんだんに活《い》けられ、テーブルに水とワインと蜜酒が置かれていた。

マヌエルは蜜酒をコップに注いで呑《の》んだ。

ロベルトもワインを開け、平賀と自分のグラスに注いだ。

「乾杯しよう。平賀が村長の孫を助けたことに。それから、シェバの末裔たる女王と『栄光の門』に」

「シェバですって？　女王がそう名乗ったんですか。興味深いですね」

平賀の言葉に、ロベルトが「そうなんだ」と頷《うなず》く。

「彼女が現代のシェバの女王という訳か。言われてみれば、不思議な気品があったな」

マヌエルは鼻の下を伸ばした。

三人はグラスを重ね、乾杯をした。そして酒と疲れのせいか、間もなく深い眠りに落ちたのだった。

深夜。狼の遠吠《とおぼ》えが風に乗って聞こえてきた。

それから、すぐ近くでガタッという物音がした。

ロベルトの意識は夢から浮上し、彼は薄く目を開いた。

すると天幕の向こうに蠢《うごめ》く黒い影がある。

悪夢の続きかと彼は目を擦《こす》り、そっと身を起こそうとしたが、その瞬間、いきなり腕を捻《ねじ》られ、身体に縄が食い込む感触を覚えた。

ロベルトは抵抗する間もなく、手足をロープで縛り上げられていた。

「おい、何をするんだ！」

「止めて下さい！」

マヌエルと平賀の叫び声と、大勢の人間のたてる物音が聞こえてくる。

「大丈夫か!?」

ロベルトが叫んだ時、彼の身体は男達によって担ぎあげられ、外へと運び出された。

建物の前にはピックアップトラックが停まっている。

ロベルトはその荷台に放り込まれた。

耳元でドサッと重い音がして、マヌエルと平賀の身体もすぐ側に放り込まれる。

すぐにエンジン音がして、トラックは走り出した。

「何だ……おい、どうなってやがるんだ！」

マヌエルは運転席に向かって喚《わめ》いた。だが、返事はない。

トラックはかなりの速度でデコボコ道を走っていく。三人の身体は荷台で大きく跳ねた。

「貴様は誰だ！　ゲタチョウはどうした！　返事をしろ！」

マヌエルは声が嗄《か》れるほど喚《わめ》き続けている。

ロベルトはロープを解こうと懸命に足掻《あが》いていた。

その隣で、平賀は荷台に仰向《あおむ》けに寝転んだまま、ぼんやりと空を見詰めている。

どこか打ち所でも悪かったのかと、ロベルトは不安を覚えた。

「どうした、平賀、体調でも悪いのか？」

「いえ……。ただ、星がよく見えるなと思いまして」

平賀はどうやら寝呆《ねぼ》けているらしく、上の空で答えた。

疾走を続けるトラックは、やがて砂漠地帯に突入した。

そのままおぞましい時間がどれほど経っただろう。
トラックは突然、砂漠のど真ん中に停車し、運転席から大男が降りてきた。
男は乱暴に三人を荷台から引き下ろし、砂の上に放り投げた。

第五章　試練

1

「一体これは何の真似だ！」

ロベルトは叫んだ。

大男は答えず、平賀の手のロープだけをナイフで切った。

「こんな所に置き去りにするつもりじゃないだろうな！」

マヌエルは必死の形相で男に齧《かじ》り付いた。

男はマヌエルを乱暴に払いのけ、大股《おおまた》でトラックの方へ戻っていく。

「待て！　どういう事か説明しろ！」

ロベルトがヘブライ語で怒鳴ると、男はくるりと振り返った。

「女王の試練だ」

「試練だと？」

「そうだ。お前達が我らの口授に伝わる三賢者なのかどうか、試す為の試練だ。

お前達が本物ならば、女王の試練に打ち勝って、我らの村へ帰り着き、栄光の門を潜ることができるだろう」

「おい、冗談じゃないぞ……」

ロベルトは余りの理不尽さに対する怒りで言葉を失った。

「ロベルト、金ならいくらでも出すと奴に言え！」

マヌエルが背後でわめいている。

だが男はもはや振り向くこともなく、トラックに乗り込み、走り去った。

マヌエルはそれを見ると、がっくりと膝《ひざ》を折った。

「ここはダナキル砂漠だぞ。世界一、過酷といわれる場所だ。日中気温は最高時で五十度を超える。水筒さえない我々が日干しになって死ぬのは時間の問題だ……」

ロベルトにもそれは痛いほど分かっていた。

「ですがマヌエルさん、貴方《あなた》は『隊長が行く！』の番組で、世界の秘境を探検したキャリアもお持ちなのでしょう？　この窮地を切り抜ける手立ては思い付きませんか？」

ロベルトは努めて冷静に訊《たず》ねた。

「私は文学科の元准教授だ。ただのオカルト好きのコメンテーターだ。私自身が探検など、した事は一度もない……」

マヌエルはわなわなと唇を震わせた。

「ああ、そういう事ですか、成る程、道理で貴方一人が観光気分だった訳ですね。旅慣れしている筈《はず》なのにわざわざガイドを雇ったり、高級ホテルに泊まりたがったり、少しおかしいと思っていたんです」

ロベルトは込み上げる苛立《いらだ》ちをぶつけるように言い放った。

「何っ、貴様、この私に文句があるってのか！　お前だって、あいつらの言葉が分かったところでクソの役にも立たなかったじゃないか！　あいつらが何を企《たくら》んでるかぐらい、話を聞いてりゃ分かったんじゃないのか⁉」

マヌエルはロベルトに摑《つか》み掛かった。

「お二人とも、落ち着いて下さい。大声を出したりパニックを起こしたりすると、無駄な体力を消耗してしまいますよ」

夜空に澄んだ声が響いた。平賀だった。

平賀は手だけでなく、足のロープも身体のロープもすっかり解いた姿であった。

「今現在、二つのいいニュースがあります。このロープの結び目は、コツさえ知っていれば簡単に解けます。それに、彼らはわざわざ私達の靴も運んで来てくれました。

そこから考えるに、彼らは必ずしも明確な殺意を持って、私達をここへ打ち捨てた訳では無いのかも知れません」

そう言うと、平賀は地面に落ちていた靴を拾い、マヌエルとロベルトの側に跪《ひざまず》いて、二人のロープを解いた。

「……ああ。ある意味、平賀の言う通りだ。あの男は女王の試練だと言っていた。

彼らの村には口伝があるそうだ。砂漠の試練に打ち勝った三賢者が、彼らの村へ帰り着くことができれば、栄光の門を潜ることができるというものらしい。僕らがそれに相応《ふさわ》しい人物かどうか、シェバの女王は試すつもりなんだ」

ロベルトの言葉に、マヌエルは髪を逆立てんばかりに激怒した。

「女王の試練だと⁉　ふざけるな！　あのアマ、ぶっ殺してやる！　こっちは水も薬もくれてやった！　子供の命まで救ってやった恩人だってのに、くそっ！　くそっ、くそっ、あいつらは悪魔だ！　一人残らず、悪魔だ！」

ロベルトの胸にもマヌエル同様、憤りが渦を巻いていた。

そんな二人の心情などまるで気付かぬ様子で、平賀はニコッと微笑んだ。

「成る程。それなら尚更《なおさら》、生きて戻らねばなりませんね」

「いや、どだいそんなものは無理だ。水も無い、食料も無い、今自分らがどこに居るのかも、彼らの村がどっちなのかも分からないんだぞ！」

マヌエルは唾《つば》を飛ばし、夜風が見る間に車の轍《わだち》を消していくのを指さした。

すると平賀は星空を見上げた。

「目印なら空にあります。私はジープに乗せられていた間、数を数え、星を見て方角を確認していました」

「ほ、本当か？」

「はい。星を頼りに歩けば、なんとかなると思います。

ただ、あの村とここは相当離れています。車の速度と移動時間から考えて、二百キロ強でしょうか。決して歩けない距離ではありませんが、暑い日中に行動しますと非常に体力を消耗し、発汗を補うだけの大量の水が必要となります。

ですから、移動は夜に限るとします。そうしますと、約七日かかるという計算です」

平賀は淡々と答えた。

「一週間か……。平賀、水も食料もない状態だと、人間はどのくらい保《も》つ？」

ロベルトの問いかけに、平賀は眉《まゆ》を顰《ひそ》めた。

「水分補給ができない場合、人間は三日で死亡します。一般的に、成人男性は一日一リットル以上の水を必要とします。我々がサバイブできるかどうかは、得られる水と発汗量のバランスにかかっているのです。

空腹ではなかなか死にませんが、全く食べなければ体力を落とします。できれば水分補給できる物を摂取するのがいいでしょうね」

それを聞いたロベルトは、胸の怒りを追い出そうとするかのように、長い溜息《ためいき》を吐いた。

「そうか。事態はかなり深刻だな」

「ええ、残念ながら」

「だが、生き延びられる可能性がゼロとも限らない」

「はい、勿論《もちろん》です」

二人の会話に、マヌエルは慌てた声で割り込んだ。

「二人とも、何を悠長な事を言ってるんだ。我々はたった三日後に死ぬんだぞ！」

「そうです。このまま無為に過ごせばそうなります。貴方がいくら取り乱しても、その結果は変わりませんし、却《かえ》って助かるチャンスを逃すかも知れません」

「馬鹿な。助かるチャンスなど……」

「マヌエルさん、決して諦《あきら》めてはいけませんよ。とにかくまず、各自の持ち物を出し合いませんか？　何かの打開策が見つかるかも知れません」

平賀はポケットをごそごそと探り、大小のジップの着いた大量のビニール袋と綿棒、そしてルーペを取り出した。平賀の常備品である。

「このビニール袋は容器代わりにも使えます。ロベルトは何か持っていませんか？」

平賀の問いかけに、ロベルトも自分のポケットをまさぐった。

出てきたのは、彼が鍵《かぎ》開けをする時に使う幾本かの針金であった。

「僕はこれぐらいかな。役に立つと思うかい？」

「ええ。使えそうです、とても」

平賀は瞳《ひとみ》を輝かせた。

「どなたか、シルクのハンカチなどお持ちではないでしょうか？」

平賀の声に、マヌエルがポケットからハンカチを取り出した。

平賀はそれを受け取ると、針金をハンカチでこすり始めた。

「こうしてシルクでこすると、磁石になるんです。平らなところに置くと針が北を向くので、歩いているときにコースを外れないよう微調整できます」

「私はライターも持っているが、これも使えそうかね？」

マヌエルがオイル式のライターを差し出した。

「ええ、火種はとても大切です。

さて、私達を縛っていたロープとこれらの品物が私達の命綱です。あとは道々にある物を拾って使いましょう。砂漠でサバイバルするには、どんな物もお宝ですから。

あと注意点としては、発汗による脱水を防ぐ為に身体を完全に覆うこと、日射しを避けること、皮膚を乾かして水分を奪う風を避けることです。ですから、各々ガビで顔を覆って歩きましょう。

それと、砂漠ではぐれると大変ですから、一団となって行動しましょう。幸い、夜明けまではまだ時間があります。早速、目的地に向かって歩きましょう」

そう言うと、平賀はさっさと歩きだした。

こんな時の平賀は異常なほどに冷静で頼もしい。

ロベルトも歩きだし、マヌエルがその後ろから追いすがってきた。

そうして十分ほど歩いた時だった。

平賀が突然、進路を変えて駆け出した。

どうしたのかと見ていると、二十メートルばかり走って地面に手を伸ばし、青いシートを摑み上げている。平賀はそれを畳みながら戻って来た。

「ラッキーです。ブルーシートが落ちていました。先程のトラックが落とした物でしょう。

ジープの轍のすぐ側に落ちていましたから」

「それがお宝かね？」

マヌエルが不思議そうに訊《たず》ねた。

「ええ。これは随分と役立ちますよ」

平賀は微笑み、また歩き始めた。

四時間程歩いたところで、マヌエルが口を開いた。

「すまないが、用を足したくなったんだが……」

すると平賀は、マヌエルに大きなビニール袋を渡した。

「用を足すのはこのビニール袋の中にして下さい。一杯になったら、ジップをしめて下さいね」

「まさか、尿を飲料にするつもりか」

マヌエルは顔を顰《しか》めた。

「いいえ、そのままでは飲みません、というか、飲めません。人の尿は九十五パーセントが水ですが、尿素、塩素、ナトリウムなどが含まれますし、細菌や汚物も混じります。ですから蒸留して飲み水に変えますので、どうぞ、このビニール袋の中に」

マヌエルは不審そうな顔をしながら、少し二人から距離を置くと、用を足し始めた。

その間、平賀は砂漠に点在している小さな石をひっくり返し始めた。

「何をしてるんだい？」

「食料になりそうな昆虫がいないか探しているんです。どんな砂漠にも生き物はいます。大抵は岩場の間や、岩の下に隠れていることが多いのです。

もうじき夜明けですから、休んでいる間にそれを食べればいいと思います。小さな虫なら、身体が消化の為に使う水分も少なくてすみますし、唾液《だえき》の分泌を促す効果も期待できます」

「成る程、僕も手伝おう」

ロベルトが大きめの石をひっくり返すと、いきなりそこに蜘蛛《くも》のような足とゴキブリのような身体を持つグロテスクな虫がいた。彼は思わずそれを手で摑《つか》み、平賀が差し出すビニール袋に投げ込んだ。

平賀が素早くジップを閉め、虫を観察する。

「それ、食べられそうかい？」

「これはヒヨケムシですね。毒はありませんから、食べられますよ」

「よし。じゃあ、僕にも袋を一つくれ」

二人が黙々と石をひっくり返し続けていると、用を足したマヌエルが戻って来た。

「平賀神父、これを……」

マヌエルは尿で一杯になったビニール袋を困り顔で差し出した。

平賀はそれを受け取ると、マヌエルに小さい穴を掘るよう頼んだ。

そして平賀はＳ字に曲げた針金で空のビニール袋に穴を開け、針金の先にビニール袋がぶらさがるようにしてから、その袋にマヌエルの尿を慎重に移し替えた。

続いて平賀は、針金で形を整えて受け皿のように成形したビニール袋を作り、マヌエルが掘った穴の中央に置いた。

S字の針金の下にぶら下げたビニールは口を開けたまま、穴の中で宙づり状態になるように、S字の上部を四本のロープで支え、ロープの先を平たい岩に巻いて固定する。

そうした上で、マヌエルの掘った穴全体をブルーシートで覆い、シートが風に飛ばないよう周囲をしっかり石の重しで固定すると、ブルーシートの中心に小石を置いて、シートの中央部分が凹《へこ》むような作りにした。

「これで尿が蒸留できるのか？」

マヌエルが訊ねる。

「はい。昼間の太陽光がブルーシート上に注ぎ、穴の中が高温になりますと、口の開いたビニール袋に入った尿が蒸発し始めます。この時、尿の無機質成分や汚染物質は重過ぎる為に蒸発せず、水分だけが水蒸気となってブルーシートの裏側に結露します。

シートは中央部が凹んでいますから、水蒸気の粒は中央の凹み部分に集結していき、水滴となって受け皿に落ち、水が溜《た》まるという仕組みです」

「ふむ……理屈としては分かるが……」

マヌエルは半信半疑ながらに頷《うなず》いた。

「では次に、日除《ひよ》けのシェルターを作りましょう。お二人とも手伝って下さい」

平賀の呼びかけで、三人は並んで休める大きさの穴を掘った。

掘り出した土は穴の三方に積んで高さを出し、北の一辺は出入り口として開けておく。穴の上を平賀とロベルトの脱いだアベシャリブスで覆って日除けとし、風で布が飛ばないよう石の重しを置く。

苦心しながらそんなシェルターを完成させた頃、真っ赤な太陽が東の地平線から昇ってきた。

「くそっ、全く、何だってこんな目に……」

マヌエルは毒づきながら、日除けシェルターに潜り込んだ。

「怒るとお腹が空《す》きますよ。それより、どうやって生きて帰るかを考えませんと」

平賀が優しい表情でマヌエルを諭した。

「そうだ、二人とも。ヒヨケムシが四匹採れたんだ」

ロベルトはビニール袋を二人の前に差し出した。

「何だ、そいつは！」

マヌエルは、目玉を落としそうなほど見開いた。

「凄《すご》いです、ロベルト。私は二匹捕まえましたから、合計六匹。一人二匹ずつですね」

平賀が嬉《うれ》しげに言った。

「そ……そ、そんな気味の悪い物を食べるだと？」

マヌエルは鳥肌をたて、冷や汗をかいている。

「こんな物でも、いつ捕まえられるか分かりません。手に入るうちに食べませんと」

「嫌だ。絶対に無理だ。私は断固拒否する。そんな得体の知れない物を食べるぐらいなら、断食した方がマシだ」

マヌエルは頑《かたく》なに主張した。

「ヒヨケムシは生で食べられる貴重な蛋白質《たんぱく》で、水分補給にもなるんですよ」

平賀は優しく言ったが、マヌエルは首を横に振っている。

「仕方ありませんね。じゃあロベルト、強靭《きょうじん》な顎《あご》と前足は取り外して食べましょう。嚙《か》まれると悶《もだ》えるような痛みを感じますから」

そう言うと平賀は、ひょいとヒヨケムシを取り出しては、慣れた手つきで顎と前足を取り外していった。

それを三匹渡されたロベルトは意を決してかじりついた。

べにゅりとした歯ごたえ。だが、意外と癖はない。それどころか妙にジューシーで、甘みすら感じられる。自分でも気付かぬままに飢え渇いていたのだろう。

「平賀神父、まだ蒸留水とやらは飲めないのか？」

マヌエルの声は苛立《いらだ》っていた。

「まだです。我慢して下さい」

平賀は冷たく答えた。

「この先、夜に活動するなら、昼間は寝ていた方がいいんじゃないか？」

ロベルトの言葉に、平賀は砂埃《すなぼこり》に塗《まみ》れた顔で頷いた。

「ええ、できるだけ仮眠するのは良いことです」

「ああ……。起きていても喉《のど》が渇くだけだしな」

マヌエルが言った。

それきり、誰もが寡黙になった。

灼熱《しゃくねつ》の日射しの真下でゆっくり眠れる筈《はず》もないが、ロベルトは目を閉じてじっと動かぬようにしていた。

そうしていつの間にかうとうとしていたようだ。

「水はまだ出来ないのか⁉」

ロベルトはマヌエルの感情的な声に目を覚ました。

平賀は時計を見た。

「そろそろ大丈夫でしょう」

三人は日除けの側に作った仕掛けのビニールシートを外してみた。

平賀の予想通り、尿を入れたビニール袋は空になり、中央に置かれた容器に透明な水が溜まっている。

「貴重な水です。三人で分けて飲みましょう」

平賀が言った。マヌエルは不服そうに肩をいからせた。

「分けるだって？　私の尿だろう。私に飲む権利がある」

「マヌエルさん、そんなことを言っていては、この環境で生き残れませんよ。砂漠を渡るには役割分担が必要です。一人でも脱落したら、他の者も死を待つだけです」

「平賀の言う通りだ。水や食糧は等分しよう。仮に貴方《あなた》が水を一人占めし、僕や平賀が脱水症状で動けなくなったとして、その後、貴方一人でどうやって砂漠をサバイブするんです？　貴方の尿が出なくなった時、僕や平賀の物を飲めなくてもいいんですか？」

平賀とロベルトは異口同音に言った。

マヌエルは苦々しい顔で頷いた。

「分かった……。この先、蒸留した尿は三等分だな」

「はい。私達の身体から蒸発する水分量などを考えた時、今後次第に尿は出なくなっていき、それでは水分を補えなくなるでしょう。その時には他の方法を考えなければなりません。ですがまず、今日を生き延びることが大切です」

平賀はそう言うと、濾過《ろか》された尿がきっちりと三等分になるよう、ビニール袋三つに分けて注いだ。

一行はそれを飲み干した。

尿であったとしても、砂漠で飲む水は甘露であった。

2

三人は日没と共に行動を開始した。

平賀が星を頼りに歩き、二人がその後に続く。

赤く乾いた地面はひび割れ、魚の鱗《うろこ》のようになっている。そこから時折、ニョキリと奇岩が生えていた。

ロベルトは道端の石を見つけるとひっくり返したが、昨日のように昆虫は見つからない。

飲める水は昼間のうちに蒸留した尿だけだ。

口が渇き、足は重かった。舌が軽く痺《しび》れる感覚があった。

恐らく既に脱水症状を起こし始めているのだ。

平賀の息づかいが荒い。

マヌエルの顔には焦りと苛立ちが浮かんでいるが、もう怒る気力もない様子だ。

たった二日目にしてこの惨状だ。果たして、生きてあの集落に帰り着くのだろうか。

胸に過《よ》ぎる不安を、ロベルトは必死に打ち消した。

(生き延びるんだ。その意志を失っては駄目だ。諦《あきら》めるな)

自分に言い聞かせながら足を動かしていた時、靴の先に固い物が当たった。

(何だ?)

ロベルトは土の中から顔を出した突起物の側にしゃがみ込んだ。

鈍く光るそれは金属片のようである。

ロベルトが掘り出すと、それは蓋《ふた》が半ば開けられた、空の缶詰であった。

「平賀、こんなものがあったけれど、何かに使えるかな？」

ロベルトが空缶を差し出すと、平賀は大きく頷いた。

「素晴らしいです、ロベルト。これは色んな物に使えますよ」

「中身もない空の缶詰が、何に使えるってんだ」

マヌエルは憎々しげに言った。

「まず、容器になります。それに、蓋の部分はナイフ代わりに使えます。それに砂で磨いて綺麗《きれい》にすれば、金属が太陽光を反射し、遠くまでシグナルを送ることも出来るでしょう。通りかかったキャラバンや飛行機が、シグナルに気付くかも知れません」

「そうか、これで助けを呼べるかも知れないんだな。ハハハハハ」

マヌエルは突然笑うと、地面にしゃがみ込み、砂で缶を磨き始めた。

「マヌエルさん、ハンカチも使うといいですよ」

平賀はハンカチと砂を使って、少し缶を磨いてみせた。マヌエルが真似をする。

「平賀、ここで立ち止まっていいのか？　夜のうちに距離を稼がないと」

ロベルトは平賀に耳打ちをした。

「六時間も歩き詰めだったんです。少し休憩しましょう」

そう言った平賀の顔もかなり疲れている。

「幸い僕はまだ余力がある。辺りに獲物がないか、見回ってくるよ」

「私も行きます。動けるうちに出来ることをやっておきたいので」

平賀はポケットから綿棒を取り出し、それをマヌエルに渡して言った。

「私達は見回りに行きます。十分毎に、ライターでこれに火を点《つ》けて下さい」

「火を？」

「はい。砂漠ではぐれると、二度と会えなくなります。そうならないように、貴方がここで灯台役になっていて下さい」

「分かった」

マヌエルは頷《うなず》き、再び缶を磨き始めた。

ロベルトは時計の針で方向を確認しながら、歩き始めた。

平賀は少し離れた場所を歩いている。

ロベルトが砂丘の斜面を登り、高い場所から何か見えないかと見回すと、点々と地面に落ちている黒い塊が眼下にあった。

それに近づき、正体を確認したロベルトはぞっとした。

それは半ば白骨化した駱駝《らくだ》の死体であった。死体の列が向こうの砂丘まで続いている。

渇きからか飢えからか、あるいは疫病からか、ここで数多《あまた》の駱駝が命を落としたのだ。

ロベルトは一体ずつ、その死体を確認していった。

食べ物にはなりそうにない。

だが、白骨化した血肉が肥料と水分になったのだろう。一群の植物が死体の脇に葉を茂らせている。

(植物は水を含んでいると、平賀は言っていたな……)

ロベルトは平賀のいるだろう方向に、声をあげた。

「平賀、ここに植物が生えているぞ!」

暫《しばら》くすると平賀の足音がした。

星明かりに浮かぶ白く小さなシルエットが近づいてくる。

平賀は砂漠の真ん中で奇跡的に生い茂った植物をまじまじと観察した。

「大発見です、ロベルト。この植物は大黄《だいおう》です。棘《とげ》状の小さな葉しか持たない他の砂漠植物と比べて、これは大きな葉を茂らせるのが特徴です。大きな葉の葉脈と根は、一般的な植物と比べて、十六倍もの水を蓄えることが出来るんです」

平賀は大黄の葉をくるくると束ね、ビニール袋に入れた。袋の口をしっかりとロープで縛る。

「植物は葉で呼吸しています。こうして葉っぱを束ね、そこにビニールを装着しておけば、水蒸気が溜《た》まる筈です」

平賀は尚《なお》も駱駝の死体を追いながら、前方の砂丘へ登って行った。

そして頂上に立つとロベルトを振り返り、手招きをした。

「来て下さい、ロベルト」

ロベルトが側に行くと、平賀は遠くを指さして言った。

「きっとあれは、アフリカ・バオバブです」

ロベルトは平賀の示す方に目を凝らしたが、黒い点しか見えなかった。

「バオバブっていうと、『星の王子さま』に出てくるアレかい？」

「そうですが、あの本の記述は全く正しくありません。放っておくと手が付けられないほど大きくなり、その根で星を破壊してしまう植物だなんて、とんでもない。

バオバブはパンヤ科の多肉植物で、一千年以上の寿命を持ちながらも環境の変化に弱く、とても脆《もろ》いんです。その一本に巡り合えたことは非常な幸運です。

確かに彼らは環境次第で大きく育ちますが、その大きな枝は日除《ひよ》けや雨風除けになり、幹は天然の貯水タンクとなって、古来、周囲の動物や人間を育《はぐく》んできました。星を破壊するどころか、生命の源なんです。

バオバブは時に十トンもの水を幹に蓄えます。そして乾期になると葉を落として休眠しながら、蓄えた水分で生き延びるのです。異常気象で雨が降らなくなったアフリカのサバンナでは、象が牙《きば》で幹に穴を開け、水を吸って飲むそうです」

平賀は一直線に歩きながら話し続けた。ロベルトもその後を追う。

「そういえば、セネガルではバオバブが国のシンボルになっているね。精霊が宿る木として、古くから信仰されてきたようだ。

それはやはりバオバブが他の木なら育たない過酷な乾燥地で生き永らえ、果実を実らせることから、人々はそこに神秘の力を見出《みいだ》し、崇拝の対象にしたんだろう。バオバブの木を求めて住処《すみか》を移動する種族もいると、何かで読んだことがある」

「ええ。今の時期なら落葉もせず、実も生《な》っているかもしれません。

バオバブの実はビタミンやミネラルを含み、インド洋沿岸では壊血病に有効な薬として用いられたとも言われています。第一次世界大戦中には、ドイツやイギリスの軍隊がベイキングパウダーに加えて使っていたんです」

やがてロベルトの目にも、徳利《とっくり》のような幹を持つバオバブのシルエットがハッキリと見えてきた。

近づくにつれ、それが想像以上に大きいことが分かる。四メートルはあるだろう。

平賀は走って行ってその幹にそっと触れ、枝を見上げた。

「良かった。葉もついています。葉はサラダとして食べられます」

「じゃあ、僕が登って実と葉を採って来よう」

「はい、お願いします」

ロベルトは太い幹に手をかけ、登り始めた。

手探りで枝を摑《つか》み、時に足を滑らせながら、なんとか樹上へ辿《たど》り着いたロベルトは、枝の先に繋っている葉を摑んだ。

その葉は意外に柔らかかった。水分を含んでいる手応《てごた》えがした。

ロベルトは嬉《うれ》しくなって次々と葉をもぎ、地面に落としていった。そして手に届く限りの葉と実を落とし終わると、樹を下りた。

地上では平賀が葉を拾い集め、ブルーシートの上に並べていた。小さな瓜《うり》に似た実もいくつか、その中に紛れている。

「もっと大きな実も落とした筈《はず》だけど？」

「いえ、熟していない小さい物の方がいいんです。バオバブの実は成熟すると乾燥し、実の内部がパウダー状になってしまいます。そうしますと栄養価は高くても、食べれば喉《のど》が渇いてしまうでしょう？」

「確かにね。この砂漠では水一杯がダイヤより貴重だ」

「はい。今夜はここで食事と水分補給を行いましょう。ロベルト、マヌエルさんをここへ連れて来て頂けませんか？」

「いいけど……。先には進まなくていいのかい？」

「進みたいのは山々ですが、私の計算では今のまま進んだとしても二日で熱中症にかかり、身動きがとれなくなって死亡するでしょう」

「やはりそうか……」

ロベルトは重い溜息《ためいき》を吐いた。

「ですが言い換えれば、僅《わず》かな水さえあれば、まだ二日は動けるんです」

平賀は迷いのない表情でキッパリと答えた。

「君に一つ、聞いてもいいかい？」

「はい、どうぞ」

「どうして君はそこまで前向きでいられるんだい？」

すると平賀は意表を突かれたように、ぽかんと口を開いた。

「どうしてと言われましても、自分でもよく分かりません。

今、私達は生きていて、成すべき事があり、尽くせる手立てがあります。自分達に出来る事があるのは幸いです。それがある限り、私には未来があると信じられます。

もしかすると、もうあと僅かな一歩しか、私達に未来は残されていないかも知れません。でも、まだ、私達は生きている。考えたり、試行錯誤したり、何だってできます。前向きにならない方が、勿体《もったい》なくありませんか？

それにロベルト、こうした苦難の道行きは、過去に多くの修道士の方々が乗り越えてきた試練です。私達にだけ出来ない道理もないでしょう」

平賀の真っ直ぐな視線が眩《まぶ》しくて、ロベルトは視線を落として立ち上がった。

「……じゃあ、僕はマヌエルさんを呼んでくる」

「はい、お願いします」

平賀はペコリと頭を下げた。

引き返す道すがら、ロベルトの脳裏に過去の思い出が甦《よみがえ》った。

子供の頃にいた教会の庭の片隅には、一羽のコマドリが棲《す》み着いていた。

声も姿も美しい鳥だった。樹上から人間を呼び止めては果物やパンくずをねだる癖に、近づくと逃げるような鳥だった。

だが、ある時から急に毛艶《けづや》が悪くなり、滅多に鳴かなくなっていった。当時は分からなかったが、今思えば、感染症でも患ってしまったのだろう。

遂には枝に飛び乗れなくなり、地面に蹲《うずくま》るようになった。肩で息をするような、嫌な呼吸の仕方をした。もう命が長くないだろうことは、幼いロベルトにも分かった。

神様がコマドリに罰をお与えになったのだと、ロベルトは怖かった。

コマドリが死ぬことが怖かった。その苦しい体調を想像すると辛《つら》かった。コマドリの病は、日常に入り込む暗い不条理の影の象徴のように思われた。

それでもコマドリの目は、最後まで美しかった。ロベルトのちんけな感傷や同情など無意味だと言わんばかりに真っ直ぐ前を見続けて、孤高の気高さを漂わせていた。

先程の平賀の眼差《まなざ》しの中に、ロベルトはそれと同じ光を見た気がした。その輝きは失いたくない大切な何かの象徴であるように、ロベルトには感じられた。

茫漠《ぼうばく》と広がる暗闇の先に、マヌエルの灯《とも》す小さな明かりが揺れている。

ロベルトはそれに向かって歩みを早めた。

マヌエルの居た場所に石積みをして目印を残すと、二人はバオバブの木へと引き返した。

平賀はバオバブの葉を三等分して積み、堅い実を岩に打ち付けて割りながら、二人を待っていた。

「この葉も実も食用ですから安心して下さい。果肉に含まれるビタミンやミネラルには、血液を浄化する働きがあります。熱中症になりかけている私達には最適の食べ物です」

平賀は実から取り出した白い果肉を葉っぱにふりかけた。

マヌエルは胡座《あぐら》を組んで座るなり、葉に齧《かじ》り付き、大声をあげた。

「まるでフレッシュサラダだ。美味《うま》い！」

「ええ、美味《おい》しいですね」

平賀も微笑んでいる。

ロベルトが葉を口に含んだ途端、口いっぱいに瑞々《みずみず》しさが広がった。その実にはヨーグルトのような味わいと酸味がある。

一枚、一枚嚙《か》み締めながら食べていたロベルトを、平賀はじっと見た。

「今日は遠慮しないで全部食べてしまいましょう」

その大胆な提案に、ロベルトとマヌエルは顔を見合わせた。

「残さなくていいのかい？」

「明日の分はどうするんだ」

ロベルトとマヌエルは同時に言った。

「私の計算では、この葉を全部食べ切ることで、私達の身体のリセットが出来る筈なんです。ここで我慢して脱水症状を進行させるより、賢明だと思います」

「けど平賀神父、こんな立派な木はもう二度と見つからないんじゃないか？　次に水分が見つかる保証は何処にもないぞ」

マヌエルはバオバブを見上げて言った。

「そうなのですが、身体を壊して明日の命を失うのでは意味がありません。そこで、バオバブの幹をこれで削って、水筒代わりにしたいと思います」

平賀は缶詰の蓋《ふた》のギザギザ部分で、幹の皮が剝《は》がれて薄くなっている部分を切る仕草をした。

「幹を剝がしとってビニール袋に保存しておけば、温まったビニールの中で、幹から蒸発した水分が水滴となって底に溜《た》まりますし、幹を直接噛んでも水分は摂《と》れます。バオバブの皮は固いので作業は手間取るでしょうが、ここなら夜が明けても木陰で作業を続けられます。ただ、刃物が一つしかないので、三人で交代しながら作業を続けるしかありません。どうです、皆でやりませんか？」

ロベルトとマヌエルはこの提案に二つ返事で賛成し、三人は交代で幹を削るという作業を開始した。

固い幹に渾身《こんしん》の力で切りつけ、僅かな破片を剝がしとってはビニール袋に入れていく。

それは気の遠くなるような辛い作業だったが、やらなければ死を覚悟するしかない。

腕が上がらなくなるか、三十分経ったら、次の者に交代する。

そうして三人がゴリゴリと幹を削る音は夜じゅう続いた。

「なあ……いつまでこれを続けるんだ？」

明け方、幹を切っていたマヌエルがとうとう音を上げた。

「ビニール袋が一杯になるまでです」

平賀がポケットから新しい袋を取り出しながら答える。

「君、いつもどれぐらいのビニール袋を持ち歩いてるんだい？」

ロベルトは思わず苦笑した。

「三、四十枚ほどでしょうか。何でも保存できて嵩張《かさば》らないので、便利なんです」

平賀はけろりと答えた。

「今はそれよりナイフの一本が欲しいね」

マヌエルが愚痴った。

「同感ですね。次からは寝る時もポケットにアーミーナイフを入れておきませんと」

平賀は真面目な口調で答えた。

「平賀神父。こんなに苦労して取ってる幹だが、どれぐらいの水分になるんだ？」

マヌエルがうんざりした顔で訊《たず》ねる。

「試しに、口に入れて噛んでみて下さい」

平賀が言うと、マヌエルは早速、削ぎ取った切れ端を口に入れ、ガムのように噛んだ。

「本当だ。少し臭いが、水分が出てくる」

それで俄然《がぜん》やる気が出たらしく、マヌエルは缶を持つ手を動かし始めた。

やがて破片を入れるビニール袋が尽きると、三人はバオバブの木陰で暑さを凌《しの》いだ。その日の三人は幸運であった。かなり深くえぐった穴から、気が向いた時に水分補給を行えたからだ。

夕刻になると、平賀はバオバブの幹を入れたビニールを三つに分けた。

大黄の葉を束ねたものから得た水も、三等分した。

ロベルトは使い終わった大黄の葉を器用に編んで籠《かご》を作り、それにロープを編み込んで、ショルダーバッグを三つ作った。

そこにバオバブの幹と水を入れて背負うと、三人は日没を待って出発した。

3

三日目、一行は夜を徹して歩き続けた。

体調も戻った筈《はず》だし、距離もかなり稼げた筈だ。

酷《ひど》く喉《のど》が渇けば、バオバブの幹をしがんで渇きを癒《いや》すこともできた。

いくらか出た尿を、蒸留する為に溜めておくこともできた。

そうして半日かかって歩いたというのに、行けども行けども黄色くひび割れた大地が延々と続くばかりであった。

その日の三人が砂以外に目にした物といえば、痩《や》せた枯れ木が一本。それだけだ。

朝が近くなるにつれ、風も強くなってきた。

三人は大岩を見つけると、そこをその日の宿と決めた。

一日目よりも浅い穴を無言で掘り、岩陰にシェルターを作る。

その近くに尿を蒸留する仕掛けを作り終えると、平賀はぐったり岩に凭《もた》れ込んだ。

マヌエルは顰《しか》め面で、頻《しき》りに脹脛《ふくらはぎ》を揉《も》んでいる。

筋肉疲労が激しいのだ。それはロベルトも同じであった。

せめて食物はないかと、ロベルトは小さな石をひっくり返して歩いた。

すると、一つの石の下から蠍《さそり》が飛び出してきた。

蠍は毒を持つ厄介な生き物だが、「食べれば川海老《えび》のような味」と書かれた本をどこかで見たことがあった。

ロベルトは針金で釣り針のようなものを作り、破いた服の切れ端を取り付けて、蠍の前で振った。獲物と勘違いした蠍が、毒を持つ尾と鋏《はさみ》でそれに襲いかかると、素早く腹の部分を捕まえ、石で鋏と尾を叩《たた》き割る。

すぐにコツを摑《つか》んだロベルトは、八匹の蠍を捕って岩陰へ戻った。

「ご馳走《ちそう》ですね」

平賀は力なく微笑んで、腹の部分の肉を齧った。

マヌエルはライターを取り出し、蠍を炙《あぶ》ろうとしている。

「駄目です、焼いてはいけません」

平賀は慌ててそれを制した。

「何故だ。私は文明人だ。せめて焼いて食べるぐらい、いいじゃないか」

「いけない理由は、火を通せば食べ物の水分が飛んでしまうからです。

人は摂取した食物を体内で加水分解します。食べ物を分解する為に、体内の水分を使うのです。水分を含んだ生の食べ物は、摂取した水分から、分解の為の水分を補うことができますが、火を通せばそれができなくなります。

今は一滴の水が生死を分けるかも知れません。ですからどうか、焼かないで下さい」

熱心な平賀の説得に、マヌエルは溜息《ためいき》を吐くと、ライターの火を消した。

眩《まばゆ》い太陽が昇り始めると、三人は岩陰のシェルターに身を潜め、夜を待った。

昼が過ぎた頃、用を足すために起き上がったロベルトは、少し気になっていた事を確かめる事にした。

道案内を務める平賀を信用しない訳では決してないが、日の出の方向から考えて、自分達の進んでいる方向が、村の方向とは違うような気がしていたのだ。

昼間なら、腕時計の針と太陽の位置から方角を確認することが出来る。

地球は一日に一回転するので、一時間あたりの回転角度は十五度だ。太陽は天空を東から西へ、毎時十五度ずつ動いているように見える。一方、アナログ時計の短針は、一時間あたり三十度ずつ、すなわち太陽の動きの二倍速く回転する。

そこで北半球では、短針を太陽の方向に合わせ、次に文字盤の十二時の位置を確認し、十二時と短針の間に出来た角度を二等分する線があると仮定すると、そのラインが南の方向となるのだ。

試しにやってみたロベルトは頭を捻《ひね》った。

村の方向はてっきり西か南西だと思っていたが、どう見ても自分達は北へ進んでいる。

平賀がミスをしているのだろうか。それとも今いる場所が、自分が想像していたのと全く違う場所なのか。

ロベルトは岩陰で眠っている平賀に、小さく声をかけた。

「平賀、一寸《ちょっと》いいかい、話がある」

だが、平賀は死んだように眠ったままだ。その頬はこけ、唇は割れて、長い睫毛《まつげ》に砂埃《すなぼこり》がついている。

起こすのも忍びないと躊躇《ちゅうちょ》していると、マヌエルが隣で寝返りを打った。

「うーん……」

ここでマヌエルが目を覚まし、方角が間違っているかも知れないなどと耳にすれば、ただでさえナーバスになっている彼がどんな行動に出るか分からない。

ロベルトはひとまず黙っておくことにし、自分も仮眠を取った。

再び目を覚ますと、夜になっていた。

ロベルトの視界の先には平賀の後ろ姿があった。

平賀は空を指さしながら星を数え、針金で作った磁石で方角をしっかり確認している。

やはり昼間のことは自分の勘違いだと、ロベルトは安堵《あんど》した。

「さあ、出発しましょう」

平賀の合図で、三人はまた歩き始めた。

その日は奇岩と砂ばかりの風景が続き、植物の影さえ見ることはなかった。

砂漠がどんどん厳しさを増していくように、ロベルトには感じられた。

マヌエルは両手をだらりと垂らし、足を引きずるようにして歩きながら、時々、バオバブの幹をしがんでいる。心配なのはその消費スピードが少し早すぎる点であった。

だが、それも無理はない。

ロベルトも自らの身体の異変に気付いていた。

身体が熱く、怠《だる》いのだ。舌は干からびたようで、身体に嫌な汗が噴き出している。

脱水症状だ。

自分だけでなく、皆、辛《つら》そうな顔をしている。

その為か、一行の足取りは遅かった。

砂に足を取られた平賀は何度も蹌《よ》踉《ろ》け、転んでいた。

ロベルトの目は霞《かす》み、焦点が合わなくなってきた。

歩いても歩いても、砂と岩しか見えない景色に、心が折れそうになる。

ロベルトは頬を叩いて歩き続けた。

そうする間に、地平線から大きな太陽が昇ってきた。

三人は岩陰にシェルターを作り、夜を待った。

その日の空は雲模様であった。

気温も僅《わず》かに低く、この数日で最も過ごしやすいと感じられる。

「今、冷たいビールを溺《おぼ》れるぐらい飲む夢を見た。最高だったね」

うたた寝から目覚めたマヌエルが、珍しく軽口を叩いた。

「この砂漠から生還したら、いくらでも飲めますよ」

平賀が微笑んだ。

その時だ。

遠くの空から機械音が響いてきた。

「これは……」

三人は揃って頭上を見上げた。

すると一機のプロペラ機が近づいてくる。

「おーい！」

マヌエルは磨いた缶詰を手にすると立ち上がり、太陽光を反射させてプロペラ機に合図を送った。

ロベルトもアベシャリブスを脱ぎ、旗のように大きく振った。

三人は期待を込めてプロペラ機の反応を待ったが、どうやら相手は全く気付く様子もないまま、上空を素通りしてしまった。

「駄目だ……畜生！　なんでだ、なんで分からないんだ……」

　マヌエルは砂に膝《ひざ》をつき、拳《こぶし》で地面を叩いた。

「今日は曇っていますから、反射光が弱かったのでしょう。そんなに気落ちしないで下さい。又、次のチャンスが来ますから」

　平賀は慰めるように言ったが、マヌエルは首を大きく横に振った。

「やっと助けに巡り合ったと思ったら、曇り空のせいで気付かないだって？　天は我らの味方じゃなかったのか、えっ、神父さんよ。やはり天にも地にも神などいないな。そんな物は人間の脳が生んだ妄想だ。願望だ。お伽噺《とぎばなし》さ。なっ、そうだろ、あんた達もそう思ってるんだろう⁉」

　マヌエルは二人を責めるように叫んだ。その目からはたった一筋の、振り絞るような涙が流れていた。

　平賀は悲しげに目を伏せた。

「貴方《あなた》が捨て鉢になる気持ちも、分かる気がします。この数日は本当に過酷でした。ですから今はしっかり休んで疲れを取って、それからまた歩き出しましょう。僕達はまだ動けます。全ての望みが断たれた訳ではありません」

　ロベルトの言葉に、マヌエルは大笑いをした。

「全く楽観的なこった。神父ってのは皆、そんな目出度《めでた》いオツムをしてるのか？　何が、まだ動ける、だ。私はもう動けないね。もう真っ平だ！　頭がどうにかなりそうだ。ダナキル砂漠を歩いて脱出するなんて、そもそも無謀だ！　無茶だったんだ！」

マヌエルは頭を抱え、蹲《うずくま》ってしまった。

ロベルトはその身体を抱えるようにして、岩陰のシェルターへ運んで行った。


実際のところ、ロベルトの体力も限界を超え始めていた。

眩暈《めまい》と怠さが全身を蝕《むしば》み、ふと気を抜くと、意識が途切れてしまう。

昨夜の平賀の足の運びや転ぶ姿を見ても、彼が精神力だけで動いているのが分かる。

生還する望みは捨てたくないが、やはり物理的限界が迫っているのだ。

ふて寝をしたマヌエルの横で、平賀とロベルトは無言のまま、各々の鞄《かばん》からバオバブの幹を取りだした。

あれだけ採集した幹も、もう三分の一以下になっている。

二人はそれを少しだけ齧《かじ》ると、疲れて眠りに落ちたのだった。

それから何時間経ったか分からない。

異様な気配にロベルトが目覚めると、辺りは既に夜だった。

足元からガサガサと、不審な音が聞こえてくる。

薄目を開くと、月明かりの下に蹲る獣のような影があった。

よく見ると、その影はマヌエルだ。

マヌエルは野獣のようにバオバブの幹に齧り付き、次々にその水を吸っては、地面に投げ捨てるのを繰り返している。

ロベルトは数瞬、我を忘れてその鬼気迫るような光景に見入っていたが、ハッと意識を取り戻して起き上がった。

見るとシェルターの足元にはビニール袋が散乱し、その殆《ほとん》どは空になっている。

マヌエルが、全員のバオバブを食べ散らかしているのだ。

「正気ですか、マヌエルさん、もう止めなさい！」

ロベルトは慌ててマヌエルの腕に手を掛けた。

だが、マヌエルは異様な力でロベルトを弾《はじ》き返した。

「五月蝿《うるさ》い！　私に指図をするな！　どうせ皆、助からないんだ。それなら天に殺されるより、自分の意志で命に幕を下ろしたい！　けどその前に、この渇きだけは我慢ならないんだ。せめて喉《のど》を潤してから死なせてくれ！」

マヌエルは目を血走らせ、尚《なお》もバオバブに齧り付いた。

「どうか落ち着いて、馬鹿な真似は止めるんです！」

ロベルトはマヌエルの肩を強く摑《つか》んだ。

「……どうしたんですか？」

騒ぎに気付いた平賀が、目を擦《こす》って身を起こした。

「彼が自殺すると言って、その前にバオバブを全部食べようとしてるんだ」

ロベルトの声を聞いた平賀は、眉《まゆ》を寄せてマヌエルを見た。

そして柔らかく微笑んだ。

「マヌエルさん。バオバブならどうぞ、好きなだけお食べになって結構です。渇きが治まればそんな悲しい事、もう考えなくて済みますよ」

するとマヌエルは顔を引き攣《つ》らせ、平賀に向かってバオバブを投げつけた。

「何なんだ、あんたは！　あんた達の分も私は食べたんだぞ！　私を怒らないのか⁉」

「怒るだなんて、苦しみの中にいらっしゃる貴方に対して、そんな気にはなれません。マヌエルさん、私は貴方に助かって欲しいんです。私達は神父です。誰かの助けができるなら、それは喜ぶべきことです」

平賀の穏やかな声と目に、マヌエルはたじたじと後ずさった。

ロベルトも仕方ないな、という風に肩を竦《すく》めてマヌエルを見た。

「そんな顔をするな！　そんな目で私を見るな！　私は……私は……」

マヌエルは両手で顔を覆って蹲ると、暫《しばら》く啜《すす》り泣いていた。

「……君らに、懺悔《ざんげ》がしたい」

くぐもった声が両手の隙間から漏れてきた。

「はい」

平賀は居住まいを正した。

「私は君らを騙《だま》していた……。ベハイル達を宗教亡命させたいというのは口実で、本当の私の目的は、タボットをこの手でローマに持ち帰ることだった。そうして歴史に名を残すぐらい、有名になりたかったんだ。

ベハイルとアシェナフィ司祭に直接会えれば、説得のチャンスはあると思った。でも、彼らが何処に居るのか分からない。自力では探し出せないと……そう思った。

『隊長が行く！』の番組では奇跡を取り上げる事もあったから、その時からバチカンの奇跡調査官の噂は聞いていた。酷く優秀なメンバーが揃っていると。だからゲブレメディン大司教を利用して、君らに連絡を取った。

会ってみれば噂通り、君らは優秀だった。だからこれで全てが上手《うま》く行くと思った。殺人事件に巻き込まれたのには驚いたが、その時でさえ、君らは秀抜だった……」

マヌエルは苦しみを吐き出すかのように、切々と語った。

「一つ伺いたいのです。タボットが奇跡を起こしたというのは、本当ですか？」

平賀が訊《たず》ねた。

「それは本当だ。あのベハイルの手紙は本物だ」

マヌエルの答えに、平賀は小さく安堵《あんど》の息を吐いた。

「それなら良かったです」

「ただ……」

マヌエルは数秒押し黙り、意を決したように話を継いだ。

「ケルビムをアップで撮った写真には、手を加えた。君らの気を惹《ひ》く為に……」

「えっ、そうなのですか？　写真にデジタル加工の跡は無かったと聞いています」

平賀は目を瞬いた。

「君も知ってるだろう、あの『隊長が行く！』という番組では、常々インチキ写真を使っていた。

それを作る方法は、フォトショップなど無かった時代から様々にあって、古い写真を使う場合は、アナログフィルムを切って重ねて焼き付けたり、二重露光の手法を使う。今では滅多に使われない技術と言えるかも知れないね。だが私は興味があって、写真職人からやり方を教わったり、時には自分で加工したりして、あの番組で使っていた」

マヌエルの告白に、平賀は心底驚いた顔をした。

ロベルトは平賀がケルビムの写真を見た時、「正教会の奉神礼で使うリピーダにそっくりだ」と言っていた事を思い出した。

「元のフィルムにリピーダを重ねて焼いたんですか？」

ロベルトが横から訊ねた。マヌエルはじっくりと頷《うなず》いた。

「気付いてたのか？　やはり君らは優秀だ」

「いえ……。ただ、似たケルビムだと思っただけです。

確かにアナログ写真を加工すれば、出来上がった写真をデジタル解析しても、画素の乱れやピクセルのズレは起こりません。それで偶々《たまたま》『デジタル加工はされていない』という解析結果が出てしまった。

もしも細部をよく見れば、不自然な印象を与える箇所はあったでしょうね。だから貴方は合成写真に大胆なトリミングを施した上で、目の粗い拡大コピーを用い、粗が目立たないように工夫した写真をバチカンに送ってきた。そうですよね？　そうして見事に僕らを欺き、写真は本物だという第一印象を与えたんです。

　無論、このトリックの肝は心理トリックです。それを持ち込んだ人物がゲブレメディン大司教だったという点が大きかった。大司教を疑いたくないという僕らの心理的抵抗が、認知にバイアスをかけてしまったんでしょう」

「見事な推理だ。当たっているよ」

　マヌエルはロベルトを真っ直ぐに見て頷いた。

「それにしても何故、タボットをローマに持ち帰ろうなどと考えられたのです？」

　ロベルトは気になっていたことを訊ねた。

「今にして思えば、やはり欲だろう。『隊長が行く！』に出演する為、私は大学を辞したが、番組が終わってしまえば仕事がない。元々、秘宝や奇跡には興味のある性質だったから、趣味と実益を兼ねてひとつ小説でも書こうと思い、エチオピアに来た。

　タボットのある礼拝堂に足繁く通ってアシェナフィ司祭と知り合い、その弟がガイドと知って、ベハイルとも親しくなった。

　そんな私にある日、タボットの写真を買いたいという男が声を掛けてきた。『うまく司祭を言いくるめて、至聖所の中の写真を一枚撮るだけでいい。アシェナフィ司祭と親しい貴方《あなた》なら可能だろう。謝礼ははずむ』と、驚くような高値を言ってきたんだ。そう、十年近く遊んで暮らせるぐらいの金だ。

男の話を完全に信用した訳じゃないが、こっちは無職の身だ。正直、心は揺れた。

そこで私は二つ持っていたカメラの一つをアシェナフィ司祭に贈り、内部を撮影してもらおうと考えた。けど、アシェナフィ司祭はどうしてもカメラを受け取らない。だからベハイルにカメラをやった。ベハイルから兄に話をつけさせようと思ったんだ。

ちなみにデジカメじゃなくアナログのカメラをやったのは、無論、あの礼拝堂内には電源なんてないと思ったからだ」

「そしてベハイルさんがそのカメラで、ケルビムの写真を撮ったんですね」

「そうだ。だからこそ、私にそのフィルムを送って来た」

「成る程……。そのタボットの写真を買いたいと言ってきた男は何者です？」

ロベルトの問いに、マヌエルは首を捻《ひね》った。

「分からない。携帯の番号を知らされただけだし、名前も一度聞いただけだ。確か……ええと……メロンだかレモンだかいう名前だった。

とにかくその男からタボットの写真一枚ですらとてつもない金になると聞いて、いつしか大きな欲が出てしまったんだ」

マヌエルはそこまで言うと長い溜息《ためいき》を吐き、空を見上げて伸びをした。

「聞いてくれて有難う。私は正直、教会のことも神のことも信じてはいない。だが、懺悔をすると楽になるというのは本当だな。本当に楽になった」

「それではもう、自殺なんて考えませんね？」

ロベルトの言葉に、マヌエルは「ああ」と頷いた。

そして彼はまだ手つかずのバオバブの幹を拾い集め、ビニール袋に戻した。

「済まなかった、本当に……」

マヌエルは二人に頭を下げた。

「いえ、済んだ事です。それよりもう夜です。もう一度、歩き出しませんか」

三人は残りたった二袋になったバオバブの袋を持って歩き始めた。

4

一晩中歩き続けた三人は、夜明け間近に大岩を見つけると、その岩陰へ倒れ込んだ。

最早《もはや》、シェルターの穴を掘る体力は残っていなかった。

バオバブの木も使い果たした。

辺り一面を見渡しても、役立ちそうな物は見当たらない。

万策尽きたとは今のような状態をいうのだろう。

あとはもう、村に辿《たど》り着くことを祈って歩くことしかできそうにない。

虚《うつ》ろな目で独り言を言っていたマヌエルは、やがて鼾《いびき》をかいて眠り始めた。

平賀はというと、膝《ひざ》を抱えて空を見ている。

ロベルトは平賀の側に座り、そっと話しかけた。

「こんな時に今更なんだけど、一つ気になってることがあるんだ」

「はい。何でしょう？」

平賀は落ち窪《くぼ》んだ目で振り向いた。

「僕達はその……西か南西へ向かって歩いているんだよね？」

「はい、進路は北北西です」

平賀はぼんやりと答えた。

やはり平賀は暑さでおかしくなってしまったのだろうか。ロベルトは内心の動揺を懸命に堪《こら》えた。

「平賀、もしかすると、北北西は砂漠のど真ん中へ向かう方向じゃないのかな？」

「ロベルト、どうかしたんですか？　大丈夫ですか？」

平賀は眉《まゆ》を顰《ひそ》めた。

「いや、君こそ大丈夫かと心配になるよ」

ロベルトの真剣な顔を見て、平賀は首を傾げた。

「もしかすると私、貴方に説明していませんでしたか？」

「何を？」

「ああ……。これは失礼しました。すっかり貴方に説明したつもりでいました。確かそうした記憶があるのですが……。あれは夢の中の出来事だったのかも知れません。私も暑さで随分、呆《ぼ》けてしまったようです」


平賀は小さく苦笑した。

「いや、僕がぼんやりして君の話を忘れてるのかも知れない。僕も記憶に自信はないよ」

ロベルトは肩を竦《すく》めた。平賀がコホンと咳払《せきばら》いをする。

「では、改めてご説明します。

あのバオバブの幹を切り出し終えた時、水は保《も》って四日分だろうと私は判断しました。ですが、シェバの村まではどうしたって六日はかかります。とても辿り着けません。そこで私は生き残れる可能性が最も高い方向へ、ルートを変える決心をしたのです。

ロベルトはダナキル砂漠の地図を覚えていますか?」

「いや、僕は君ほど熱心に見ていなかったから」

「そうですか。ええと、それでは地図を描いてご説明します」

平賀が地面に指を立てた。

するとロベルトは平賀の手を止め、迷いを吹っ切ったように微笑んだ。

「いや、いい。構わないんだ。何にしろ、僕は君の選択に賭《か》けるよ。ただ一つ聞くけど、君の計算ではその目的地まで、あとどのくらいなんだい?」

「ここからが難しいところです。星の位置で方角を確かめてはいますが、ピンポイントでそこまで行き着けるかどうか、運を天に任せるしかないのです」

「そうか。もう皆、色々と限界に来ている。だから……」

ロベルトは言葉を切って空を見上げた。

ひび割れた大地の向こうから、雄大な赤い太陽が昇ろうとしている。

上空にはまだ満天の星々が淡く瞬いていた。

「今のうちに言っておきたい。最後の言葉だと思って聞いて欲しい。

平賀、君に出会えたことは、僕の人生の宝だった。君と奇跡調査が出来て良かった。本当に有難う」

平賀は驚いた顔でロベルトを見た。そしてその瞳《ひとみ》がみるみる潤み始めたのを隠すかのように、そっぽを向いた。

「貴方という人は……何ですか、突然そんな。第一、縁起でもありませんよ。そういう台詞《せりふ》は六十年後あたりに言って下さい」

平賀は怒ったような口調で言った。

「ごめんよ、でも誤解しないで、僕は別に生還するのを諦《あきら》めた訳じゃないんだ。僕はただ、今言わずにいて後悔したくなかったんだ」

すると平賀は立ち上がり、振り返って笑顔を見せた。

「ロベルト、一緒に祈りませんか？　私達の声が天に届くように」

「ああ……。そうだね、詩篇でもどうだろう？」

「いいですね」

「では、ダビデの詩篇三を……」

二人は頷《うなず》き合い、詩篇を口ずさんだ。

主よ、わたしを苦しめる者は
どこまで増えるのでしょうか
多くの者が私に立ち向かい
多くの者が私にいいます
「彼に神の救いなどあるものか」と

主よ、それでも
あなたはわたしの盾、わたしの栄え
わたしの頭を高く上げてくださる方
主に向かって声をあげれば
聖なる山から答えてくださいます

身を横たえて眠り
わたしはまた、目覚めます
主が支えていてくださいます
いかに多くの民に包囲されても

決しておそれません

主よ立ち上がって下さい
わたしの神よ、お救いください
すべての敵の顎《あご》を打ち
神に逆らう者の歯を砕いてください

救いは主のもとにあります
あなたの祝福が
あなたの民の上にありますように

アーメン

二人が胸元で十字を切った時だった。
平賀が小さく声をあげた。
その視線が示す方向に、ロベルトは信じられない物を見た。
砂丘の向こうに、扇形の不思議な形をした虹《にじ》が揺らめいている。
それはまさに、地獄の中に現われた神の栄光であるかのようだった。

「何故、あんな所に虹が……」

呆然《ぼうぜん》と呟《つぶや》いたロベルトの腕を、平賀は摑《つか》んで揺さぶった。

「ロベルト、私の考えが正しければ、私達が目指すのはあの虹の方向です。行きましょう。夜を待ってはいられません。虹が消えてしまいます」

二人はマヌエルの許《もと》に駆け寄り、急いで彼を起こした。

マヌエルは砂漠の虹を目にすると、素《す》っ頓狂《とんきょう》な声をあげた。

「なんだ、私はついにおかしくなったのか？　あれは何だ？　奇跡か何かか？」

「あの虹に向かって歩くんです。そうすれば私達は助かります」

平賀はそう言うと、一直線に歩き始めた。

「本当か？　あそこに救いがあるのか？　あれが神の約束の印だとでも言うのか？」

マヌエルが慌てて平賀の後を追う。

ロベルトもそれに続いた。

だが炎天下の砂丘越えという行軍は、予想以上に過酷であった。

焼き付けるように強い日射しが頭上から照り付けると、まるで万力で押し潰《つぶ》されているかのように、全身に重みがのしかかる。

前方からは耐えがたいほどの熱風が吹きつける。

足の裏は燃えるように熱く、そこから伝わる熱で全身が灼《や》かれていくようだ。

刻々と強くなる陽は、服の上から無数の針のように肌を刺す。

もう誰も何も考えることは出来なかった。

ひたすら熱い空気を吸っては吐き、足を交互に前へ出す。

一時間足らずで虹が消えてしまった後も、虹の袂《たもと》にはぼんやりとした不思議な揺らめきが立ち上っていた。

それに向かって、三人はひたすら足を動かした。

三時間が過ぎた頃、先頭を歩いていた平賀が立ち止まった。

彼はなんとか足を踏み出そうと足掻《あが》いたが、そのまま地面に倒れてしまった。

もう足が全く動かない様子だ。

体力の無い平賀にとって、やはり昼の日射しは命取りなのだ。

だが夜まで休憩したところで、再び歩き出すだけの体力は誰にも残っていない。

秘策などもう何もない。ただ前へ歩くしかない。

ロベルトは平賀に肩を貸した。凭《もた》れかかってきた友の体重は、ぞっとするほど軽かった。

（……すみません）

平賀はそう呟いたようだったが、声は出ていなかった。

一行は重い足を引きずり、歯を食いしばりながら、一歩、一歩と前進を続けた。

ロベルトの耳に聞こえる平賀の呼吸は浅く不規則で、今にも止まってしまうのではないかと思われた。

上体を大きく傾け、時には四つん這《ば》いになって前進を続けていたマヌエルも、とうとう地面に伏して倒れ、動けなくなった。

「大丈夫ですか？」

ロベルトが声をかけた時、その肩に縋《すが》っていた平賀の身体が力なく滑り落ちた。

「平賀！」

ロベルトはぐったりと地面に横たわった平賀の頬を軽く叩《たた》いたが、反応がない。熱中症で意識を失ったのだろう。

「もう……駄目だ……。こんな地獄で……私は死ぬの……か……」

マヌエルは地面を掻き毟《むし》り、悔しげに呻《うめ》いた。

ロベルトの足も限界を超えていた。小刻みに痙攣《けいれん》を繰り返し、まるで力が入らない。これでは一人で虹の袂まで歩き、助けを呼ぶ事も出来そうになかった。


何か、今、何か一つでも、僕に出来ることはないのか……


ロベルトはハッと一つの可能性を思いつき、アベシャリブスと靴下を脱いだ。

「マヌエルさん、ライターを貸して下さい」

「……どうするつもりだ？」

「服を燃やします」

「……それでどうなる」

「狼煙《のろし》を上げるんです。あの虹の袂には何かがある筈《はず》です。きっと人もいる筈なんだ。平賀が見出《みいだ》したたった一つの答えが、間違っている訳がないんです。だから……」

マヌエルは不可解そうな顔をしながらも、黙ってライターを差し出した。

ロベルトは震える手でライターのフリント・ホイールを回した。

だがホイールが固くて回らず、一向に火が点《つ》かない。発火石の摩耗のせいだろう。

するとその時、倒れたままの平賀が、ロベルトのいる方へルーペを差し出した。

平賀の言いたいことはよく分かった。

ロベルトはライターのオイルを黒い靴下にふりかけ、アベシャリブスの中央に靴下を置いた。そしてルーペで集めた強烈な太陽光の焦点を、黒い靴下に合わせた。

みるみるその焦点部分から煙が立ち上り、衣服に火が燃え広がっていく。

ロベルトはビニールやロープなどを手当たり次第に火にくべて燃やした。

その全てが焼け焦げ、灰になっていく。

やがて煙は、か細い一筋を残すばかりになった。

だが、助けは何処からも来ない。

流石にもう駄目かと諦《あきら》めかけた、その時だ。

彼方《かなた》の坂の上に揺らめく陽炎《かげろう》の中をゆったりと進む一列の黒い影をロベルトは目にした。

初めは夢か幻覚かと霞《かす》んだ目を擦《こす》ったが、見間違いではない。

特徴的なそのシルエットは、駱駝《らくだ》のキャラバンである。五十頭余りの駱駝が列をなし、砂漠を悠然と横切っていく。

キャラバンを率いているのは砂漠の遊牧民、アファール族かティグレ族に違いない。

(人がいる！　平賀の計算が当たったんだ！)

ロベルトは最後の力を絞って立ち上がり、片手にルーペを、片手に磨いた缶詰を持って、光のシグナルをキャラバンに向かって送った。

(頼む、気がついてくれ……頼む……！)

すると間もなく列の中から、首の無い駱駝のシルエットが一つ、道を外れ、一直線にこちらへ向かってくるではないか。

何だろう？

よく分からないが、とにかく誰かがロベルトの合図に気づいたのだ。

彼は大きく手を振った。

砂煙を上げながら迫る物体が何かに気付いた時、ロベルトは驚きに目を見開いた。

それは駱駝ではなかった。なんとジープである。

ジープの窓から手を振る人物のシルエットが視界に入った瞬間、ロベルトの意識は途切れ、彼はその場に崩れ落ちた。

5

目覚めたロベルトが最初に見たものは、小さなファンが回っている白い天井だ。そして黄色の点滴袋から伸びたチューブが自分の腕に繋《つな》がっている。白いカーテンが風に揺れ、その向こうに人のざわめく気配があった。

どうやらここは病院のようだ。

ロベルトは枕元に置かれていたナースコールの赤いボタンを押した。

間もなくやって来た医師は、人懐こい笑みを浮かべて言った。

「やあ、どうも。私はテシエ病院のスーラフィエル医師だ。気分はどうかな」

「ええ……もう大丈夫です」

ロベルトは身体を起こそうとしたが、ふらりと眩暈《めまい》を覚えてベッドに沈んだ。

「こらこら、急に無理をしないように」

医師はロベルトの脈を計り、目と舌をチェックした。

「脱水症状はかなり回復しているね。今の点滴が終わったら、動いていいだろう」

「先生、僕と一緒にいた二人の容態は？」

「マヌエル氏は無事だよ。今頃、一階のレストランで食事を摂《と》ってる筈だ。もう一人も、間もなく目を覚ますだろう」

「平賀の意識はまだ戻らないんですか？」

「ただ眠っているだけだ。もう心配はない。ここに運ばれてきた時は、三人とも危険な状態だったよ、酷《ひど》い熱中症と脱水症状でね。

それにしても君達は水も車も無しで何故、アフデラ塩湖の付近にいたんだね？」

「アフデラ塩湖……？　そうか、そういう事か……」

ロベルトはようやく平賀の考えを理解した。

平賀が目指したのは砂漠のど真ん中にある塩田であった。

乾期になれば、塩の権利を管理するムスリム教徒のアファール族と、許可された場所から塩を採掘・運搬するキリスト教徒のティグレ族が、そこを訪れる。

加えてそこは観光地でもあった。観光地といっても車とガイドをチャーターして行くしかないような辺鄙《へんぴ》な場所だが、アフデラ塩湖からエルタ・アレ火山にかけての地域は昨今、秘境マニアに人気の観光スポットとなっている。

平賀は砂漠を横断するより、誰かに自分達を見つけてもらおうと考えたのだ。

そうして見事に彼の目論見《もくろみ》は当たった。

とはいえ、あの不思議な虹《にじ》が出なければ、人に見つけて貰《もら》える場所まで歩けたかどうかは分からなかった。あの時の三人は、虹の不思議な力に導かれるかのように、最後の力を振り絞ることが出来たのだ。

「僕達はとある事故で、砂漠に放り出されたんです。でもあの時、大きな虹が出たお陰で助かりました」

不思議な気持ちでロベルトが呟《つぶや》くと、医師は手を打った。

「そうそう。あの日はとても大きな虹が出たそうだね。

ダロール地溝帯の地下には煮えたぎったマグマが通っていて、時折、間欠泉のように熱水を噴出することがある。あの日もアフデラ塩湖付近で大きな水蒸気爆発が起きたそうだよ。その水蒸気がプリズムの役割をして、大きな虹を作ったんだろうね。

それにしたってあんなに大きな虹は初めて見たと、ガイド達も驚いていた」

「そうだったんですか……。僕達を助けてくれた人達はどうしました？　お礼を言わなくては」

「君らを見つけたのは、アフデラ塩湖と駱駝のキャラバンを観光中だった、ツアー客とガイド達だ。彼らはスケジュールの都合でもう帰ってしまったが、ツアーの時間をわざわざ割いて、君らをここまで運んでくれた。

君らが発見された状況も、その人達から聞いたよ。いやはや、実に運が良かったね。発見があと三十分遅れていたら、まず全員が助からなかった」

医師の言葉にロベルトはヒヤリと背筋を寒くした。

「先生、有難うございました」

医師は残り少なくなった点滴を止め、ロベルトの腕から針を抜いた。

「さて、腹は減っていないかね？　動けるようなら、君も一階のレストランに行くといい。そして体力回復に努めることだ」

そう言われて、ロベルトは空腹と喉《のど》の渇きに気が付いた。

「ええ、そうします。その前に、平賀を見舞いたいのですが」

「構わないけど、静かに見舞うように。彼の状態が一番悪かったんだ。低栄養症と貧血も酷かったからね。くれぐれも無理をさせてはいけない」

「はい、肝に銘じます」

「そうかい。彼は隣の病室だよ」

医師はそう言うと去って行った。

ロベルトはそっとベッドを下りた。点滴のお陰か、身体は随分楽になっている。

病室を出、隣部屋を覗《のぞ》く。

平賀は奥のベッドで眠っていた。

顔の汚れが清拭《せいしき》されている分、最後に見た時ほどの悲愴《ひそう》さはないが、まだまだ顔色は青白く、窶《やつ》れきっている。

「ゆっくり眠って、早く元気になってくれ」

ロベルトは小さく囁《ささや》くと、レストランに向かった。

午後三時のがらんとしたレストランの窓際では、マヌエルがスープを飲んでいた。

ロベルトはその向かいの席に腰を下ろした。

「お互い、命拾いをしましたね。マヌエルさん」

ロベルトに気付くと、マヌエルは少しバツの悪そうな顔をし、目の前に置いていたミネラルウォーターを一本、ロベルトに差し出した。

ロベルトはその瞬間、本能的にそれを手にとり、喉を鳴らして飲んでいた。

なんという美味《うま》さだろう。

ロベルトは自分が生きているということを、これほど実感したことはなかった。

「平賀神父の容態は？」

マヌエルが訊《たず》ねる。

「大丈夫だそうです。今はぐっすり眠っています」

するとマヌエルは安堵《あんど》したように「そうか」と呟いた。

「ところで君は聞いたかね？　私達はここに運ばれて二日間、寝ていたらしい」

「そんなにですか？」

せいぜい丸一日経っただけだと思っていたロベルトは、軽く驚いた。

「本国ならそんな重篤患者は個室行きか、検査漬けにされるのが普通だ。けど、ここでは脱水症の観光客は珍しくないらしく、雑な扱いだよ。病院食は必要ないから、自力でレストランに行けと言われる始末だ」

マヌエルは肩を竦《すく》めた。

ロベルトが軽く笑った時、ウエイターが注文を聞きにやって来た。

「ご注文は？」

「ミネラルウォーターを二本と、お勧めのスープ、あとはステーキをお願いしようか」

ロベルトがメニューも見ずに注文すると、ウエイターは首を横に振った。

「本日は水曜日ですので、当店では肉料理をお出しできません」

「ああ……またファスティングの日か」

ロベルトはげんなりしながらメニューを見、豆のスープと豆のペーストとインジェラを注文した。

「この国の食習慣には辟易《へきえき》する。この国の砂漠にもな」

マヌエルが溜息《ためいき》交じりに呟いた。

ロベルトが小さく苦笑する。

そのまま何となく気まずい雰囲気が流れ、二人は黙り込んだ。

三十分以上待たされて、ようやくロベルトの食事が運ばれて来た。

黙々と食事をかき込むロベルトに、マヌエルは黙って付き合っていたが、不意に口を開いた。

「ロベルト神父、君らは私を告発するつもりか？」

「告発といいますと？」

「私が君らを騙《だま》していた事をバチカンやゲブレメディン大司教に報告すれば、君らはお役御免で国へ帰れるだろう。そうするのかと聞いたんだ」

「いえ、神父には懺悔《ざんげ》の内容について守秘義務がありますので。それより貴方《あなた》こそ、国へ帰りたいんですか？」

ロベルトが問い返すと、マヌエルは溜息を吐いた。

「そりゃあそうだろう。折角助かった命を粗末にはしたくないさ。タボットに執着する気持ちもすっかり消えてしまったしね。タボットを国に持ち帰るだなんて、元々私なんかには分不相応な野望だったんだ」

「貴方に助けを求めたベハイルさんのことは？　放っておくんですか？」

「ベハイル達のことは気にならない訳じゃないが……それも私の手に余る問題だったのさ。正直言って、この先どうすればいいかも分からない。頭が真っ白でね」

マヌエルは額に皺《しわ》を寄せ、冷え切ったスープの残りをスプーンでかき混ぜた。

ロベルトはインジェラの最後の一切れを食べ終わると、ナプキンで口を拭《ぬぐ》った。

「マヌエルさん、この後、平賀の見舞いに行きませんか？」

マヌエルは、ああ、と虚を突かれたように頷《うなず》いた。

「そうだな、水でも持っていってやるか。彼には本当に世話になった。あんな頼りなさそうな外見をして、肝の据わった大した男だ」

「ええ、彼は自慢のパートナーです」

ロベルトは微笑んで立ち上がった。

二人は平賀の病室へ行き、ベッドサイドのテーブルにミネラルウォーターを置いた。

そのまま立ち去ろうとした時、平賀が薄く目を開いた。

「……ロベルト。マヌエルさん」

「平賀、目が覚めたのか」

「はい……。私達は助かったのですね」

「ああ、ここは病院だ。もう心配ない。ツアー客が僕らを見つけてくれたんだ。君の計算通りだった」

ロベルトはそっと平賀の手を取った。

「そうとも、皆が助かったのは君のお陰《かげ》だ。君は命の恩人だ。砂漠では色々とその……本当に世話になった」

マヌエルは深々と頭を下げた。

「いいえ。助かったのは皆の頑張りと、神のお恵みのお陰です。あの砂漠の虹《にじ》が私達を導いてくれたんです」

平賀はしみじみと呟《つぶや》いた。

「そうだね。平賀、水や食事は摂れそうかい？」

ロベルトが訊ねる。

「はい。女王の村へ戻る為に、早く体力をつけませんと」

平賀の言葉に、マヌエルは目を見開いた。

「また戻るつもりなのか？　本気かい？　というか、正気なのか？」

「勿論《もちろん》ですよ。だって私達三人は『女王の試練』を乗り越えたのですから、彼らは『栄光の門』を示してくれる筈《はず》です」

平賀は迷いなく答えた。

「そういう訳ですよ、マヌエルさん。ここは命の恩人の言う通りにしませんか？『伝説の三賢人』の一人として、是非、貴方にもご同行願いたいですね」

ロベルトは爽《さわ》やかに言った。

「全く……君らのしぶとさには舌を巻くよ。ああ、分かった。私は君らに付いて行こう。私は伝説の賢人というより只《ただ》の愚か者だが、これも何かの縁だろう。平賀君、ロベルト君、最後まで旅の道連れを宜《よろ》しく頼む」

マヌエルは微笑み、二人に握手を求めた。

第六章　栄光の門

1

マヌエルはゲタチョウに電話連絡を取り、病院から村までの送迎と、病院代の立て替えを頼んだ。

そうしてテシエ病院へやって来たゲタチョウは、隣にタダイ神父を伴っていた。

「タダイ神父、どうして此処《ここ》に？」

ロベルトは驚いて訊《たず》ねた。

「何という言い草だ。君達から暫《しばら》く連絡がないので、ガイド協会の伝手《つて》でゲタチョウ君を探して、わざわざここまで来たんだぞ」

タダイ神父は不機嫌そうに答えた。

「病院代を立て替えて下さったのも、タダイ神父様なんです」

ゲタチョウがそっと付け加える。

「そうだったんですか。大変なご迷惑やご心配をおかけして、申し訳ありません」

ロベルトはタダイに詫《わ》びた。

「君達はゲブレメディン大司教の保護下にいる訳だからね、一応は」

タダイは溜息を吐いた。

「それにしても、まさか先生達がダナキル砂漠を彷徨《さまよ》っていただなんて、思いもよりませんでした。『あの三人は女王の歓待を受けている』と村人達に言われ、私はすぐに村から追い返されたんです。てっきり皆さんは毎日の宴会でもてなされて、私の事なんて忘れてると思ってました」

ゲタチョウは困惑顔で言った。

「ああ、全く大した歓待だったよ」

マヌエルは鼻を鳴らした。

「とにかく皆さんがご無事で良かったです。そうそう、ツェガエ警部も先生方をお探しだったんですよ」

ゲタチョウの言葉に、ロベルトは不審げに眉《まゆ》を寄せた。

「ツェガエ警部が？　ネグッセ司祭殺しの真犯人でも捕まったのかい？」

「さあ、理由は聞いていませんが、警部はなんと、母の店までいらっしゃったんです」

「ふん。どうせ犯人が捕まらないから、君らに又、応援を頼もうとしたんだろう」

マヌエルは大袈裟《おおげさ》に肩を竦《すく》めた。

「そうかも知れません。でも、そのお陰で良いこともありました。

ツェガエ警部が母の店にいらした時、また銀行の取立てがやって来たんですが、事情を知った警部が奴らを追い返して下さったんです。二度と違法な取立てはさせないと、ラリベラの警察にも口を利いて下さったらしく、母がとても喜んでいました」

ゲタチョウは嬉《うれ》しげに言った。

「そうなんですか。それなら良かった」

平賀もほっとしたように微笑んだ。

「ツェガエ警部か……。こちらから連絡を取るべきかな？」

ロベルトは意見を求めるように、皆の顔を見回した。

「私は二度と警察に関わるのは御免だね」

マヌエルは怒ってそっぽを向いた。

「また面倒に巻き込まれて厄介事が増えるのは、ご遠慮願いたいのが本音です」

タダイ神父も顔を顰《しか》める。

確かに二人の言う通りだ。これ以上、回り道をする気はロベルトにも無かった。

「よし、悪いが警部への連絡は後回しとしよう。平賀、君もそれでいいかい？」

ロベルトは最後に友人の意見を求めた。

「はい。私の個人的意見としましては、一刻も早く『栄光の門』に行きたいです」

意見は纏《まと》まり、一行はゲタチョウの運転で村を目指すこととなった。

車内で三人から村のことや砂漠の出来事を聞いたタダイ神父とゲタチョウは、青くなったり十字架を握り締めたりと、動揺している様子であった。

やがて村の目印となる大きな岩の裂け目の所までやって来ると、平賀がシートから身を乗り出した。

「車を停めて下さい」

「どうかしましたか？」

ゲタチョウが訝《いぶか》りながらブレーキを踏む。

「村まであと一キロ程度でしょう。ここから歩いて村に入ります」

平賀は元気よく言った。

「マンマ・ミーア！　何だって？　また砂漠を歩くのか⁉」

マヌエルは頭を抱えて叫んだ。

「はい。私達が自力で砂漠から戻った事を分かり易く伝える為には、その方がいいと思います」

「確かにね。ジープは見せない方がいいかも知れない」

ロベルトが賛同する。

「だが、また危険な目に遭ったらどうする。ジープで行けば、いざという時に逃げられるじゃないか」

マヌエルが反発し、タダイとゲタチョウも心配げに頷《うなず》いた。

「では、こうしましょう。タダイ神父とゲタチョウさんはここで一時間、待っていて下さい。異常があれば、三人のうちの誰かが助けを求めて来ます。何もなければ、町へ戻って下さい。そして、三日後に村へ迎えに来て下さい。皆さん、それでいいですね？」

平賀の提案を、残る四人は話し合いの末に受け入れた。

「それでは、くれぐれもお気を付けて。皆さんに神のご加護がありますように」

タダイ神父は三人の為、ロザリオを翳《かざ》して祈った。


平賀とロベルトとマヌエルはジープを降り、徒歩で女王の村へ向かった。

大きな岩の裂け目から、セミエンジャッカルの光る目が覗《のぞ》いている。平賀は嬉しげに、ロベルトは興味深げに、マヌエルは怯《おび》えながら、その横を通り過ぎた。

「シェバの女王がアンクルウォーマーに似た毛皮の足飾りを着けていたのを覚えてるかい？　ソロモン王に面会したシェバの女王の足はロバのように毛深かったというが、案外、そういった服飾を身に着けていたのかも知れないね」

ロベルトがふと、思い付きを口にした。

「ふむ。古来、毛皮は富や権力、威信を意味する物ではあったからな」

マヌエルが頷く。

「女王の毛深さについて生々しく言及した文献は、四世紀から七世紀に成立した『タルグム・シェーニー』だが、七世紀から十一世紀に書かれた『ベン・シラのアルファベット』はそれを発展させている。女王の全身が毛深かったので脱毛剤でツルツルにした所、ソロモン王との間に息子が生まれ、なんとその子が後にエルサレム神殿を破壊したネブカドネツァルだった、というんだ。

こんな風に、ユダヤ教世界ではシェバの女王を異形視する傾向が強くなり、中世ユダヤ世界においては夜の魔女リリトと同一視されるまでになっていく。

リリトは夢精する男と交わって悪魔の子を量産する一方、人間の新生児を襲って喰《く》らうという恐ろしい存在だ。バビロニアの大地母神がユダヤ教に取り込まれて、そうした変容を遂げたと考えられている。

シェバの女王がそんなリリトと同一視された理由についてだけど、リリトはアダムと同等性を主張して大喧嘩《おおげんか》の末に紅海の方へ去ってしまうし、シェバの女王はソロモン王の知恵を試す為にはるばるエルサレムを訪れて難問をふっかけるという行動を取っている。どちらも男性と対等に渡り合うような、自主性のある女性のイメージだね。

それらが当時のユダヤ社会では許されない行いだったから、魔女と呼ばれたんだろう、なんて説もある」

そんな雑談をするうちに、女王の村が見えて来た。

鳥居の側に立っていた門番は、ロベルト達を砂漠に置き去りにした大男であった。男は三人の姿を見ると騒ぎ出し、村の奥から男達が次々と集まって来る。

「まずい、まずいぞ。また砂漠に放り出されるんじゃないのか……」

マヌエルは後ずさった。

すると今度は女達が列になって門の前に並び、踊りを始めた。

続いて、にこやかな顔つきの長老達が姿を現わした。

「良かった。どうやら僕達を歓迎する気のようだ」

ロベルトは、ほっと頬を緩めた。

「はい、私達は認めて貰《もら》えたのです」

平賀は晴れやかに微笑んだ。

村人達に囲まれながら、村の奥へと案内された三人の前に、村長が待っていた。

村長と長老達は、三人の前に恭しく膝《ひざ》をついた。

「ようこそお戻り下さいました。私達は永らくこの日を待ち侘《わ》びておりました」

「貴様ら、よくもぬけぬけと……」

怒りに声を震わせたマヌエルを、ロベルトはそっと押し留《とど》めた。

「ここは彼らに合わせて下さい」

「わ、分かってるが……」

マヌエルはぐっと拳《こぶし》を握り締めた。

それから三人は、再び女王の客間へと通され、暫く待つようにと言われた。

部屋には三人の荷物が、あの夜のまま置かれている。

平賀とロベルトは神父服に、マヌエルは白の背広に着替え、荷物を用意して待っていると、迎えがやって来た。

それから村の広場で宴会が始まった。

三人の前に酒と料理が並べられ、女達が舞い踊る。頭に羽根飾りを付けた長老は楽器を弾いて歌い始めた。

涸《か》れた谷にロバが水を求めるように
天の父よ、われらマギの魂はあなたを求める
天の神に、命の神にわれらの魂は乾く
あなたはいわれた
あなたたちをいと高き民とし、ジンの力を与えよう、と
だが敵は強大になり、私達は愁えるばかり
あなたの御前に出、その御顔を仰ぐことが出来るのはいつの日か

神よ、あなたはいわれた
『栄光の門』の砦《とりで》を守れ、その日はいつか来る、と
われらは問う
天の神はどこにおられるのか、いつその日は来るのか、と
昼も夜も私の糧は涙ばかり
男は獣を追って日々の乏しい食料とし、女は子供を次々と亡くす
われらは問う

天の神はどこにおられるのか、いつその日は来るのか、と

われらは魂を注ぎだして思い出す
『栄光の門』の前に立ち、喜び歌い感謝を捧《ささ》げる声の中を
祭りに集う人々の群れと共に進み
神の家に向かってひれ伏した日のことを
ああ、なのに何故、今、私達はうなだれるのか
天の神よ、私達に目を下ろしてください

涸れた谷にロバが水を求めるように
天の父よ、われらマギの魂はあなたを求める
天の神に、命の神にわれらの魂は乾く
われらは問う
天の神はどこにおられるのか、いつその日は来るのか、と……

改めてその歌を聞き、その歌に涙している長老達を見たロベルトは、彼らが『永らくこの日を待ち侘びて』いたのは本当だったと、感じざるを得なかった。

それにしても、精霊《ジン》の力を授かったマギとは、一体……？


ロベルトが歌の意味を考えていると、平賀が話しかけてきた。

「ロベルト。ケルビムの奇跡を目撃した人はいないかと、皆さんに訊《たず》ねて下さい」

「ああ、そうだったね」

ロベルトは長老達に平賀の言葉を伝えた。

暫《しばら》くすると十名余りの村人が二人の前に集まり、自分達の見た物を話し始めた。

「あれはタボットを持った二人の男が、村へ来た夜だった。時刻は深夜二時過ぎだった。一人は司祭で、一人はまだ少年だった。彼らはピックアップトラックに乗ってきた」

一人の男がそう言うと、ピックアップトラックを視線で示した。それは平賀達が砂漠に連れ去られた時に使われた車だった。

また別の男が話を続けた。

「長老達は彼らに『栄光の門』を示すべきか否か、女王に伺いを立てることにした。その間、タボットを担いだ彼らを女王の塔の前に待たせていた。その時、突然、夜空に巨大な炎の車輪が出現したんだ」

男が興奮気味に語ると、周囲の者達も各々頷《うなず》いた。

「まさしくあれはケルビムだった」

「主のタボットに応《こた》えて、ケルビムが現われたんだ」

「炎の剣がぐるぐると回転して、こちらへ近づいて来た」

「恐ろしい光景だった」

「そうだ。それから大きな音がした」

「音ですか？　どんな音だったんです？」

平賀が訊ねる。

「落雷に似ていた。どーんと音がして、地面がずしんと震えた」

男達は異口同音に答えた。

「炎は突然、現われたんですね？　どこに現われました？　どんな大きさでした？」

平賀が矢継ぎ早に訊ねる。男達はそれぞれ空を指さし、大きさを手の形で示した。

男達の示した大きさはまちまちだが、場所は同じ所を指さしている。

「ケルビムは回転しながら近づいて来て、その後どうなったんです？」

「それが……」

と、男達は不思議そうに顔を見合わせた。

「現われた時と同じように、突然、かき消えたんだ」

「突然消えたんですか？　どこかに落ちたとかではなく？」

「ええ。これが主の顕現だと感じ、我らは震えました」

「そのケルビムの奇跡によって、女王はタボットが本物だと判断なさいました」

男達の意見は揃っていた。

平賀はその後も思い付く限りの質問をしたが、新たな情報は得られなかった。

「どんな小さな事でも構いません。当日起こった異変など、ありませんでしたか？」

「そう言えば、ふと気付くと、タボットを担いでいた少年が姿を消していた。彼は随分怯《おび》えていたから、逃げ出したのかと思ったが、朝には戻って来たんだ」

一人の男が答えた。

ベハイルはその間にコボの町へ行き、フィルムと手紙をマヌエルに発送したのだろう。

「それから、女王が二人を『栄光の門』へ案内したんですね？」

平賀が訊ねた時だ。

「ええ、その通りです」

凛《りん》と響く声が広場に木霊《こだま》した。

村の一同が揃って平伏する中を、悠然とした足取りで女王が近づいて来る。その身長は高く、手足は長く、身体付きはスレンダーで、艶《つや》やかな黒い肌をしている。

女王は三人の前で立ち止まると、顔を覆っていたベールを脱いだ。ハッとするほど美しい顔立ちと、波打つ豊かな髪が露《あら》わになる。

女王の年齢は二十代半ばだろうか。やや吊《つ》り上がったレモン型の大きな二重の目に、弓をひいたような眉《まゆ》、すらりと突出した細い鼻、僅《わず》かに高い頬骨をしている。

「再びお会いできて光栄です、女王様」

ロベルトが頭を下げた。平賀とマヌエルも同様にする。

女王は三人に向かって、深々と会釈をした。

「ようこそお戻りになられました。砂漠の試練から生還された貴方がたは、真の賢者です」

「この村に伝わるという三賢者の口授とは、どういった物語だったのです？」

ロベルトは好奇心の高まりを抑えられず訊ねた。

「それはそれは長い物語です……」

女王は遥《はる》か遠くを見る目つきでロベルトを見た。

「シェバの先祖は皆、優れたマギでした。精霊《ジン》を操り、古くはウルク、エリドゥ、ウル、ラガシュといった都市を作った、と伝えられます。

諸国の王はシェバの不思議な力をこぞって欲しがったので、シェバは栄えた国があるとその王の許《もと》を訪ね、その王の人となりを見て、精霊の魔力を分け与えたのです。そして王達の許で多くの神殿を建て、砦を巡らせ、王の墓を建て、道路や水路を整備しては、その対価を得て暮らしていました」

ロベルトは驚愕《きょうがく》した。

ウルクやエリドゥといえば、今日の自分達がメソポタミア文明と呼んでいる、世界最古の都市群である。

そんなメソポタミア文明には謎が多い。ウバイド人と呼ばれる先住民族が千年以上も暮らしていた土地に、紀元前二五〇〇から三五〇〇年頃、シュメール人と呼ばれる民族系統不明の人々がやって来た時から、文明の一大ブレークともいうべき革命的現象が起こり、美術、建築、宗教、政治、文字の急速な発展は言うに及ばず、世界初の戦車の製造から細々とした社会的慣習に至るまで行き届いた高度な文明が、忽然《こつぜん》と花開いたといわれている。

その後のシュメール人達の行方は杳《よう》として知れない。比較的短期間にセム語民族が大量に流入し、シュメール人が逆に吸収されてしまったものと推測されている。

「貴女《あなた》がたの出自はシュメール人だったと仰《おっしゃ》るのですか」

思わず問い返したロベルトに、女王は薄く笑った。

「さて、どうなのでしょう。シェバの先祖は暁の星からやって来たベドウィン（遊牧民）だと聞いています。その後は時々の王朝に仕える流浪のマギであったと。

ところが時が流れ、マギの力を武力で制しようという者達が現われました。

そこで先祖達は時の名高き王、ソロモンに自分達の命運をかけて協力し、共にエルサレム神殿を建てたのです。

その報酬としてソロモン王から土地を分け与えられた先祖達は、エルサレムの側に小国を起こし、暫《しば》しの間、平和な生活を享受することができました。

そういう意味ではソロモン王とシェバの間に蜜月《みつげつ》時代があったというのは本当です。当時のシェバ達はユダヤ教に改宗し、ソロモン王より賜ったタボットに、ジンの秘密を三つの書物に分けて記した物を入れて、その知恵を封印したと伝えられます」

「ソロモン王にタボットを賜った？」

「ええ、私は祖母から、祖母はその祖母から、そのように教わりました。

ですが、ソロモン王の恩寵《おんちょう》の許で過ごした穏やかな日々も長くは続きませんでした。ソロモン王の死後、イスラエルは南北に分裂し、再び混乱が訪れました。戦乱の世にマギの力を利用せんとする者達は後を絶たず、先祖達は思い知ったのです。自分達の持つ魔力と知識は繁栄も生むが、災いももたらすということを……。

シェバ達は、再びジンの秘密の封印を解き、アラビア半島南部からエジプト南方に広がるクシュ王国へと逃れました。其処《そこ》が先祖達の住み慣れた土地だったからです。或《ある》いはケダルと呼ばれる遊牧民国家へ嫁ぎ、ザビベやサミシという名の巫女《みこ》となった者もいたと聞きます。

一方、シェバ族の主流派はタボットを持って東アフリカへ渡り、親交の深かったダモト王国へと身を寄せました。その時、ダモトの王とシェバの女王の結婚により誕生したのがアクスム王朝です。

アクスム王朝は周囲の部族と融合しながら発展し、最盛期には現在のエリトリア、北部エチオピア、イエメン、北部ソマリア、ジブチ、北部スーダンにまで広がりました。そうして先祖達はオベリスクを建て、キリスト教を受け入れ、タボットを納めるシオンの聖マリア教会をアクスムに建てたのです。

後にアクスム王国はユダヤ教徒の女族長ヨディットによって倒されたといわれますが、

それは誤りです。ヨディットはシェバの一族でした。我々はエルサレムに定住していた間に引き継いだユダヤ教の習慣をいくつか保っていたのです。

やがてアクスムは新興のイスラム帝国に圧迫されましたが、ムハンマドの最初の信者達を匿《かくま》っていた為、アクスムとムスリムは友好関係を保ち、アクスムが侵攻されたり、イスラム化されたりすることはなかったといわれます。それも私共にとってはある意味当然でした。当時のイスラム帝国側にも、我々の仲間のマギ達がいたのですからね」

女王はそこでクスリ、と小さく笑った。

「十一世紀になると、南方系のアガウ族が多数派層となって、アクスムの地にザグウェ朝が興りました。そうして続いたザグウェ朝の最も有名な王は、ラリベラに石窟《せっくつ》教会を作ったゲブレ・マスケル・ラリベラ王です。

聖地エルサレムへの巡礼を熱心に行っていたラリベラ王が、第二のエルサレムをこの地に造ることを決意した時、我々の先祖達はもう一度、精霊の力を用いて王に協力すると申《もう》し出ました。当時のシェバ達はラリベラ王の中に、ソロモン王とどこか似た王の気質を見《み》出《いだ》したのかも知れません。

それから数十年の歳月を費やして地下寺院が造られるのと並行して、秘密裏に、ソロモン神殿とその至聖所の復興が行われました。完成すれば、それはタボットの安置場所となる予定でした。

そしてそこへと至る道には『栄光の門』が設けられ、先祖達はそこに番人を置きました。

それがすなわち私達一族なのです」

「タボットの安置所と、それを守る一族……ですか」

「そうです。限られた者しか知り得ない場所にタボットを封印し、いつか来る主の訪れの日まで守り続けていこうと、王と先祖達は決めたのです。

ところがそれが完成する前に、ザグウェ王朝は王位継承を巡る内紛によって滅亡してしまいました。ザグウェ王朝南端のショア出身のイェクノ・アムラクは、メネリク一世の子孫を自称し、『ソロモン王朝一族がことごとく抹殺された中で、唯一ショアに逃れたディルナオドの子孫』と自らを名乗って、エチオピア南部に根拠地を築いていたイスラム勢力を軍事的に撤退させることに成功しました。

ソロモン王とシェバの女王の子、メネリク一世の正当性を説いた年代記『ケブラ・ネガスト』がイェクノ・アムラクの命で編纂《へんさん》されたのも、この時期のことです。

イェクノ・アムラクの没後もイスラム勢との戦いは長く続き、その戦いを終わらせたのはヨーロッパからの火器輸入に成功したザラ・ヤコブでした。ザラ・ヤコブは各地方に諸侯を配置し、エチオピアに封建制度を構築し、ここに至ってハイレ・セラシエ皇帝まで続くエチオピア帝国の基礎は完成したのです。

一方、その頃のシェバ達は軍事や政治の一線から退き、来たるべき主の栄光の訪れの日をいかに迎えるかについて、議論を戦わせていたといいます。

とはいえ、タボットを新たな神殿の至聖所に納めるという計画は頓挫《とんざ》したままです。タボットは未《いま》だ、アクスムのシオンの礼拝堂に置かれたままでした。何とかしてタボットを新しい神殿へ移そうとシオンの礼拝堂に接触を図る者や、逆に、建設したソロモン神殿へと続く道を封鎖しようと考える者など、様々な者の意見が交わされたといいます。

結局、先祖達が出した結論は次のようなものでした。

いつか必ず、タボットは自ら私達の許に戻って来ると。その日まで我々は精霊の秘密を封印し、いつかエルサレムで過ごしたような平和な日々を送るべきだ、と……。

先祖達はジンの秘密を記した三つの書物を三人の賢者に託し、三人の賢者は何処かへと別れて旅立ちました。

そうして門番の責を担った私達には、厳守すべき口伝が残されたのです」

女王はすうっと息を吸い、言葉を継いだ。

「『いつの日か、タボットを持った聖者が、この村に現われる。

そしてタボットの栄光を蘇《よみがえ》らせる三人の賢者が、証《あかし》を持って帰って来る。

彼らに「栄光の門」を示せ。

その時、主の恵みは地に溢《あふ》れるだろう』……。

私達は先祖から託されたこの伝承を信じ続け、いつの日にか来る約束の日を信じて、八百年余りに亘《わた》って『栄光の門』を守ってきたのです」

何という途方もない物語だろう。ロベルトは呆然《ぼうぜん》と息を吐いた。

「それが三賢者についての口授ですか……」

「はい。先祖の言い伝えは絶対でした。それ以来、私達はこの地に縛られて生きてきたのです」

「それで僕達に『証を示せ』などと言ったのですね」

「そうです。貴方がたが伝説の三賢者ならば、マギの秘密を記した三つの書を持っている筈《はず》でした。ところが、貴方がたはそうではなかった。

貴方がたを三賢者でないと拒絶するのは簡単でした。しかし、既にタボットを持った聖者は『栄光の門』を潜っています。まさにその時にやって来た貴方がた三人が、やはり伝説の三賢者ではないのか……？

私達は悩み、貴方がたが真の賢者かどうかを試練によって試すしかないと結論を出したのです」

「それが砂漠の試練だったという訳ですか。それでは、マギの秘密を記した書というのは？」

ロベルトの問いに、女王は力なく首を横に振った。

「残念ながら分かりません。当時からはや八百年もの年月が流れたのです。書物など、恐らく何処かに散逸してしまったのでしょう。私達にもその内容は知らされていません。三つの書の名前が残されているだけです。

その一つは創命記。私達の先祖の誕生について記した物語だと聞いています。

もう一つは神殿記。マギ達が精霊と共に建てた神殿について記した物語だそうです。

最後の一つはマギの預言書。マギ達が人類の未来について記した書といいます」

「神殿記だって……それはまさか……」

ロベルトは眉《まゆ》を顰《ひそ》めた。

自分が目にしたあの奇妙な『神殿記』という物語。それを持ち、ヨルダンのイルビド教会で亡くなったという身元不明の男性こそが、伝説の賢者の一人の末裔《まつえい》だったのではないだろうか。

「どうかなさいましたか？」

女王は不思議そうにロベルトを見た。

平賀とマヌエルも不審げにこちらを見ている。

「いえ、何でも……」

ロベルトは言葉を濁した。

女王は清々《すがすが》しい笑顔をロベルト達に向けた。

「貴方《あなた》がバチカンの神父なら、私達の信じるところの神については疑問があるかも知れませんね。なにしろ私達はこれまで、改宗をも恐れることが無かったのだから。ですがそれは私達が常にその側に、我らの神の息吹を感じ続けていたからこそ出来たことです。おや、どうやら長話をしてしまいましたね。そろそろ貴方がたを『栄光の門』へとご案内致しましょう」

女王はくるりと踵《きびす》を返した。

「女王グディト、貴女はこの先、どうされるのですか？」

その毅然《きぜん》とした後ろ姿に、ロベルトは思わず訊《たず》ねていた。

「それは決まっています。皆と共にここを離れ、心の赴くまま、自由に生きていきたいと思います。

私達の先祖は元来、自由の苦しみも喜びもよく知る流浪の民でした。その技術や知識を売っては時の王朝に仕え、根無し草のような暮らしを送っていたのだと思います。

ところが戦乱の中、そんな生活にも疲れ、先祖達はソロモン王の庇護《ひご》の許《もと》に送ったとい う、平和で穏やかな安定した日々に憧《あこが》れたのでしょう。ジンの力さえ無ければ、平和な日々を子孫達に送らせることができると考えたのでしょう。

先祖達が定めたその決断を否定はしません。それが為に、厳しい数々の掟《おきて》に縛られ、この地に強く縛られ、八百年もの間、ただ待つだけの暮らしを強いられてきたとしても。そんな私達の生活の中にも様々な幸せはありましたから。

ですが私達は元来、自由の民だったのです。ですから、自由に飛び立ちたい。それこそが、私達の心が抑えきれずに叫び続けた答えなのです。

たとえその先に何があろうと、私達は生きている限り、その吹き寄せる風に神の息吹を感じ、その目に神の統べる世界の美しさを見、そこに生きる我らが命の喜びを、この心で感じることでしょう」

女王は緩やかに微笑んで、三人に付いて来るようにと身振りで示した。

向かったのは村外れの墓地の側にある、藁葺《わらぶ》きの小さな家であった。

扉の前には聖職者らしき男が一人、座っている。

「彼は村の墓守りで、秘密の番人でもあります」

女王はそう言うと、男に軽く会釈をした。

男は立ち上がり、家の扉を恭しく開いた。

中に入ってみると人はおらず、居間の中央に織物が敷かれている。

男が敷物を捲《まく》り、床板を外すと、そこには古井戸がぽっかりと口を開いていた。

「ソロモンの地下神殿へと続く『栄光の門』です。さあ、お行きなさい。貴方がたにはその権利がある」

「ここが『栄光の門』の入り口……」

ロベルト達が井戸の中を覗《のぞ》き込んでみると、確かに下へと降りられるように階段がついていた。それは栄光の門というより、まるでラリベラのベツレヘム教会で見た『地獄への道』のようだ。

「この先は、選ばれた者以外には死をもたらす道とも言われています。番人である私達の中にも未だ入ったものはおりません。どうぞお気をつけて」

女王と番人が見送る中、三人は暗い穴へと足を踏み入れた。

2

懐中電灯を手に、平賀とロベルト、マヌエルは七曲がりになった階段を下った。

三人の靴音がくぐもった残響となって辺りに木霊《こだま》する。

下りた先には地下通路が延びていた。その壁も床も天井も、継ぎ目が殆《ほとん》ど無い岩で出来ている。ラリベラの教会群と同様、岩盤をくり抜いて造られているのだろう。

時折曲がりながら続く一本道を、三人は進んで行った。

そうして三十分余り歩くと、前方に石組みの門が現われた。

「いよいよ神殿の入り口か？」

マヌエルが意気込んで言った。

その門には高い塔に雷が落ち、大勢の人々が争う様子を描いた精密な彫刻と、古代ゲエズ文字が刻まれている。

ロベルトは立ち止まり、その文字を照らした。

「『謙虚なる者に扉は開かれる』とある」

「どういう意味でしょう？」

「分からないが、慎重に行こう」

ロベルトはそっと門を潜った。二人が後から付いて来る。

門の先には広間があり、部屋の四隅にオベリスクが建っていた。壁には旧約聖書をモチーフにした、様々なレリーフが刻まれている。

奥には長い階段が、上に向かって伸びていた。

ロベルトは階段には近づかず、レリーフやオベリスクに光を当てて観察し始めた。

「何をしている？　先に進まないのか」

マヌエルは焦《じ》れて言った。

「少しお待ち下さい。この部屋には何かの仕掛けがあるかも知れません」

「仕掛け？　何の仕掛けだ？」

マヌエルが問い返した時、平賀が後ろを振り返って言った。

「……足音が聞こえませんか？」

「ん？　ただの反響音じゃないのか？」

マヌエルもそう言いながら振り返った。ロベルトも耳を欹《そばだ》てる。

「確かに足音が近づいて来る。しかも、そう遠くない」

「誰でしょう。村の人でしょうか？」

平賀は首を傾げた。

「誰か知らんが、追いつかれる前に先へ進もう」

「いえ、僕は不用意に先へ進むのは反対です」

マヌエルとロベルトの意見は対立した。

「まず相手が何者か確かめましょう」

平賀はそう言うと、オベリスクの後ろに隠れて懐中電灯のスイッチを切った。

ロベルトとマヌエルもそれに従った。

暫《しばら》くすると、懐中電灯を持った白と黒の二つの人影が広間に入って来た。

男達は平賀達が隠れているオベリスクの前を早足で通り過ぎ、そのまま奥の階段を駆け上がって行く。

「ほら、言わんこっちゃない。誰かも分からない相手に先を越されたぞ」

マヌエルが小声でロベルトに噛《か》み付いた時だ。

「うわぁあああーっ!!」

「ぎゃあああ!!」

悲鳴と共に、重い物体が階段を転げ落ちる物音がした。

平賀は懐中電灯を翳《かざ》し、音のする方へ駆け寄った。

血塗《ちまみ》れの男が二人、折り重なって倒れているのが光の輪の中に浮かび上がる。

「大丈夫ですか!」

平賀は出血の元を探した。

すると全身黒ずくめの男の右肘《みぎひじ》から先が、すっぱりと切断されている。

「何が起こったんだ?」

ロベルトとマヌエルも懐中電灯を構えて近づいた。

平賀はリュックから紐《ひも》を取り出すと、患部の上を強く縛った。

男は痛みに意識を取り戻した様子で、呻《うめ》きながら平賀を睨《にら》み付けた。

「静かに。安静にしないと死にますよ」

平賀は淡々と傷口を消毒し、止血剤を吹き掛け、包帯を巻いた。ロベルトがそれを補助して、男の肩を押さえつける。

男は頭部と口元を黒のヘッドスカーフで覆っている為、その表情はよく見えない。黒いカンドーラに帯を巻き、そこにジャンビーア（短剣）を差している。

「君はムスリムか？　何者だ。何故、ここへ来た？」

ロベルトは男に、アムハラ語とアラビア語で話しかけた。だが、男の返答はない。

包帯はみるみる赤く染まっていったが、ひとまず出血は止んだ様子であった。

「貴方《あなた》はすぐに医者にかかるべきです。私の言葉が分かりますか？」

平賀が英語で話しかけた時だ。

床にのびているもう一人の男の顔を確認したマヌエルが、大声で二人を呼んだ。

「見てくれ。こいつ、指名手配犯じゃないか？」

ロベルトが駆け寄って確認する。白いカンドーラ姿の男の顔は、ネグッセ司祭殺しの共犯者として手配中の似顔絵にそっくりだ。

「間違いない。こいつは骨董屋《こっとうや》のケベデ・シフェラウだ」

ロベルトが呟《つぶや》いた。

その時だ。黒いカンドーラの男が帯に挟んでいた銃を左手で抜き取り、平賀に突き付けて叫んだ。

「全員、動くな！」

ハッとロベルトとマヌエルが動きを止める。

「動くと、こいつを撃つ！」

男はアラビア語の低音で凄《すご》んだ。言葉が分からないマヌエルにも平賀にも、彼がしようとしている事は分かった。

ビリビリとした緊迫感が室内に張り詰めた。

「よせ、撃つな」

ロベルトが降参の意志を示して両手を挙げる。マヌエルもそれに倣った。

男はニヤリと笑い、平賀の首筋に強く銃口を押し当てた。

ロベルトは青ざめ、脂汗を流した。

「君の交渉に応じる。何が目的だ？」

「俺をタボットの許《もと》まで連れて行け。後の指示はそこで出す」

「分かった。何の問題もない。他に条件はあるか？　何でも言ってくれ」

ロベルトはゆっくり答えながら、相手の様子を窺《うかが》った。

男の仲間であるケベデ・シフェラウが失神している今のうちに、隙を見て銃を奪うしかない。仲間が目を覚ませば、こちらの形勢がもっと不利になる。

「他の条件だと？　そうだな……」

男の目が泳いだ時だった。

不意に人質の平賀が手を伸ばし、男の傷口を捻《ひね》り上げた。

「ぎゃあぁあああ！」

男が悲鳴をあげて床に転がる。

ロベルトはその腕めがけて飛び掛かり、素早く銃を取り上げた。マヌエルも男の帯から短剣を抜き取った。

涙目になって右肘を抱える男に、ロベルトは奪った銃を、マヌエルは剣を突き付けた。

「大丈夫か、平賀」

ロベルトがかけた言葉に、平賀は怒った顔で頷《うなず》いた。

「私は平気です。それにしても、彼はこんな身体で何をしようとしたんでしょう」

「分からないが、タボットの許へ自分を連れて行け、と言っていた」

ロベルトは答えつつ、男から取り上げた銃に目を落とした。その銃身には『ジハードR3』の文字が刻まれている。

ロベルトは目を瞬いた。

「皆、気を付けろ。その男、恐らくネグッセ司祭の殺人犯だ」

「何ですって？」

平賀は慌ててリュックからロープを取り出し、男の左腕と身体を縛り上げた。

男は平賀達を憎々しげに睨み、ペッと床に唾《つば》を吐いた。

「俺を殺すなら殺せ！」

男はそう言うと、床にどっかり座って無言になった。

「一旦《いったん》こいつらを連れて、村に戻った方がいいんじゃないか？　一人は殺人犯、もう一人はその共犯の指名手配犯だ」

マヌエルが言った。

「ええ、僕も同感です」と、ロベルトが頷く。

「一応、先に事情聴取をしておきましょう」

平賀は失神しているケベデ・シフェラウの側に行き、その両腕をロープで縛ると、瓶詰めのアンモニアを鼻先に近づけた。

ケベデが唸《うな》りながら薄っすらと目を開く。

「ううっ……何だ、何が起こったんだ……」

ケベデはすっかり怯《おび》えた顔をしている。

「貴方はケベデ・シフェラウさんですね？」

平賀が英語で訊《たず》ねると、ケベデは小さく頷いた。

「あの方は貴方の仲間ですね？」

平賀が黒衣の男を視線で示すと、ケベデは慌てて首を横に振った。

「ち、違うんだ、そうじゃない。私はただの骨董屋だ。善良なムスリム商人だ。ハサンのような過激派じゃない。ネグッセ司祭を殺したのは私じゃない！」

「彼の名はハサンというのですか」

「そうだ」

「彼は何者なんですか？」

「……ハサンはタボットを狙っていた。そこに私が巻き込まれたんだ。

　ニュースでは、私が窃盗グループの一員だと報じられているが、そうじゃない。私は何も盗んじゃいない。私はネグッセ司祭が何処かから入手した骨董品《こっとう》に対し、金を払って取引をしていた。何処で入手したかなんて野暮は言いもしないし、聞きもしない。いい品物ならその分、私は高い金を払った。それはただの商売だった。大きな声では言えないが、どこの教会でも多少はやってる取引だ。信じてくれ、本当だ」

　ケベデは訴えるような目で平賀を見た。

　平賀は黙って頷き、話の続きを促した。

「ある日、ハサンが客としてうちの店にやって来て、高値で買い付けたい物があると言った。そして私と共にネグッセ司祭の許へ行き、司祭に『シオンの至聖所からタボットを盗み出せ』と命じたんだ。

　司祭は驚き、流石にそれはできないと断った。すると、ハサンは司祭を……」

「暴行したんですね？」

「そうだ……それは酷《ひど》いもんだった。それで司祭は、自分にタボットを盗むことは出来ないが、代わりに至聖所へ続く秘密の通路を教えると言ったんだ。

ハサンが地上で煙草を吸っている間、司祭はオベリスクの地下にある秘密の扉を開き、至聖所へ辿《たど》り着く方法を私に教えた。あんな場所に隠し通路があるなんて、私もあの時、初めて知った。そりゃあ驚いた。

司祭は『もう私のすべき事は無い。私を解放しろ』と言った。私もその通りだと思った。だから私と司祭は地上にいるハサンに声をかけ、私は司祭を解放してやれと言った。すると……ハサンが銃を構え、いきなり司祭を撃ったんだ……」

ケベデは苦しげに顔を顰《しか》めた。

「それから、私はハサンに至聖所へ一緒に来るよう強要された。タボットは一人じゃ担げないからと……。銃を持った殺人犯の要求を、断れる筈《はず》もないだろう？

ところが苦労して至聖所へ行ってみると、何故だかそこにタボットは無かった。至聖所はもぬけの殻だ。ハサンは激怒した。私には訳が分からなかった……」

「その時至聖所に無かったタボットが何故、今、ここにあると思ったんだい？」

横から訊ねたロベルトに、ケベデはドキリとした顔をした。

「そ……それは……言えない、絶対に……」

「なら、別の質問をしよう。仲間でもないハサンと、何故、貴方は行動を共にしているんだ」

ロベルトは厳しく訊ねた。

「それは……その、抜き差しならない事情があるんだ、こっちには……」

ケベデは怯懦《きょうだ》の目でロベルトを見ると、カタカタと震え出した。

「どんな事情なんだ？」

ロベルトの問いに、ケベデは首を横に振って答えなかった。

「ハサンは反シオニズムの過激派組織・ＡＢＰに属している……違うかい？」

ケベデはぎくりとした顔で小さく頷いた。

「例えば、貴方《あなた》はその組織に脅された……とか？」

するとケベデは真っ青になって目を逸《そ》らした。

「……そ、それは……言えない」

ロベルトはふう、と息を吐いた。

「余程話したくないようなので、少し話を変えようか。あの階段」

ロベルトは部屋の奥に聳《そび》える階段を指さした。

ケベデは反射的にロベルトの指さす方向を見、喉《のど》の奥で悲鳴をあげた。

「あの階段で何が起こったんだ？」

するとケベデは滝のような冷や汗を流した。

「わ、分からない。ハサンが先頭に立って、私達はあの階段を上った。すると……暗くて見えなかったが、あそこには誰かがいた。そうだ、巨人だ。きっとタボットの番人だ。突然、大きな銀色の鎌のようなものが目の前を横切ったかと思うと、ハサンが悲鳴をあげてぶつかって来て……その先は覚えていない」

「成る程」

ロベルトは言葉を切ると、平賀達を振り返った。

「ケベデの言い分をどう思う？」

「私は破綻《はたん》を感じませんでした。ところで大鎌を持つ巨人というのは、ロベルトの言っていた仕掛けの事でしょうか」

平賀が言った。

「そんな仕掛けが分かっていたから、君は階段に近寄らなかったのか？」

マヌエルは怪訝《けげん》そうにロベルトに訊ねた。

「まさか、どんな仕掛けがあるかは分かりませんでしたよ。けど、あの階段が危険かも知れないという事は、見当がつきました」

「何故？」

「部屋の入り口の門にはバベルの塔のレリーフがあり、『謙虚なる者に扉は開かれる』という忠告が書かれていたからです。

バベルの塔は、慢心した人間が天に近づこうと高い塔を建て、それによって身を滅ぼすという物語です。謙虚な者といえば、その逆です。つまり、高みには登るな、階段は上るなという警告かも知れないと、僕は感じたんです」

「成る程な……」

マヌエルは感心の吐息を漏らした。

「階段を上るのが駄目だとしますと、どうやってこの部屋の先へ進むかが問題ですね。どこかにヒントはあるでしょうか？」

平賀は周囲の壁やオベリスクに懐中電灯の光を投げた。

天地創造、エデンの園、楽園追放、カインとアベル、ノアの箱船、ソドムとゴモラなど、よく知った場面のレリーフが次々と照らされていく。

「平賀、一寸《ちょっと》ここを見てくれ」

ロベルトはオベリスクの陰になっている箇所に明かりを向けた。

そこには天使と人間の女性が手を取り合い、巨人を見上げている図があった。

「これは恐らく『エノク書』の一場面だ。原初の頃、天使達が人間の女と交わり、巨人族が生まれたという場面を示しているんだろう」

「成る程、そこだけが『創世記』の場面ではない訳ですね。しかもよく見るとその巨人、大鎌のような物を手に持っています。確かに怪しいですね」

平賀はリュックから取り出したゴーグルを装着し、血痕《けっこん》や体液に反応して光るALS光源でその周辺を照らしながら近づいた。

「ここに誰かが触った痕《あと》があります。アシェナフィ司祭かも知れません」

平賀はそう言いながら、そのレリーフの中央部を強く押してみた。

すると、三十センチ四方のレリーフ全体が壁中に深く沈んでいき、剝《む》き出しになった壁の側面に、レバーのような物が現われた。

「レバーがあります。倒してみます」

平賀はレバーを摑《つか》み、思い切り手前に引き倒した。

すると次の瞬間、部屋中が震え出し、グラグラと地響きを立てた。

そしてそれまでひと繫《つな》がりに見えていた奥の階段の一段ずつが別の動きを始めた。

手前の低い段はゆっくりと地下へ沈み、次の段はそれより速い速度で沈んでいく。一番高い段は最も速い速度で、地下へとすうっと落下していった。

そうして奥の壁にはぽっかりと穴が開き、次々に下へと沈んだ階段は、下りの階段へと変化したのである。

ロベルトが階段に近づき見上げると、天井近くに鋭い金属の三枚刃からなる回転盤が作りつけられ、ハサンの右肘《みぎひじ》から先が刃の上に載っていた。

下を見下ろすと、階段は懐中電灯の光が届かないほど深く続いている。

「かなり深いな」

ロベルトは階段の下を照らしながら言った。

「だが、この道で間違いはない。急いで先へ進もう。ベハイル達が待っている」

マヌエルはわくわくした様子で階段に駆け寄った。

「ですが、この方達はどうするんです？」

平賀はケベデとハサンを視線で指して訊《たず》ねた。

「ふむ、そうだった。彼らを村へ連れ戻そうと言ったのは私だが……。折角、先へ進む道も分かったというのに、今更引き返すというのもな」

　マヌエルは腕組みをし、面倒くさげに言った。

「私も君達と一緒に連れて行ってくれ！　置き去りにしないでくれ！」

　ケベデは三人の会話を聞き、大声で叫んだ。

「どうする、平賀」

　ロベルトは困り顔で平賀を振り返った。

「怪我人もいることですし、放っておく訳にはいきません。一旦《いったん》村へ戻るか、彼らと一緒に先へ進むか、どちらかです」

　平賀は淡々と答えた。

「村へ戻らないんだったら、こんなヤバイ奴を連れて行くっていうのか？」

　マヌエルは顔を顰《しか》めた。

「はい」と、平賀が答えた時だ。

「そんな奴らは放っておけばいいだろう」

　何者かの声が、闇の中に木霊《こだま》した。

3

「誰だ！」

ロベルトは背後を振り返って誰何した。

彼の照らすライトの中に浮かび上がったのは、四人の男達だ。白いアベシャリブスにガビを巻いた男が二人と、黒いスーツ姿の男が二人いる。

アベシャリブスを着た男の顔に、ロベルトは見覚えがあった。シオンの聖マリア教会にいた聖職者だ。

黒スーツの男達に覚えはないが、二人とも筋肉質で大柄で、どこか軍人めいた雰囲気を漂わせている。

「我々はタボットの正式な所有者だ」

アベシャリブスを着た気難しげな顔の男が、訛《なま》りのある英語で高らかに宣言した。

「貴方、シオンの聖マリア教会の司祭でしょう？　何故、ここにタボットがあるなどと思われたのです？」

ロベルトはずばりと訊ねた。

男は一瞬、動揺したが、開き直った様子で前に進み出た。

「我らの教会から、ある司祭がタボットを持ち出した。それを追って何が悪い。

そもそもタボットの事は、我々エチオピア正教会内の問題だ。異国の神父やムスリムの連中には無関係な話だ」

「いいや、関係はある！」

大声で言い返したのはマヌエルだった。

「あんたらの教会が不甲斐《ふがい》ないばっかりに、アシェナフィ司祭はタボットを持って逃げ出したんじゃないのか？　彼らはこの私に助けを求めて来たんだぞ。しかも、あんたらの司祭が起こした不祥事のとばっちりで、こっちは留置所に放り込まれたんだ！」

「そんなものは言いがかりだ。とにかくこれは我々とアシェナフィの問題だ」

男は頑として言い張った。

「一つ伺いたいのですが、貴方《あなた》がたはアシェナフィ司祭をどうするつもりです？」

ロベルトが横から訊ねた。

「当然、彼を連れ帰って宗教裁判にかける」

「それが不正な私刑などではなく、公正な裁判になるという保証はありますか？」

「何っ、それを聞いてどうする？　それが君に何の関係があるんだ」

「僕はバチカンの神父です。バチカンは過去に不当な宗教裁判を行った反省から、現在はそれを厳しく禁じるルールがあります。貴方がたはどうなんです？」

「そんな事を君に説明する義務はない！」

男の答えに、ロベルトはこれみよがしな溜息《ためいき》を吐いた。

「そもそも貴方がたはどうやって『栄光の門』を潜って来られたのです？　賢者である証《あかし》を女王に示されたのでしょうか」

ロベルトの問いに、男は明らかに動揺して「どういう意味だ？」と呟《つぶや》き、仲間達を振り返った。

「資格が無い者がここへ入るのは、危険なんですよ。『栄光の門』は、選ばれた者以外には死をもたらすと言われているんです。

こちらのハサン氏の腕が切り落とされたのも、そのせいなんです」

平賀が親切な説明を加えると、男の顔は更に硬直した。

「そういう事です。神殿へ向かう道には太古の精霊がうようよといる」

ロベルトも一言付け加えた。

すると四人の男達はごそごそと内緒話を始めた。

「何だって、話が違うぞ」

「構うな、ただの脅しだ」

「どうせ相手は三人だ」

「力尽くでも……」

英語とアムハラ語が入り混じった、そんな言葉が漏れ聞こえて来る。

ロベルトも平賀とマヌエルを側に呼び寄せた。

「妙な雲行きになった」

「あの様子ですと、彼らは引き返してくれそうもありませんね」

「それじゃあ、どうするんだ」

するとその時、床に座っていたハサンが、アラビア語で低く呟いた。

「おい、黒服の奴らを信用するな」

「彼らが何者か知ってるのか？」

ロベルトは驚いて訊ね返した。

「あれは神殿研の諜報《ちょうほう》部員だ」

「神殿研究所の？」

神殿研究所とは、ユダヤ教のラビによって設立され、『ソロモン第三神殿』をエルサレムの神殿の丘に再建する事を目的として、研究やロビー活動を行っている組織だ。

現在、神殿の丘にはイスラム教の『岩のドーム』が建っている為、再建実現の見通しは立っていないといわれるが、研究所では神殿再建の日に備えて、祭司の教育や神具の制作などが積極的に行われている。

「そうだ。エルサレムの丘に建つムスリムのドームを破壊して、タボットを納めるソロモン第三神殿を建設した時、世界で最終戦争が勃発《ぼっぱつ》し、自分達の神殿にだけ救世主《メシア》が降臨するなどと信じている奴らだ。

神殿研の奴らが近頃、頻繁にシオンの聖マリア教会に接触している事を知り、俺達は奴らにタボットを渡すまいと警戒していたんだ」

「それで君はネグッセ司祭に接触したのか？」

「ネグッセか、そうだ。あいつは悪人だった。だから俺はそれを阻止した。教会の物を何でも持ち出す。タボットも持ち出して、奴らに渡すつもりだと思った。

いいか、奴らにタボットを渡すな。奴らに渡すぐらいなら、タボットを壊せ」

ハサンの目は本気だった。

「何故、僕らにそんな情報を教えてくれるんだ？」

「お前らが敵ではないからだ。俺達はイエスを神の子とは思っていないが、預言者として認めている。それに……お前らは傷の手当てをしてくれた。悪人じゃないからだ」

ハサンはそう言うと、憎々しげな目で黒服の男達を睨《にら》んだ。

ロベルトはハサンの言葉を平賀達に訳して伝えた。

「そうしますと、アベシャリブスを着た二人が正教会の司祭で、黒服の二人がユダヤ教の神殿研究所の方という訳ですか。何故、その二者が協力を？」

平賀は首を傾げた。

「分からないが、どちらもタボットを狙っているのは間違いない」

「タボットを奪って最終戦争を起こそうとしてる組織なんて、ムスリムの過激派よりヤバいじゃないか」

マヌエルは冷や汗を流した。

「ハサンの言葉を鵜呑《うの》みにする訳じゃないが、警戒していこう」

ロベルトの言葉に、平賀とマヌエルはじっくりと頷《うなず》いた。

「さあ、お互いに仲間同士の話し合いもついた所で、ひとつ、皆で話し合いませんか?」

黒服の男が硬い笑みを浮かべ、ロベルト達に話しかけてきた。

「ええ、勿論《もちろん》。僕達もそれが一番いいと話していたところです」

ロベルトもにこやかに応対する。

「そうですか、それは良かった。では、まずお互いの自己紹介といきましょう。では、テスファイエ司祭から、どうぞ」

黒服の男に紹介され、気難しげな男が咳払《せきばら》いをした。

「私はシオンの聖マリア教会のテスファイエだ。隣にいるのは私の部下で、アラマイヨ輔祭という」

続いて黒服の男が自己紹介をした。

「私共はテスファイエ司祭に雇われた探偵社の者です。私はベン、隣の男はフィリップといいます」

男はあからさまに偽名らしき名を告げた。

「僕はバチカンの神父で、ロベルト・ニコラスです」

「私は平賀・ヨゼフ・庚です」

「マヌエル・パチェッティだ」

三人もそれぞれ名乗った。

「さて、自己紹介も済んだ所で、まず誤解を解いておきたいのですが、私達がここへ来たのは、そこの指名手配犯ケベデ・シフェラウを追ってのことです」

ベンと名乗る男は、嘘か本当か判別のつかない、抑揚の無い口調で言った。

突然、ベンに名指しされたケベデは真っ青になった。

「そうだったんですか」

ロベルトは無難な相槌《あいづち》を打った。

「ええ。テスファィエ司祭は自らの教会から骨董《こっとう》品が紛失したことや、タボットが消失したことを悲しまれ、さりとてタボットの盗難事件などと公に騒がれては信者の心を乱し、司祭達の社会的名誉に傷がつくことを懸念され、秘密裏にそれを取り戻すよう、私共の会社に依頼されたのです。

そうして私共は、タボットの盗難事件に深く関わるケベデ・シフェラウを独自の調査で追跡し、この場所へ至りました。

ですから、上の村のことは何も存じません。ただ、ケベデ・シフェラウを追って来た結果、彼がある村外れの小屋に入り、なかなか出て来なかった。そこで中を覗《のぞ》いてみますと、村人らしき男性が縛られて倒れており、地下道への入り口があったので、後を追いかけてきたという訳です」

「成る程、そうだったんですか」

ロベルトは穏やかに相槌を打った。

「村の男を襲ったのは私じゃない、ハサンだ！」

ケベデは焦ってわめいたが、ベンはそれを無視して話を継いだ。

「いずれにしろ、そこの二名は悪党です。タボットがまだ悪党の手に渡っていず、私共は安堵《あんど》しています。

そしてロベルト神父、貴方もタボットがシオンの聖マリア教会から持ち出されたことはご存知の筈《はず》。我々がそれを追うのは当然という事は、ご理解頂けますね？」

「そうですね、盗まれた物が金貨などであれば、貴方の仰《おっしゃ》る通りです。ですが……」

ロベルトは慎重に切り返した。

「元来、タボットは神の聖所です。シオンの聖マリア教会からタボットが消えたということは、神の御意志ではなかったかとひとまず考えるのが、我々聖職者の感覚です。その点は、聖職者ではない貴方《あなた》がたにはご理解頂けないでしょうか？」

ベンは「聖職者ではない貴方がた」という台詞《せりふ》に、微《かす》かに顔を歪《ゆが》めた。ロベルトはその反応から、彼が聖職に関する人物すなわち神殿研の人間であると直感した。

「それがバチカンの見解なのでしょうか、ロベルト神父？」

「いいえ、一聖職者としての意見です」

「……成る程」

ベンは険しい顔で頷いた。

「まさかとは思いますが、僕達がバチカンの密命を受けて、タボットを国へ持ち帰ろうとしていたなんて、そんなスパイ映画じみた話を空想してはいませんよね？」

ロベルトは微笑み、冗談めかして言った。

「そうではないと？」

ベンは用心深げに訊《たず》ね返した。

「無論、違います」

ロベルトはさらりと答え、言葉を継いだ。

「バチカンは現在、タボットの真贋《しんがん》鑑定という依頼を受けて動いています」

「真贋鑑定？」

「ええ、そうです。バチカンは、とあるタボットの真贋鑑定の依頼を受けました。それが何処の物かは知らずにです。一度は受けた依頼ですから、鑑定は予定通り行いたい。鑑定の結果、そのタボットはモーセの造らせた物だと判定されるかも知れませんし、エルサレム神殿からエチオピアへ運ばれたことが判明するかも知れません。

仮にそうだとすれば、そもそもタボットはシオンの聖マリア教会の物なのか、エルサレムに返すべき物なのか、どちらなのでしょうね？　尤《もっと》も、その点はバチカンの関知する所ではありませんが」

ロベルトの言葉に、ベンは片眉《かたまゆ》を吊《つ》り上げた。

「それは大層興味深い話です」

「或《あ》いは、タボットを科学鑑定にかければ、エチオピアの『ケブラ・ネガスト』に書かれている通り、ソロモン王がメネリク一世にタボットを譲り渡したことを証明するサインの一つも、発見されるかも知れません」

ロベルトはそう言って、ちらりとテスファイエ司祭を見た。

「そ、そうなれば、我々が正当なタボットの継承者だと証明されますな」

テスファイエは咳払いをした。

「つまりバチカンはタボットの所有権は主張しないが、鑑定のみを行いたいと？」

ベンはしんねりと訊ねてきた。

「その通りです。ですから、僕達と貴方がたが対立する理由はさほどありませんね。どちらもタボットの無事を確認し、アシェナフィ司祭を保護したい訳ですから。

ただし、アシェナフィ司祭がかけられる裁判に関しては、彼の人権が尊重されることを僕達は希望しますし、恐らくその点はバチカンも同意してくれると考えています」

ロベルトはそう言って話を締めくくった。

ベンとフィリップは小声で話し合い、頷き合っている。

テスファイエ司祭は平賀の方を見、おずおずと訊ねた。

「ところで、君、平賀神父と言ったかね、さっきの話は何だったんだ？　『栄光の門』は、選ばれた者以外に死をもたらすとか言う……」

「はい。私とロベルト神父、マヌエル氏の三名は、ここへ入る資格を与えられました。ですが、テスファイエ司祭達はそうではありません。なので命を落とされないよう、注意なさった方が良いかと思い、お伝えしたまでです」

平賀は素直に答えた。

「そういう訳だ。まあ、君らが私達を力尽くで倒してでも、私達より先に進みたいと言うなら、そうするといい。その結果がどうなるかは、知らないがね」

マヌエルは大きく肩を竦《すく》めてみせた。

「そ、そんなつもりは、い、一切、こちらにはない。先程のロベルト神父の話を聞いて、我々の利害は一致していることが確認された訳だし、そうだな？」

テスファイエはベンを振り返った。

「ええ、司祭の仰る通りです。タボットと司祭の行方を案じる気持ちは皆、同じです。宜《よろ》しければ是非、貴方がたに同行させて頂きたい」

ベンはそつなく言うと、ケベデとハサンに視線を遣《や》った。

「ところで彼らの処遇については、どうするおつもりです？」

「ここへ置いては行けません。ですから共に進むか、又は、貴方がたの仲間のお一人が村へ連れ帰って下さると、助かるのですが」

平賀の提案について、ベン達は暫《しばら》く話し合っていた。

「私達も先へ進みたいので、ケベデ達の同行を認めることにします」

ベンは四人を代表して答えた。

「分かりました。それでは、皆で助け合って、先へ進みましょう」

平賀は微笑むと、ハサンの怪我を気遣いながら歩き出した。

こうして奇妙な一行は、ぞろぞろと仕掛け階段を下って行ったのである。

4

階段の先は緩くて幅の狭い下り坂が続いていたので、九人は一列になって歩いた。

二十分余り歩くと、先頭を行くロベルトのライトが、突き当たりの壁と聳《そび》える門を捉《とら》えた。

懐中電灯で丹念に照らして見る。

門には『主に最高の焼き尽くす献《ささ》げ物を。主の御声が聞こえた時に』と書かれている。

突き当たりの壁と見えた物は、頑丈な岩の扉であった。そこに刻まれたレリーフは、老人が半裸の少年の首に手を掛けて仰《の》け反らせ、そこに刃を突き立てようとしている場面、すなわち『イサクの燔祭《はんさい》』である。

どうやら又、カラクリ仕掛けがあるようだ。

ロベルトは観音開きの扉を押し開き、用心しながら部屋に足を踏み入れた。

部屋のやや奥には高さが約一メートル半、幅と奥行きが約二メートル半もの青銅製の祭壇が築かれている。部屋の壁には雄牛、羊、山羊《やぎ》、鳩のレリーフがあった。

平賀とロベルトが祭壇の細い階段を上ってみると、中央に血痕《けっこん》や焦げ痕《あと》がついた青銅の網格子が載せられ、その周囲に黒い液体で満たされた幅の広い溝が巡らされている。側には青銅でできた灰を取る壺《つぼ》、鉢、肉叉《にくさ》、火皿、洗盤と、二本の松明《たいまつ》が飾られていた。

「燔祭の祭壇か。ここで最高の焼き尽くす献げ物を神に捧《ささ》げよ、ということだろう」

ロベルトが辺りを見回して言った。

平賀は祭壇の周囲の溝を満たす、どろりとした黒い液体を観察した。

「この液体は油です。油で囲われた祭壇とは、聞いたことがありません」

「最高の捧げ物というと、童貞の若い牛だ。ここへ牛を連れて来いと言うのか？」

テスファイエ司祭は祭壇の下で首を捻《ひね》った。

「牛を連れて来るのはいくら何でも無茶だ。だが、部屋中に動物のレリーフがある。それを網に載せて燃やすのでは？」

マヌエルの言葉に、ベンとフィリップは部屋の壁にあるレリーフを片っ端から押したり引いたりしてみたが、仕掛けはどこにもない様子だ。

「最高の献げ物といえば、アブラハムが神への崇敬を表わす為に、愛する息子を捧げようとしたという故事を指しているのだろう。最も大切で失いたくない命のことだ」

ロベルトが言った。

「つまり、命を捧げる覚悟を問われているのでしょうか。あの松明に火を入れた上で」

平賀は松明に近づき、いきなりライターで点火した。

油を染み込ませた松明はたちまち燃え上がり、飛び散った火の粉は舞って油の溝に落ちた。途端にごうっと轟音《ごうおん》を立てて油の溝が燃えあがり、炎の柱が天井まで聳え立った。

「おい、やめろ、何をするんだ！」

ケベデは悲鳴をあげた。

「この道は人間を試しています。祭壇に自らの身を捧げ、献身の証《あかし》を立てるんです」

ロベルトは火の粉を払いながら言った。

「そんな馬鹿な！　私達に焼身自殺しろというのか？」

マヌエルはぶるぶると首を横に振った。

「今すぐじゃありませんよ、マヌエルさん。主の御声が聞こえてからです。『主に最高の焼き尽くす献げ物を。主の御声が聞こえた時に』ですから」

平賀は飄々《ひょうひょう》と答えた。

「とにかく、主の御声を待てばいいんだな。皆、そうしよう」

皆にそう呼びかけたのはベンだ。

めらめらと燃え盛る炎は溝を駆け巡り、祭壇中が炎に包まれていく。

流石に壇上に立ってはいられず、平賀とロベルトも階段を下りた。

部屋の気温は上昇し、火の粉があちこちへ舞い落ちる。

一行は火を避け、涼しい空気を求めて、自然に出口近くで固まった。

炎の勢いがますます増し、誰もが恐れを感じた頃、ゴロゴロゴロ……と、どこからか雷のような異音が聞こえてきた。

そして突然、地の底から響くような声が、部屋に木霊《こだま》した。

おお、おお――っ

「これが主の御声でしょう」

平賀がそう言った瞬間だ。

軋《きし》み音と共に、出口の扉が閉まり始めた。

「ああっ、扉が！」

テスファイエ司祭が叫んだ。

ベンとフィリップは二枚の扉に齧《かじ》り付き、懸命に動きを止めようとしたが、止まらない。

扉はじりじりと閉まり、とうとうピッタリと閉ざされてしまった。

ベンとフィリップはその場に呆然《ぼうぜん》と立ち尽くした。

「閉じ込められたぞ！」

「どうするんだ！」

マヌエルとケベデはパニックを起こして叫んだ。

「そんな事より、早く息を止めて祭壇の炎に飛び込むんです！」

平賀が叫んだ。

「よし、まずは僕が行く。どうなるか見ていてくれ」

ロベルトは階段を駆け上がり、勢いよく炎の中へ飛び込んだ。

するとどうだろう。ロベルトの姿は忽然《こつぜん》と、祭壇からかき消えてしまった。

「次の方も、早く！」

平賀の声に反応したのは、言葉の分からない筈《はず》のハサンであった。

ロベルトの後を追うように、彼も炎の中へと身を躍らせた。

それに続いたのは、ベンとフィリップ、そしてテスファイエ司祭だ。

マヌエルも「どうにでもなれ！」と叫びながら、炎に身を投げた。

その間に、主の声は徐々に弱くなっていく。

平賀は上りかけた階段の半ばで立ち止まり、下に残った二人に向かって叫んだ。

「ケベデさん、アラマイヨ輔祭、急いで下さい！」

だが、アラマイヨは怯《おび》えた顔で首を振り、扉の前から動かない。

「もう待てません、私は行きますよ！」

「ま、まま、待ってくれ、置いていかないでくれ！」

ケベデは大声で叫びながら階段を駆け上り、平賀に背を押されてつんのめる様に炎の中へ飛び込んだ。

「ひぃーっ！」

悲鳴を残してケベデの姿が消える。

続いて平賀も炎の前に立った。

贄《にえ》を焼く為の青銅の網格子が真っ赤に灼《や》けている。

だが、格子の下にある筈の床が見えない。目の錯覚だろうか？

とにかく考えるのは後回しだ。平賀は炎の中へ身を投げた。

熱い、と感じたのはほんの数瞬だった。網格子に足が触れたと思った途端、それがパックリと二つに割れて、身体が虚空を落下していく。

下を見ると、地面が黒くうねっている。何だろう、と思う間もなく、平賀の身体は暗い水の中へと引き込まれた。

一旦《いったん》深く沈み込んだ後、両手両足を掻《か》いて水面に顔を出す。

平賀は状況を判断しようと、周囲を見回した。

どうやらそこは地下水の流れる地下回廊であった。

二百メートルほど先に松明の炎があり、辺りを照らしている。先に行った誰かが火を灯《とも》したのだろう。そこは船着き場のようになっていて、何艘《そう》かの小船が浮かんでいる。

(あそこに行けばいいんですね……)

平賀が思った時、すぐ近くの水面から、ケベデの顔が浮かび上がってきた。

ケベデは噎《む》せながら浮き沈みしている。ロープで手を縛られている為、泳げないのだ。

「ケベデさん、私が補助します。大丈夫です、落ち着いて」

平賀はケベデの服を曳《ひ》いて泳ごうとしたが、パニックを起こしているケベデは平賀に縋《すが》り付こうと藻掻《もが》いた。

ケベデと平賀は縺《もつ》れながら水中へ沈み込んだ。

このままでは二人とも溺《おぼ》れ死ぬ。

そう思った時、平賀の目の前にぬっと木の櫂《かい》が突き出された。

平賀がそれに摑《つか》まると、その身体は水面へ引き上げられていく。

近くで誰かが飛び込む水音がする。

「大丈夫か、平賀」

水面に顔を出した平賀の前には、船上のロベルトの姿があった。

「私は平気です。でも、ケベデさんが」

「そっちも助けに行っている」

平賀は船へ引き上げられた。

船上では身体にロープを巻き付けたフィリップが、水面に垂らしたロープを引き上げているところだ。

すぐに近くで水飛沫《みずしぶき》があがり、ケベデを抱えたベンが浮かび上がってきた。

ケベデとベンが船に上がると、平賀はケベデの手のロープをナイフで切った。

「平賀神父、何をするんだ。こいつは犯罪者なんだぞ」

フィリップが平賀の行動を咎《とが》めた。

「両手の自由が利かないせいで、ケベデさんは溺死《できし》しかけたんです。この先も彼の命を守る為にはこうするべきです」

「しかし……」

尚《なお》も抗議しようとするフィリップを、ベンがそっと制した。

「ハサン氏もご無事だったでしょうか？　他の皆さんは？」

平賀はロベルトに訊《たず》ねた。

「無事だよ。皆、船着き場で待っている」

五人が船着き場に上陸すると、ずぶ濡《ぬ》れのマヌエル、ハサン、テスファイエ司祭の姿があった。

「まさか炎の中に仕掛け扉があるなんて驚いた。けど、どういう訳だ。最初はあんな所に穴なんてなかっただろう？」

マヌエルは肩で息をしつつも、不思議そうに訊ねた。

「多分、炎が空気を加熱することで、空気の圧力が高まり、体積が膨張する原理を応用したカラクリだと思います。要するに、ヘロンの自動ドアです」

平賀が答える。

「ヘロンの自動ドア？」

「はい。祭壇に炎を灯すことで、祭壇の下に設けられた空気室の空気が圧を高め、体積を膨張させます。すると空気室から押し出された空気は管を通って水を張った密閉室に運ばれ、空気圧を受けた水面を押し下げます。押し下げられた水は、水中の管を通って水受け容器へ運ばれます。すると水受け容器は重くなり、その重みで容器が下降し、その力は滑車を経由して、扉の開閉に用いる軸心に巻き付けたロープを引き、引かれたロープが軸を回転させ、軸に付けられた扉が動くという仕組みです。火が消えて装置が冷えれば、それと逆の動きが起こり、扉は逆向きに動くんです。

あの部屋では、こうした原理で入り口の扉を閉め、その力を使って隠し扉を開く仕掛けが造られていたのでしょう」

「凄《すご》い仕掛けがあったものだ……。本当に死ぬかと思ったよ」

マヌエルの言葉に、ベンとフィリップも頷《うなず》いた。

「意外と人間の身体は、一瞬なら火には強いのですよ。火に飛び込んでも、細胞が五十度を超える前に逃れれば大丈夫なんです。あくまで理論的には、ですが」

「それにしても、あんな仕掛けを古代の人が見たら、精霊の仕業と思っただろうね」

ロベルトが言った。

「はい。シェバの民は、目に見えない空気を熱すれば膨張するという物理法則を理解し、車輪と滑車の原理を知っていたんです。凄いです」

瞳《ひとみ》を輝かせた平賀に、テスファイエ司祭が声を掛けてきた。

「平賀神父、最後にあの部屋を出たのは君か？」

「はい」と、平賀が振り向く。

「アラマイヨはどうした？　姿が見えんのだが」

「それが、アラマイヨ輔祭には声を掛けたのですが、扉の前から動かれなかったのです。

炎に飛び込む勇気がなかったようで、怯えたご様子でした」

「そうか……」と、テスファイエは溜息《ためいき》を吐いた。

「でも、祭壇の火が消えて私達の焼死体が無いことを確認したら、彼も同じことを試みるかも知れませんね。ここで彼を待ちますか？」

訊ねた平賀に、テスファイエは首を横に振った。

「自分の身を捧《ささ》げることに躊躇《ためら》うような信仰の有り様では、この先まだ何があるか分からない道のりを行くことは厳しいだろう。アラマイヨを置いて進むとしよう。彼は自力で村へ戻るだろう」

「分かりました」

平賀は短く答えると立ち上がり、ハサンに駆け寄って怪我の具合を確認した。

「すみません。私が拘束していたばかりに、危険な目に遭わせてしまいました」

平賀はハサンの手を縛っていたロープをナイフで切った。

それから濡れた包帯を解き、傷口を消毒し、ビニール袋から乾いたガーゼと包帯を取り出して手当てをする。

「ムスリムの犯罪者に何だってあそこまで……気に入らんな」

フィリップがその様子を見、小声で毒づいた。

「この先はどう進めばいいんだ？」

マヌエルは服の端を絞りながら問いかけた。

「わざわざ船が用意されていることですし、この水の流れに沿って船で進みましょう」

ロベルトが答える。

八人となった一行は二艘の小船に分乗し、地下水の流れのままに進んでいった。

その行路はうねうねと曲がりくねったものだった。

平賀は船のへりから腕を伸ばし、水面を触っていた。

「乾燥した大地の地下に、これほどの水脈が眠っていたなんて驚きです」

「エチオピア高原の降水量は、アフリカの中でもかなり多いんだ。今年は雨が少なかったそうだけど、通常の年間降雨量は平均千ミリ前後といわれている」

ロベルトが応じる。

「という事は、水不足の問題はインフラの整備不足にあるのでしょうか」

「恐らくね。この国は上下水道も未発達で、生活用水も農業用水も雨水だけで賄われている。雨が降らなければたちまち水不足となって、干魃《かんばつ》が起きてしまうんだ」

「地下にはこれほどの水があるというのにですか……」

平賀はもどかしい思いで、拳《こぶし》を握り締めた。

時折、艪《ろ》を動かしながら二時間ばかり進むと、再び船着き場があり、上へと向かう階段が見えた。

船着き場には一艘の船が停まっている。先にここを通ったアシェナフィ司祭とベハイルが使ったものだろう。

一行もそこに船を寄せた。

細く長くひたすら続く階段を一列になって上へと上る。

天井の岩盤に裂け目があるのだろう、僅《わず》かな太陽光が上方から差し込んできた。

それを頼りに、一行はどうにか長い階段を上り切ったが、その先に続く光景を見た途端、息を呑《の》んだ。

目の前には絶壁の断崖《だんがい》と、底が見えないほど深い真っ暗な谷底がある。対岸は二百メートルばかり向こうに見えるが、こちらとあちらの間を繋《つな》ぐのは、幅四十センチにも満たない岩の道しかない。

少しでもバランスを崩せば、谷底へと真っ逆さまである。

「これを渡れっていうのか⁉」

マヌエルの絶望した声が辺りに木霊《こだま》した。

「ええ。祭壇の仕掛け扉から落下してきた私達には、もう引き返す道は残されていません。ここで立ち止まれば、暗い地下水路で一生を送るしかないでしょう。

それよりは向こう岸へ渡ることを考えましょう。下を見て心を乱さなければ、この道の幅は歩くのには充分です」

平賀は冷静に答えた。

「そ、そうかも知れんが……」

皆が不安げな顔を見合わせる中、名乗りをあげたのはベンだった。

「ここは私が一番手で行きましょう」

ベンはすうっと深呼吸をすると、大股《おおまた》の足取りで歩き出した。

みるみるその影が小さくなり、彼の持つ懐中電灯の明かりが遠ざかっていく。

暫《しばら》くすると対岸からチカチカと瞬く明かりの合図があった。

「無事に向こう岸へ到着したようです」

ほっとしたように、フィリップが言った。

「次は俺だ」

一歩足を踏み出したハサンに、マヌエルが待ったをかけた。

「ハサン、待ってくれ、さ、先に私に行かせてくれ」

必死の形相で懇願するマヌエルを、ハサンは不思議そうに眉《まゆ》を吊《つ》り上げて見た。

「マヌエルさん、随分勇気がありますね」

ロベルトは驚いた。

「か、考えてもみろ。ベン氏は落ちなかったからいいが、自分の目の前で誰かが谷に落ちてでもみろ、そうなったら私なんかは絶対に足が震えて歩けない。だから先に……」

マヌエルの言葉に、ケベデが「ああっ」と叫んだ。

「それなら私を先に行かせてくれ！　私はあんたの後じゃ不安だ」

「何だと!?　おい、待て！」

マヌエルが止める間もなく、ケベデは早足で岩を渡り始めた。

その後をマヌエルが追う。

ハサンはマヌエルの後に続いた。

その次にフィリップ。

それから平賀が歩き出した。

「司祭、お先にどうですか？」

残ったロベルトはテスファイエに訊《たず》ねた。

「私は少々瞑想《めいそう》をして、心を整えてから行くとしよう」

テスファイエは地面に座り、聖書の一節を唱え始めた。

「分かりました。では、僕らは向こう岸でお待ちしています」

ロベルトは息を整え、足を踏み出した。

前方だけを見て歩き始めたロベルトだったが、五十メートルほど歩いた頃、見てはならぬ物を目にしてしまった。

前を歩く平賀が小柄な為、体軀《たいく》のいいフィリップの後ろ姿がロベルトにはよく見えていた。そのフィリップが時折、不審な動きをするのだ。

それは身を屈《かが》め、前に飛び出そうとするような動きである。

（まさか、ハサンを突き落とそうとしているんじゃないだろうな……）

ロベルトは危険を感じたが、この状況ではどうする事もできない。

自分の気のせいであってくれ、と祈るような気持ちで歩を進めていた時、突然、それは起こった。

獲物を狙う猛禽《もうきん》のような俊敏な動きで、フィリップがハサンの背を押した。

いや、ロベルトにはその様に見えた。

ハサンはその瞬間、身を屈め、足を突き出した。

フィリップはハサンの足に躓《つまず》き、バランスを崩しながら前へつんのめって、たたらを踏んだ。今にもフィリップの足が虚空に泳ぐというその時、彼は目の前にあったマヌエルの服を摑《つか》んだ。

マヌエルの身体が大きく傾く。

フィリップの身体は既に落下し始めている。

マヌエルはその重みに引きずられ、空中へ投げ出された。

「うわあああああーっ!!」

マヌエルの絶叫が響く。

その時、左手と足で岩の道にしがみついていたハサンが、マヌエルに左手を伸ばした。

マヌエルの左手がそれを摑む。

マヌエルの身体は大きく弾んで、ハサンの片腕にぶら下がった。

一方、フィリップはゆっくりと谷底へ落下していく。

その全ては一瞬の出来事であった。

だが、足だけで岩にしがみついているハサンの身体も、ずるずると下へ傾いていく。

「マヌエルさん、私に摑まって下さい！」

平賀は岩に伏せ、懸命に手を伸ばしたが、マヌエルには届かない。

「平賀、ハサンの向こう側へ回って、ハサンを支えてくれ。僕がマヌエルを引き上げる」

「はい」

平賀はハサンを跨《また》ぎ越し、彼に覆い被《かぶ》さるようにして身体を支えた。

ロベルトが岩に伏せ、上体を傾けて腕を伸ばす。

「マヌエルさん、右手を僕の方に！」

ロベルトの声に反応し、マヌエルはどうにか身体を捩《ひね》って右手を伸ばした。

その手首をロベルトががっちりと摑む。

「ハサン、タイミングを合わせて、一緒に彼を引き上げるんだ」

ロベルトの言葉に、ハサンは頷《うなず》いた。

「一、二、三で引き上げる。行くぞ、一、二、三！」

二人に引き上げられたマヌエルの肩口が見えた瞬間、ロベルトは彼の脇下に腕を回して身体を引き寄せた。

「……ふう」

誰からともなく溜息《ためいき》が漏れた。

四人の身体は細い道の上に折り重なっている。

「……た、助かった……のか……」

マヌエルは蒼白《そうはく》の顔で呟《つぶや》いた。

「ええ、何とか……」

ロベルトは上半身を起こし、汗を拭《ぬぐ》った。

「一体、今、何が起こったんです？」

平賀は目を瞬いた。

「……」

ハサンは目を逸《そ》らし、無言だった。

「落ち着いてから話すよ。まずは向こう岸へ渡ろう」

ロベルトは皆を立ち上がらせた。

先頭をハサンが歩き、平賀とロベルトは怯《おび》えるマヌエルを間に挟み、その手を取って歩いた。

対岸に辿《たど》り着くと、マヌエルはへなへなと床に崩れ落ちた。

「あああ、見てるこっちの息が止まりそうでした。一体、何があったんです？」

ケベデが目を白黒させている。

ベンは憎しみに満ちた目でハサンを睨《にら》み付けていた。

ハサンも射殺せんばかりの眼でベンを睨み返している。

平賀は地面に跪《ひざまず》き、フィリップの冥福《めいふく》を祈っていた。

「平賀、一寸《ちょっと》話がある」

ロベルトは少し離れた場所に平賀を呼び、自分の見たことを語った。

「……そうだったんですか。フィリップさんの歩き方が蹌踉《よろ》めいているようには見えていましたが、ハサン氏を突き落とそうとしていたなんて、そんな……」

平賀はショックを受けた様子だ。

「ひとまずあの二人を何とかしないと。一触即発だ」

ロベルトは睨み合うベンとハサンを視線で示した。

「そうですね。お二人には正直に話すしかないと思います」

平賀はそう言うと、ベンとハサンを伴ってロベルトの許《もと》へ戻って来た。

「先程起こったことをロベルト神父から説明してもらいます。お二人とも、心を落ち着けて聞いて下さい」

平賀の前置きに続いて、ロベルトは見たままの事を、英語とアラビア語で語った。

「何だって？　こいつがフィリップを突き落としたんじゃないのか……？」

ベンは半信半疑の様子だ。

「貴方《あなた》の眼からは何が見えましたか？」

平賀がベンに訊ねる。

「いや、それは……。マヌエル氏の絶叫が聞こえて、彼とフィリップが崖下《がけした》へ落ちていくのが見えた。それだけだが……」

ベンは怒りを堪《こら》えた様子で答えた。

「ハサン氏には何か言い分がありますか？　ロベルト、彼に訊ねてみて下さい」

ロベルトはハサンに平賀の言葉を伝えた。

「俺に異論はない。あいつが先に襲ってきて、俺が足を引っかけた。するとあいつは勝手に落ちていった。自業自得だ」

ハサンの言葉を、ロベルトは分厚いオブラートに包んで二人に告げた。

ベンは怒りに満ちた顔で、鼻を鳴らした。

「まあいい、分かった。ここは神父二人の顔を立ててやる。だがハサンにはこの先、私に近づくなと伝えろ」

踵《きびす》を返して去ろうとするベンの背中に、ロベルトは声をかけた。

「他の方にはフィリップ氏が単独で足を滑らせたと話します。無用な混乱は起こしたくないので。構いませんね？」

「ああ」と、ベンは短く答えた。

ロベルトが同じ言葉をハサンにも伝えると、ハサンも頷いた。

「ロベルト神父に頼みがある。神殿研の奴には、二度と俺に近づくなと言っておけ」

ハサンはベンとそっくりな台詞《せりふ》を言い放った。

ロベルトは「分かりました」と頷き、疲れた溜息を吐いた。

ふと皆の方へ眼をやると、遅れて来たテスファイエ司祭が丁度、道を渡り終えた所だ。

「テスファイエ司祭が来られたようです。さあロベルト、先へ進みましょう」

平賀はそう言うと、皆のいる方へ歩き出した。

七名になった一行は、門を潜って次の通路へと出た。

暫《しばら》く歩くとT字路があり、その正面に門があった。左右の道は三十メートルほど真っ直ぐ延びてから、行き止まりになっている。

心なしか、地面がぐらぐらと不安定に揺れている。不審に思いながらも一行は門に近付き、懐中電灯でじっくりと照らした。

門に刻まれたレリーフは、上部に天国の様子、下部に地獄の様子を描いている。

ロベルトは門の上に刻まれた文字を読み上げた。

「『取っ手を回せ。賢者のみに道は開かれる』とある」

閉ざされた扉の中央には大きなマス目の盤面があり、その四隅近くにそれぞれ大きな駒が四つ、小さな駒が四つ、突き立っている。残りのマス目の一つ一つには、鍵穴《かぎあな》のような穴が開いていた。

扉の下部には取っ手が付いている。ロベルトはそれを回り切るまで回した。

「この盤面はチェスに似ていますね。四人で遊ぶチェスでしょうか？」

平賀は首を傾げた。

「それなら知っています。それはチャトランガです」

背後から大声で言ったのはケベデだ。

「チャトランガとは？」

平賀は振り返って訊《たず》ねた。

「古代インドから伝わったとされる、古代のチェスです。私はこいつの骨董《こっとう》品を扱ったことがあるんです」

「ルールはご存知ですか？」

「ええ。そいつは四人で戦うんです。前列の小さい四つの駒は歩兵《パダチ》。後列の大きい四つの駒は、左から順に船《ロカ》、馬《アシュワ》、象《ガジャ》、王様《ラージャ》です。

ルールは異説もあるんですが、ほぼチェスと同じです。

船の動きはチェスのルークと、馬はチェスのナイトと同じです。象は斜め四方向に二マスずつ駒を飛び越えて動き、歩兵は前に一マスずつだけ動けますが、斜め前に敵の駒があればその駒を取ることが出来ます。王はチェスのキングと同じで、ゲームの中で一度だけ、馬の動きが出来ます。

駒を動かした時、動かした先に他のプレイヤーの駒があれば、その駒を取ることが出来、強い駒を取ったプレイヤーには高い得点がつきます。自軍の王を取られたプレイヤーは負けです。自分の王が生きたまま、多くの駒を取れば勝ちという訳です」

「有難うございます、ケベデさん。面白そうなゲームですね。盤の周囲に何か書かれていますが、ロベルト、読めますか？」

平賀に訊《き》かれたロベルトは盤の前に立った。

「左上が『精霊』、右上が『悪霊』、右下が『主の僕《しもべ》』、左下が『悪魔』とある。精霊が悪霊を攻撃し、悪霊が主の僕を、主の僕が悪魔を、悪魔が精霊を攻撃するという訳だ」

「それで『主の僕』を勝たせれば良いんですよね？」

「そうだろうね。平賀、頼む」

「はい。この類《たぐい》のゲームは得意ですから」

平賀は十分余り盤を見詰めた後、『主の僕』の王の斜め前にある歩兵の駒を抜き取り、前に進めた。

その瞬間、背後で轟音《ごうおん》が響いた。

振り返ると、来た道を閉ざすようにして岩の扉が下りている。一行はT字路の一の部分に閉じ込められた。

「駒を抜き取った事でスイッチが入ったんでしょう。ゲーム開始という訳ですね」

平賀が言った。その時、ケベデが盤を指さして叫んだ。

「見ろ、自動で駒が動いてるぞ！」

皆の目の前で、『悪魔』の歩兵の駒が歯車の軋《きし》むような音を立ててマス目ごと奥に沈み、その場所に空のマス目が出現した。かと思うと、一マス前の目に歩兵の駒が現われる。

まるで本当に『悪魔』が駒を動かしているかのようだ。

次に『精霊』の駒が動き、『悪霊』の駒も動いた。

平賀が少し考え、『主の僕』の象の駒を動かす。

四巡目で、『悪魔』が『精霊』の象の駒を取った。そして異変が起こった。

一行の立っている地面がぐらりと揺れ、左側を下にして傾いたのだ。

それだけではない。右側奥の壁がスライドし、床との間に大きな隙間が出来た。

「何だろう。あれが出口なのか？」

ベンは不思議そうに言うと、右奥の壁の様子を見に駆け寄った。そして、開いた隙間から向こう側を覗《のぞ》くと、大声で叫んだ。

「壁の向こうに、巨大な岩の球があるぞ！」

「何だって？　そんな物がこっちへ転がってきたら……」

テスファイエ司祭が声を震わせた。

一方、盤上では『精霊』が、『悪霊』の歩兵の駒を取った。

するとまた地面が揺れ、左側を下にして更に傾いた。大きく開いていた右奥の壁は、僅《わず》かに閉じられた。

「成る程、大凡《おおよそ》のルールは分かった。ケベデさん、駒にはそれぞれ点数があるんですね？」

ロベルトが訊ねる。

「え、ええ。歩兵が一点、船が二点、馬が三点、象が四点、王が五点です」

「誰かの駒が取られる度に道は傾いて、右側が天国、左側が地獄に近付くんです。さらに『悪魔』か『悪霊』が駒を取れば、右奥の壁が開き、『精霊』か『主の僕』が駒を取れば壁は閉じる。壁の開閉の加減は駒の強さによって決まるのでしょう。

つまり悪魔側に高い点数を取られたら……」

「右奥の壁が開いて、我々は岩の球に押しつぶされる」

ロベルトの台詞の結論を、マヌエルが続けて述べた。

「そういう訳です」

二人の会話を聞いた皆は冷や汗を流し、息を呑《の》んだ。

その間にも盤上の勝負は続いている。

『悪霊』が平賀の船の駒を喰《く》い、右奥の壁がぐっと大きく持ち上がった。

今にも転がり落ちそうな巨大な岩球が、皆の目に飛び込んで来る。

すると今度は平賀の馬が、『悪魔』の船の駒を取った。

再び壁の隙間は小さくなったが、床はどんどん傾斜していく。

「こちらが有利になっても地面が傾くとはな」

マヌエルは斜めの床にバランスを崩しながら愚痴った。

「こちらが有利になると、その分、天国が高く尊くなるという訳でしょう」

ロベルトは苦い顔で答えた。

ベンとハサンは険しい顔で盤面を見詰めている。

テスファイエとケベデはそれぞれの神に祈りの言葉を唱えていた。

無神論者だというマヌエルも、神の名を繰り返し呼んでいた。

盤上では一進一退の攻防が続いていたが、とうとう『精霊』の王が悪魔によって取られてしまった。

その途端、地響きのような轟音と共に、右奥の壁が一気に開いた。

「岩が来る！」

「押し潰《つぶ》されるぞ！」

皆は一斉に悲鳴をあげた。ゴロゴロと不気味な音を立てながら巨大な球体が坂を転げ落ちてくる。だが、逃げ場は何処にも無い。皆は一塊になって身を寄せ合った。

(平賀、頼む！)

ロベルトは心の中で強く祈った。

平賀が素早く駒を動かす。次の瞬間、彼の手には悪魔の王が握られていた。

その時だ。目の前の扉がガタンと音を立てて震えた。恐らく解錠されたのだ。

「悪魔を取りました！」

「扉を押して中へ飛び込め！」

ベンの掛け声と共に、七人は扉を押し開けながら中へと雪崩れ込んだ。

間一髪、ロベルトの背中を掠《かす》めて巨大な岩が通り過ぎていく。

ほうっという溜息《ためいき》が、誰からともなく漏れた。

「ああ……もう、今度という今度は駄目かと思った……」

マヌエルは心臓を押さえて荒い息をしている。

「危ないところでしたね」

さすがの平賀も額の汗を拭《ぬぐ》った。

皆の背後で、岩の球が左奥の壁にぶつかる激しい音が響いた。

それから暫《しばら》くすると地面はシーソーのように逆側に傾き、岩の球はゴロゴロと右奥へと戻って行って、再びその前に壁が下りてきた。地面は水平に戻り、来た道を閉ざしていたT字路の扉が開いた。チャトランガの盤もいつの間にか元通りに戻っている。

一行は複雑な顔でそれを見詰めていた。

「何という悪趣味な仕掛けだろう……」

「綺麗《きれい》さっぱり、無かったことにしてやがる」

皆が口々に悪態を漏らした時だ。

「皆さん、これを見て下さい！」

一人で道を進んでいた平賀の声が辺りに木霊《こだま》した。

六人が声のする方へと足を向ける。

続く道のりは軽い上り坂になっており、そこには不思議な光景が広がっていた。

壁面に奇妙なレリーフが刻まれた坂の両側に、粘土で作られた数百個もの素焼きの壺《つぼ》がびっしりと並んでいるのだ。それらの壺と壺は互いに金属線のようなもので連結されている。

「不用意に近寄るな。又、危険な仕掛けかも知れん」

マヌエルが言った。

だがその時既に平賀は壺の上に屈《かが》み込み、顔を突っ込まんばかりに中を覗き込んでいた。

「素晴らしい、これは電池です！」

平賀は顔を輝かせた。

「電池だと？」

マヌエルは目を瞬いた。

「はい。世界最古といわれるバグダッド電池です。

これとよく似た物が一九三六年、バグダッド近郊のフユート・ラッブーアで、呪文《じゅもん》が書かれた鉢と共に発掘されたのです。壺の底には何らかの液体が入っていた痕跡《こんせき》があり、水溶液のイオンを電気として取り出すボルタの電池にとてもよく似ていた為、ヴィルヘルム・ケーニヒというドイツ人研究家が『ガルバニ電池の一種ではないか』とする論文を発表して話題になったのです」

ロベルトは平賀に近づき、その壺を覗き込んだ。残りの皆も恐々とした足取りでその後に続いた。

高さ十センチ、直径三センチ程度の壺の中央から、鉄らしき棒が突き出ている。

懐中電灯で中を照らすと、銅色の筒状の物体が入っており、その中央に鉄の棒が固定されている作りだ。

壺の中からは異臭が立ち上っていた。

「これは酢の臭いだ」

　ロベルトは鼻をひくつかせた。

「はい。電池メーカーのボッシュがバグダッド電池の復元実験を行った際、壺の中に酢や硫酸を入れてみると、それが電解液として作用し、壺一つで十八時間、平均一・五ボルトの電流を生み出しました。

　ただし、バグダッドで発掘された壺は上部がアスファルトで塞《ふさ》がれていたので、それでは電池として使えないという説や、壺を電線などで連結した跡も無かった為に、それではベルを鳴らしたり発電したりするだけの電力も得られないだろうから、やはり電池ではないとする説が多く唱えられてきました。

　でも、ここにある電池にはアスファルトの蓋《ふた》もありませんし、銅線で連結もされています。これなら電池として機能します」

「そうか……。古代人が電池を発明していたと言われても、僕はさほど驚かないよ。古代でも電気の知識が驚くほど進んでいた事を示唆する文献が、ギリシャやローマでは沢山発見されているんだ。

　例えば、シビレエイの放電を痛風患者の治療などに利用した古代ローマの医師の事例や、琥珀《こはく》を毛皮に擦《こす》り付けて得た静電気を生活に利用していた事例なんかもある。

　古代人が自然の不可思議な現象を観察する際の洞察眼や、そこから得た知識の質は、僕らの想像を遥《はる》かに凌《しの》ぐのかも知れないね。

それにしても、これだけの数の電池を連結させたら、かなりの仕事ができそうだ。さっきの仕掛けを動かす為に電力が使われたのかな？」

「そうかも知れませんね。ただ、この電池はずっと稼働していた訳ではなく、中の酸は最近入れられた物のようです」

「それって、アシェナフィ司祭の仕業だろうか」

「ええ、恐らくは」

「ということは、彼はバグダッド電池のことを知っていた……？」

「ええ、まるで知っていたかのような行動です。不思議です」

平賀は首を傾げた。

次に二人は壺の背後にあるレリーフに着目した。

一番手前には、人間と思われる小さな人影が十数人と、彼らより明らかに五倍は大きい不思議な人物が描かれている。その巨人はチェーンソーのような物体を片手に持ち、小山から石を切り出しているように見えた。

「ロベルト、見てください。巨人ですよ。エチオピアは古くは黒い巨人の国と言い伝えられていたといいます。本当に巨人がいたとしたら凄《すご》いですね」

「確かに世界のあちこちには巨人伝説が数多く遺《のこ》されているけれど、これは実在した巨人というより、シェバ達が操っていたという『精霊』ではないかな。

人物の頭の先が特徴的に尖《とが》り、太い線で目を縁取られているし、口から稲妻のようなものが吐き出されているだろう？」

そう言いながら、ロベルトの脳裏には『神殿記』の内容が過《よ》ぎっていた。

『シェバの民は様々な神殿を建てた。それは暁の星の彼方《かなた》からやって来た神が、彼らに精霊《ジン》の力を与えた為である。

力の精霊は通常の五倍の速さで石切り場から石を切り出し運んだので、シェバ達は奴隷を使うことがなかった。技の精霊が神殿を築く作業は非常に静かで、その側で雲雀《ひばり》が鳴いているのが分かったほどであった……』

チェーンソーを持った精霊の隣には、口から煙を吐き出す巨人が、切り出した石を持って人々の間を飛び回っている様子が刻まれている。

「これは精霊が岩を切り出して、どこかへ運んでいる様子ですね」

平賀は懐中電灯の光を次々とレリーフに当てていく。

続いて、星空の中を泳ぐ輝く蛇と、それに祈りを捧《ささ》げる人々の様子がある。

思い思いの楽器を弾き鳴らす精霊達の姿がある。

その隣の精霊は二人組だ。身体をくの字に曲げた二人の精霊が、互いの頭を足元に置き合った配置で向かい合い、片方は口から炎を、もう片方は口から煙を吐き出している。二人の精霊の中央には、複雑な線が絡み合う回路のような物が彫られている。

中には明らかに女性と思われる、髪の長い人物もいた。大きな目と尖った頭は、やはり彼女が精霊であることを示している。彼女は高杯《たかつき》を呷《あお》っていた。その足元には多くの壺と魚と、波打った線が描かれていた。

「女性の足元にあるのは、この部屋の壺でしょうか」

平賀の言葉に、ロベルトは再び『神殿記』の記述を思い出した。

『シェバの民が大地の精霊に酒を捧げると、神殿のすぐ脇に海が引き寄せられた』

ロベルトは腕組みをして考えこんだ。

(そうか。精霊の正体とはやはり……)

一方、平賀は左右の壁の凹《へこ》み部分に置かれた一対の巨大な壺に着目していた。

直径二メートルはあろうかという巨大な壺の下部には注ぎ口のようなものがあり、その栓が外れている。

平賀は壺に近付き、その匂いを嗅《か》いだ。

「この中には大量の酸が入っていたようです。アシェナフィ司祭はこの壺から酸を取り出し、足元の小さな壺に一つずつ注ぎ入れたのでしょう」

「ふむ。その壺の中身は元々、白ワインだったんじゃないかな。それが長い年月で変化して酢になったんだろう。かつてヨーロッパの家庭では、ワインが自然に変化するのを待つ方法で酢を作っていたというからね」

ロベルトの言葉に、平賀は頷《うなず》いた。

「有り得ます。ワインに酢酸菌が混入するか、アルコールの酸化によって酢酸ができれば、酢になります。ボッシュのバグダッド電池復元実験では、電解液としてワインを用いた場合も、酢と同様に発電が可能という結果が出ていますし」

二人がそんなことを語り合っている間に、残る五人は坂を登り切った突き当たりに聳《そび》える門の前に達していた。

マヌエルは門の前に置かれた篝火《かがりび》台に火を灯《とも》した。

すると炎に照らされた門は黄金色に輝き、その表面に複雑に入り組んで描かれた、旧約聖書に因《ちな》んだ百体余りの人物像を浮かび上がらせた。所々、金メッキが剝《は》がれ落ちた箇所からは、その土台となる重厚な青銅が垣間《かいま》見える。

門の頂きには六芒星《ろくぼうせい》を抱く女神の像が立ち、頭上のアーチと梁《はり》に囲まれたタンパンと呼ばれる部分には精霊達の姿が刻まれている。

マヌエルは感嘆の溜息《ためいき》を吐きながら、その門に触れた。

「これがソロモン神殿の入り口……なのか……」

ベンが呆然《ぼうぜん》と扉を見上げた。

テスファイエ司祭は頭を垂れて祈り始めた。

「中にはどんなお宝が眠ってるんだろうな」

ケベデは小さく呟《つぶや》いた。

ハサンは無言であったが、その顔には無垢《むく》な驚愕《きょうがく》の表情が浮かんでいる。

平賀とロベルトも、皆に遅れて門の前に立った。

今度の門には警告文らしき物は書かれていない。

平賀とロベルトは観音開きの扉についた左右の取っ手をそれぞれ持ち、重い扉を引き開けた。

5

扉の先にはやけに天井の高い空間が広がり、正面手前に火の入った祭壇が築かれている。

祭壇の側に洗盤があり、テスファイエとベンはその水で手足を洗った。

祭壇の奥には聖所へ続く門構えがあった。門の脇にはヤキンとボアズと呼ばれる二本の青銅の柱が立っている。柱の頂きには丸い柱頭があり、市松模様の飾り紐《ひも》が柱頭に巻き付いていた。

聖所らしき建物はオリーブの実と葉の彫琢《ちょうたく》に彩られ、天井まで達する十数本の高い柱で囲まれている。

一行は聖所の門を潜った。

前方の薄暗がりから、ゲエズ語の祈りが微《かす》かに聞こえてくる。

建物の内部には香の壇と燭台《しょくだい》、机が置かれ、正面奥には至聖所へと続く階段と、その前に垂れ下がる緋色《ひいろ》の幕が見えた。

幕の前には翼を広げた黄金のケルビム像と、巨大な黄金のメノーラーが一対ずつ据えられている。

階段前の床には、白いアベシャリブスを着た二人の人物が、こちらに背を向けて座っていた。

「ベハイル！」

「アシェナフィ……」

マヌエルとテスファィエ司祭が二人に声をかけたのは同時であった。

「マヌエルさん！」

ベハイルは振り返って立ち上がり、マヌエルに駆け寄った。

「来て下さったんですか、マヌエルさん！」

「ああ、言われた通り、きちんと巡礼の道を通って来た。回り道もしてしまったし、かなりの苦労をしたがね」

そう言ったマヌエルに、ベハイルは泣きながら抱きついた。

「もう、僕、どうしていいか分からなくなってたんだ。持って来た食糧も尽き果てたし、戻る方法は分からないし、兄は何も食べず話もしなくなって、とても心細かった」

「遅くなって済まなかった。無事で良かった、二人とも」

マヌエルはベハイルをそっと抱きしめた。

そんな二人の対面を無視するかのように、テスファイエは拳《こぶし》を強く握り、彼の部下である司祭を厳しく咎《とが》めた。

「アシェナフィ、聞こえているのか。お前は自分のした事が分かっているのか！」

アシェナフィ司祭は祈りの声を止め、ゆっくりと振り返った。

その年齢は三十前後だろう。切れ長の目は大きく窪《くぼ》み、頬の肉はこそげ落ち、髭《ひげ》も髪も伸び放題で、衣服も汚れている。にも拘《かか》わらず、ロベルトにはその男の姿がキリストの宗教画とだぶって見えた。

アシェナフィは達観したような目つきで一同を見回した。

マヌエルは大きく咳払《せきばら》いをした。

「アシェナフィ司祭、ご紹介します。こちらの二人は私の友人で、バチカンの平賀神父とロベルト神父。貴方《あなた》とベハイルを探すのに、色々と手を貸して下さったんだ。

残りの面子《メンツ》はそれぞれの事情でタボットを追って来た……というところかな」

マヌエルの言葉を受け、アシェナフィは一同に向かって軽く頭を下げた。

「アシェナフィ司祭、何故、シオンの礼拝堂からタボットを持ち出されたのですか？」

ロベルトがずばりと訊《たず》ねた。

「それは私の心に疑念が生まれたからです」

アシェナフィは澄んだ目でロベルトを見詰め返した。

「疑念と仰《おっしゃ》いますと？」

「貴方がたもご覧になったことでしょう。我が国における人々の困窮を」

「ええ……」

ロベルトが頷く。

「その昔、アクスム王朝は大変栄えた国だったといいます。その繁栄はタボットがもたらしたものなのだと、私は師匠に教わりました。

現在も私達はタボットを守り、信仰しています。なのに何故、人々の暮らしは良くならないのか……。私は心に疑《はず》いを持ちました。

タボットは神の座所の筈《はず》。それなのに何故、神はその恩寵《おんちょう》を我々におかけ下さらないのか。私はタボットの守人に選ばれてから、ずっとその事を考え、神に問い続けてきました。ですが、神はお答え下さいません。

世間知らずの私に、ベハイルやマヌエル氏らは外の社会の出来事を様々に教えてくれました。ですが、話を聞けば聞くほど、私の疑念は深まるばかりでした。

私は自問自答しました。もしかすると、私達がタボットの祀《まつ》り方を間違えているのだろうか。あるいはタボット自体が本物ではないからなのか、と……」

「それがタボットを持ち出した理由だというのか！」

テスファイエ司祭は、怒りに拳を震わせている。

「はい」と、アシェナフィは頷き、話を続けた。

「テスファイエ司祭、私は一生タボットを守り暮らしていくつもりでした。私が死ねば、次はテスファイエ司祭のご親族なり、ベハイルの息子なりがその後を継ぐでしょう。

ですがもし、我々の守り続けるタボットが本物でないとしたら、どうでしょう。タボットに身を捧《ささ》げる人生に意味はあるのか……。そういう考えに取《と》り憑かれたのです」

「タボットを疑うなどと、それこそ神への冒瀆《ぼうとく》だ！」

テスファイエはアシェナフィを指さして怒鳴った。

「貴方はタボットが本物か、確かめましたか？」

ベンが横からアムハラ語で訊ねた。

アシェナフィは疲れた顔に薄い笑みを浮かべ、小さく頷いた。

「私のようなタボットの番人は月に一度、定められた日にシオンの至聖所の幕を開け、タボットの周りを清拭《せいしき》することになっています。

丁度、その前夜のことです。ネグッセ司祭がどこからともなくシオンの礼拝堂に現われたのです」

「ネグッセ司祭は、隠し通路を通って来たのですね？」

ロベルトが言った。

「ええ、そうです。司祭は私に、タボットを奪いに来る者があるかも知れないと、唐突に警告しました。最近、何者かが司祭にタボットを持ち出すよう、話を持ちかけていると言うのです。

私は驚き、何故、司祭にそんな話を持ち込む者がいるのか、相手は一体誰なのか、司祭はどこから入って来たのかと、様々な事を問いました。司祭は多くを語りませんでしたが、ただ、タボットは金になると答えられました。

私は驚き、司祭と暫《しばら》く口論になりました。その中で分かったのは、司祭もまたこの国の教会のあり方、聖職者のあり方について、彼なりの悩みを抱えていたという事です。

私達は長く話し込み、結論も出ないまま別れました。

その日のことが最後の切っ掛けになりました。私が礼拝堂でこのままタボットを守っていたとしても、それを奪いに来る者がいたとしたら、その時、自分はどうするのか。

悩んだ末に私は、主に答えを求めました。『主よ、其処《そこ》に居られるのですか』と。

そして私はタボットに近付き、その蓋《ふた》にあるケルビムに触れました。それで神の怒りに触れ、目が焼かれ、打たれてもいいと覚悟していました。

ところが、私はまだ生きていました。私はタボットの蓋をそっと開きました。するとそこには十戒と思われる言葉が刻まれた緑の石板と、革の巻物が入っていたのです。

巻物を開いてみますと、『栄光の門』に至る道の地図と、門を通ってこのソロモンの地下神殿へと至る方法、精霊に捧げる壺《つぼ》の儀式などが記され、『地下神殿の中に、真の至聖所がある』と書かれていたのです。

私はそこへ行く決心をしました。主がそのように望まれたと分かったからです。そして弟と共にタボットを持ち、栄光の門を訪れた時、天上に眩《まばゆ》いケルビムが現われ、轟音《ごうおん》と共に去るという奇跡が起こりました。主は御意志を示されたのです。

　ですから私はこの場を離れるつもりはありません。ここで主の顕現を待ち続けます。タボットもそれを望んでいるのだと思います」

　アシェナフィの話を聞きながら、ロベルトはシェバの女王の言葉を思い出していた。

　シェバ達がこの場所にソロモンの地下神殿を建てた後、シオンの至聖所からタボットを運び込もうとする一派はタボットに接触を図っていたという。その時、地下神殿の事を記した巻物をタボットの中に忍ばせた者がいたのだろう。

　ロベルトはアシェナフィの語ったことを訳し、平賀とマヌエルに伝えた。

「その巻物を見たいです。勿論《もちろん》、タボットのことも」

　平賀が言った。

　ロベルトが平賀の言葉を伝えると、アシェナフィは懐から巻物を取り出した。

　ロベルトは手袋をはめてそれを受け取り、ゆっくりと広げた。

　最初に描かれているのは巡礼の道だ。シェバの女王の水浴場からオベリスク、シオンの聖マリア教会、ラリベラの石窟《せっくつ》教会群の絵がある。今思えば、それらは皆、シェバの先祖達が作った建築物なのだろう。

　ラリベラの先にはシェバの村へ至る地図があり、そこに栄光の門を守る者達がいると記されている。

　それから神殿へ至る地図と、そこを通る者に罠《わな》を仕掛ける精霊達の様子が図解されていた。壺が並んだ部屋では一般の人間を表わす小さな人々が、大きな壺から汲《く》み出した何かを小さな壺に注ぎ入れている。最後に神殿の絵と様々な精霊と太陽と月とが描かれ、『主は大地に息吹を与え賜う』と書かれていた。

「タボットを拝見しても宜《よろ》しいでしょうか」

巻物をざっと見終えた平賀はアシェナフィに確認を取り、二体のケルビムに挟まれた階段を上った。

「よせ、神に打たれて死ぬぞ！」

テスファイエ司祭は怯《おび》えて叫んだが、平賀は歩みを止めない。

一同が固唾《かたず》を呑《の》んで見守る中、平賀が緋《ひ》色《いろ》の幕を捲《まく》ると、至聖所が現われた。築かれた金の香壇の手前に、タボットが二つ並んで置かれている。その片方は黄金に輝き、もう片方はアカシヤの木が剝《む》き出しになっていた。二つのタボットの形状はそっくりだ。

平賀は古いタボットの側に跪《ひざまず》き、少し蓋のずれた隙間から中を覗《のぞ》き込んだ。

ロベルトとマヌエル、ベンの三人も壇上に上り、タボットの周りを取り囲む。

テスファイエとケベデ、ハサンは壇の下からその様子を見詰めていた。

「こちらの古いタボットが、シオンの聖マリア教会礼拝堂にあった物ですね」

平賀の言葉に、ロベルトは頷《うなず》いた。

「これは相当古い代物だ。鑑定に出せば驚くべき結果が出るかも知れない」

「もしやモーセが作らせた契約の箱でしょうか」

平賀は瞳《ひとみ》を輝かせたが、ロベルトは小さく首を横に振った。

「いや。少なくとも石板はモーセが神から賜った物ではないね。石板に刻まれた十戒がカナン文字だ。恐らくシェバの先祖達が作った物だろう」

「成る程。この石板の素材はヴェルデライトのようです」

平賀は虫眼鏡で石板を見ながら呟《つぶや》いた。

「もう一つのタボットは、恐らく地下神殿と同時期に造られたんだろう」

ロベルトは新しい方のタボットの外観を観察して言った。

「蓋を開けてみましょう」

平賀は最早《もはや》、好奇心が抑えられない様子だ。

「大丈夫か？」

ロベルトとマヌエルとベンが口を揃えた。

神の怒りに触れ、打たれて死んだというウザの説話や、「直接箱に触れる者はたとえケハテ族でも必ず死ぬ」という聖書の文言が、皆の頭を駆け巡っていたのだ。

「タボットを暫く動かしていないとすれば、恐らく大丈夫です」

平賀はどういう訳か、そんな事を言った。

ロベルトがアムハラ語でアシェナフィに確認すると、「ここに到着してからタボットには触れていない」と司祭は答えた。

きなり掴《つか》んだ。

「それでは……」

平賀は腕まくりをし、ビニール手袋をはめて、タボットの蓋にある一対のケルビムをい
ロベルトは思わず息を呑んだ。

しかし、異変は何も起こらなかった。

マヌエルは安堵《あんど》の溜息《ためいき》を漏らした。ベンは険しい顔でタボットを見詰めている。

平賀はゆっくりとタボットの蓋をずらしていった。

そうして蓋の隙間から中を窺《うかが》う。

すると先程とそっくりの石板が二枚と、バグダッド電池と同じ壺、それから蛇が巻き付いた意匠を施した杖《つえ》が一本、入っているのが確認できた。

「錆《さび》の様子から見て、この杖は鉄製ですね。つまり、コイルを巻き付けた鉄の棒です」

「コイルだって？」

ロベルトは目を瞬き、タボットの上に屈《かが》み込んだ。

「ええ。ロベルト、コイルを巻いた鉄棒に電気を通したら、どうなると思いますか？」

平賀が訊《たず》ねる。

「それは当然、赤く光って熱を発する……。そうか、それがレリーフに描かれていた、光の蛇の正体か！　するとやはり、シェバ達の言う精霊とは……」

ロベルトの言葉が終わらぬうちに、平賀は「はい」と頷いた。

「思うにシェバ達は、目には見えない不思議な電気の力を操る知恵を持っていたのです。それに加えて滑車の仕組みや空気の膨張の原理といった、いわゆる物理法則というものを色々と理解していたのでしょう」

平賀の言葉に、ロベルトは深く頷いた。

「そうだね。だがもしかすると、シェバ達の目には本当に、自然界の神秘の法則を統べる精霊達の姿が見えていたのかも知れない」

「しかし結局、このタボットは本物ではなかった訳か……」

マヌエルは落胆した様子で呟いた。

「詳しくは鑑定をしなければ分かりませんが、モーセが作らせた物かどうかと言えば、現状そうでない可能性が高いと言えるでしょう」

平賀は淡々と答えた。

その傍らで、ロベルトは不思議な予感に囚《とら》われていた。

あの『神殿記』の記述や女王グディトの話が本当なら、エルサレムのソロモン神殿は元々シェバの一族の知恵によって建てられた建築物だ。いや、それより遥《はる》か以前から、シェバ達は魔力を秘めた神殿をいくつも造っていたという。

アクスムのオベリスクやラリベラの石窟教会もそうだろうし、もしかするとピラミッドのような王の墓も、そうかも知れない。

そう考えれば、モーセはエジプトでシェバ達の知恵に触れていた可能性がある。

いや、それともモーセが娶《めと》ったというクシュ人の妻こそ、シェバ族の女性マギではなかっただろうか。

聖書には「モーセが娶っていたクシュ人の女」のことで、モーセの姉ミリアムと兄アロンがモーセを非難する場面がある。モーセが異国の女性を妻にしていたことが、非難の理由となったのだ。

クシュとは、北アフリカのヌビア地方を中心に繁栄し、ナイル川流域では最古の文明を築いたといわれる王朝だが、その起源はイエメン地方及びそれと紅海を隔てたエチオピア付近にあったという説がある。そしてイエメンといえば、シェバの女王の故郷だ。

女王グディトも確か、「ソロモン王の死後、シェバ達は精霊の秘密の封印を解き、アラビア半島南部からエジプト南方に広がるクシュ王国へと逃れた。其処《そこ》が先祖達の住み慣れた土地だったから」と言っていた。

エチオピアのアクスム王国が最盛期を迎えたのは、クシュ王国を滅ぼした三五〇〇年頃といわれるが、それはシェバ族を架け橋とした二つの王朝の併合であったのかも知れない。

仮にモーセの妻がシェバのマギだったとすれば、彼の側で様々な奇跡を起こした契約の箱にも、やはりシェバの知恵が関わっていた筈《はず》だ。

たった一つのバグダッド電池と一本のコイルではどんな程度の奇跡を起こせたか分からないが、むしろ「マナの壺《つぼ》」や「アロンの杖」といわれたものはシェバ達の操る精霊の象徴に過ぎず、実際には何百もの電池や何百ものコイルが用いられ、奇跡のような現象を起こしたのかも知れない。

そしてシェバのマギが操る『精霊』の力に畏敬《いけい》の念を覚えたモーセは、そこに神の顕現を感じ、神の在所となる箱を作って、精霊達を象徴する神器をその中に納めたのではないだろうか。

だとすると、モーセの作らせた契約の箱と目の前のタボットは、全く同じ作りで、全く同じ物が入れられていた可能性が高い。

そしてまた、ソロモン王がシェバの女王に執心したという説も、あながち作り話ではないのだろう。モーセの妻がシェバのマギであったことを知ったソロモン王が、自分を訪ねて来たシェバの女王の力を欲したとしても不思議はない。まして彼女が女王グディトの如き美形の女性なら尚更《なおさら》だ。

ロベルトがそんな事を思い巡らせていた時だ。

どこからか爆発音のような大音響が聞こえてきた。

そして、ぐらぐらと地面が揺れた。

「何事だ!?」

「神のお怒りか！」

「地震か、いや爆撃か!?」

一同は青ざめた顔で悲鳴をあげ、一斉に床へ伏せた。

その振動は五分余りも続いたろうか。

最後に突き上げるような縦揺れがあった後、揺れはピタリと静まった。

それでも又いつ揺り戻しが来るか分からないと、一同は不安げな顔を見合わせた。

「あっ、これはもしかすると……」

平賀は何かを閃《ひらめ》いた様子で立ち上がり、突然、出口に向かって駆け出した。

そして聖所の扉を開いた平賀は、キラキラと輝いた顔で皆を振り返った。

「来て下さい、皆さん！」

その弾んだ声に促され、一同は扉に近づいた。

開かれた扉の前には、先程までと全く違う景色が広がっている。

目の前に吊《つ》り橋があり、その先の岩の隙間から僅《わず》かな光が射し込んでいるのだ。

吊り橋の遥か下には、先程まで聖所の前にあった筈の、火の入った祭壇と洗盤が小さく見えていた。

今にも聖所の屋根に触れそうなほど近い天井には、聖所を囲む柱が突き刺さっている。

「一体、何がどうなっているんだ……」

一同は呆然《ぼうぜん》と辺りを見回した。

「要するに、エレベーターです」

平賀は明るく答えた。

「は、何だって？」

マヌエルが顔を顰《しか》める。

「思い出して下さい。聖所の建物は天井まで達する十数本の高い柱で囲まれていたでしょう？　あれがエレベーターのガイドレールの役割を果たしていたんです。

　恐らく今見えている天井の岩盤の上部には滑車があり、聖所の奥の岩壁の向こうには聖所と同じぐらいの重さの重りがあって、重りが落ちると聖所が上がる仕組みになっているのでしょう。建物を吊り上げたロープは上手《うま》く柱の中に隠されているようです」

「聖所そのものがエレベーターの箱だったという訳か……」

　マヌエルはまだ信じられないといった顔で、愕然《がくぜん》と呟《つぶや》いた。

「はい。それを操る動力は、口から炎を吐く精霊と口から煙を吐く精霊の二人組です」

　平賀は確信的に言うと、言葉を継いだ。

「恐らく外は地上です。行ってみましょう」

　マヌエルが止める間もなく、平賀は吊り橋を渡り始めた。

　その背中にアシェナフィ司祭が続き、残る一同も恐る恐るといった足取りで吊り橋を進んで行った。

　吊り橋の先には洞窟《どうくつ》めいたトンネルが続き、突き当たりに光の漏れる岩がある。

　平賀はその隙間に指を入れて引いたり、押したりしたが、反応がない。

「ここが扉だと思うのですが……まるで錆《さ》び付いたみたいに動きません」

　汗を拭《ぬぐ》う平賀の前に、ベンが進み出た。

「平賀神父、交代して下さい。力なら私の方があります」

ベンはそう言うと、力任せに岩を押し始めた。

「……も、もう少しで動きそうです」

真っ赤になって踏ん張るベンの隣で、平賀とロベルトも岩を押し始める。

マヌエルとベハイル、アシェナフィとテスファイエ司祭、ケベデもそれを手伝った。

じりじりと岩の扉は動き、遂には岩塊ごと音を立てて外側へと倒れた。

そしてその先には、一同を更に驚愕《きょうがく》させる光景が広がっていたのである。

6

目の前には薄紫色の星空が茫洋《ぼうよう》と広がり、東の地平線から黄金色の太陽光が射し込んで、ゴツゴツとした岩と乾いた砂を赤く輝かせていた。

その荒涼とした風景の一角に忽然《こつぜん》と、水の柱が噴水のように湧き出している。

湧き出した水は岩の窪《くぼ》みに溜《た》まり、大きな池を作っていた。

その池の周囲には、丸くて白い小さな物体が点々と散らばっている。

一陣の風が吹きつけ、白い物体が粉雪の如く宙に舞った。

それはまるで夢の中のような不可思議な光景であった。

アシェナフィは蹌踉《よろ》めく足取りで池に近付き、足元の白い物体を拾い上げて、高く陽に翳《かざ》した。

「マナだ……。これは神が天から降らせたパンだ……」

アシェナフィは震える声で断言した。

「マナだと!?」

テスファイエ司祭は一言叫ぶと、放心状態で地面に膝《ひざ》をついた。

ケベデはひたすら子供のように泣きじゃくっている。

ベンとハサンも言葉を無くし、ただ呆然と並んで立ち尽くしていた。

平賀は足元の不思議な物体を虫眼鏡で観察すると、ロベルト達を振り返った。

「これは食べ物です」

平賀の言葉に、ロベルトは思わず息を呑《の》んだ。

「本当か？　これが本物のマナ……これがマナの奇跡だというのか……」

マヌエルは震える声で繰り返した。

「兄さん、マナを食べて下さい。貴方《あなた》はずっと断食していたでしょう？」

ベハイルはマナを持ってアシェナフィの許《もと》に駆け寄った。

その様子を見た平賀は、リュックの中から携帯用ガスバーナーとマグを取り出した。

「煮て食べる方が安全です」

平賀はそう言うと、湧き水をマグに汲《く》み、バーナーで沸かし始めた。

ベハイルがその中にマナを投じる。

マナは水の中でゆっくりと煮込まれていった。

「アシェナフィ司祭、どうぞお食べください。これは神が貴方の祈りに答えられた証《あかし》なのですから」

平賀の言葉は分からずとも、意味は分かったのだろう。アシェナフィは頷《うなず》き、マナを口にした。

「甘い……」

アシェナフィは噛《か》み締めるように呟いた。

ロベルトも一切れ、マナを頂いた。

それはふわふわとしたマシュマロのような食感で、クリーミーな味に僅かな甘みと微《かす》かな芳香が感じられた。

「実に不思議な食べ物だ。平賀、これは一体、何なんだ？」

ロベルトはドイツ語で小さく訊《たず》ねた。

「恐らくファガと呼ばれる、砂漠に生えるキノコではないでしょうか」

「成る程……。マナについてはこれまで様々に論じられてきた。

四十年間も人々の腹を満たし続けたことから、自然のものではないと言われたり、或《ある》いはシナイ半島に生えるギョリュウという落葉高木の樹液を固めたものだという説、カイガラムシなどの排泄物《はいせつぶつ》である甘露を乾燥させたものだという説だったり、あとは確かにキノコ説を唱える学者もいた」

「はい。キノコなら、聖書の記述にも矛盾はないと考えます。

モーセがマナを採り尽くさないようにと皆に指導したのも、少しの胞子を残しておくことで、そこから又、次のキノコを発生させる為だったのでしょう。

それに、聖書にはこんな記述があります。

『雲が幕屋を離れて昇ると、イスラエルの人々は出発した。旅路にあるときはいつもそうした。雲が離れて昇らないときは、離れて昇る日まで、彼らは出発しなかった。旅路にあるときはいつも、昼は主の雲が幕屋の上にあり、夜は雲の中に火が現われて、イスラエルの家のすべての人に見えたからである』と」

「ああ。それがどうしたんだい？」

「キノコは雷が落ちた後の地によく繁殖すると言われるでしょう？」

「そうだね。それはギリシャ時代から知られている経験則だ。プルタルコスというギリシャ哲学者が書いた『食卓歓談集』にもそう記されている」

「キノコは落雷の電流、稲光、地面に落ちる時の轟音《ごうおん》といった衝撃を受けると、防衛本能や子孫を残そうという本能のスイッチが入り、増殖すると考えられています。

実際、キノコのほだ木に高電圧パルスを与えることで最大の二倍程度の収穫量を得られるという実験結果から、栽培の現場でもパルス高電圧発生装置が用いられていたりします。

モーセ達は常に『幕屋の上に主の雲が』あるように、『雲の中に火が』あるように道をとりましたが、それは彼らが雷雲を追いかけながら砂漠を移動していたという意味ではないでしょうか。

雷雲は水をもたらしますし、雷はキノコを増殖させるからです」

「成る程ね……。幕屋の上を雲が覆っているという場面は、神秘的だと思って読んでいたけれど、科学的だったんだ」

「ええ。ただしロベルト、私には一つ疑問があります。それはモーセの時代に誰一人、マナがキノコだと気付かなかったのかという疑問です」

平賀は小首を傾げた。

「まあ、そうだね。キノコを食するという歴史はとても長い。ユダヤ人を捕囚していた古代エジプト人も好んでキノコを食べていた。ご馳走《ちそう》にも毒にもなるキノコに、人々は特別な敬意を払っていたといわれる。

古代ローマでは大プリニウスが食用キノコと毒キノコの見分け方に関する詳細な記述を残しているぐらいだし、中世ヨーロッパでは花も実もないのに発生するキノコを『雷から生まれる』として、生命の神秘を探る錬金術の研究対象にもなっていた。

モーセも雷雲をわざわざ追っていたぐらいだから、恐らくマナがキノコだと知っていたんじゃないかな。だけど、それを言えない理由が彼にはあったんだ」

「どんな理由ですか?」

「かつてユダヤ人の間では、キノコは衛生的でも安全でもないという理由から、カシェルとみなされなかったと聞いたことがある。ユダヤ教には食物の厳しい清浄規定があって、カシュルート以外は口にしてはならない」

ロベルトの言葉に、平賀は目を丸くした。

「ええと……つまりモーセは、戒律的には食してはいけないキノコをユダヤの民に食べさせる為に、『天から降ってきたパン』だと嘘を吐いたと言うんですか？」

「嘘というより、方便だね」

ロベルトは肩を竦《すく》めた。

「方便……ですか……」

平賀は腕組みをし、真顔で唸《うな》った。

「ところで平賀、ここにマナが生えたことと、ケルビムの奇跡は関係しているんだろうか。ケルビムの炎や、シェバの村人達が聞いた轟音が、マナの発生要因になったという可能性は考えられないかな」

「ああ、そう言えばこの場所、シェバの村から見えた岩山にあたるのかも知れません」

平賀は崖《がけ》の端まで走っていき、眼下を見下ろした。

するとシェバの村にあった石の塔や、村の様子が見渡せた。

「位置関係から見て、ケルビムの奇跡が起こったのは、丁度この上空付近です。

無論、ここにマナが発生したのはこの場所に菌糸があったことと、湧水が大地を潤した為ではありますが、ケルビムの奇跡が落雷に似た衝撃を与えたというきっかけも充分に考えられます」

「水といえば、あの不思議な湧水は、やはり『精霊』の仕業なんだろう？」

ロベルトの問いかけに、平賀は微笑んで頷いた。

「はい。アシェナフィ司祭が起動したバグダッド電池が、井戸汲み用のポンプに使われているのだと思います。その水源は、私達が船で渡った地下水脈でしょう。この井戸をこれからうまく使っていけば、この地に住む人達の希望になりそうですね」

「ああ。水不足に苦しんでいたゴレン村の人達も喜ぶだろう」

ロベルトは微笑み、言葉を続けた。

「ソロモン神殿の南東には、厚さが一トファ、容量は二千バトという鋳物で作られた『海』があったと記されているが、恐らくこれと同じ仕掛けだったんじゃないだろうか。鋳物で作られた海だなんていう奇妙な言い回しを、僕はかねがね不思議に思っていた。聖書の記述を読む限りではただの巨大な水瓶《みずがめ》を示しているように思えるんだが、何故、それをわざわざ『海』と表現するのかとね。

だけどこんな風に尽きない水が湧き出し、水面が動いていたのだとすれば、海と表現してもおかしくない。神殿にあった鋳物の海の正体は、恐らくこんな井戸だったんだ」

「それはとても興味深い話です」

目を細めて湧水を見詰める平賀に、ロベルトは胸にあった疑問を投げかけた。

「ところで平賀。さっき君は、聖所を持ち上げたエレベーターの動力が『口から炎を吐く精霊と口から煙を吐く精霊の二人組』と言ったけど、あの意味は何だったんだ？」

「バグダッド電池の使い方として、爆発的な動力を生み出すにはどうすればいいかと考えたんです」

「それは何だい？」

「蒸気ですよ。タボットの中にはコイルを巻き付けた鉄の棒があったでしょう？　電熱線を水中で熱すれば水が沸騰し、蒸気が生まれます。蒸気機関の持つエネルギーは莫大《ばくだい》です」

「成る程……。もう一つ疑問がある。君はタボットに触れる時、大丈夫かと訊ねられ、『タボットを暫《しばら》く動かしていないとすれば、恐らく大丈夫』と答えたが、その意味は？」

「一つ目のタボットの中には、ヴェルデライトの石板が入っていましたよね。ヴェルデライトは、美しい緑色をしたリシア電気石なんです」

「リシア電気石とは？」

ロベルトは眉《まゆ》を顰《ひそ》めた。

「ケイ酸塩鉱物の中には、電気石と呼ばれるものがあります。結晶を熱したり、圧力を加えたりすると電気を帯びる性質を持つもので、トルマリンという呼び名が有名です。

あの時、タボットの中に何らかの仕掛けがあるとしたら、放電か放熱だろうと私は考えました。タボットが放熱している様子はなかったので、起こり得るのは感電でした。

ならば、ヴェルデライトがタボットを揺り動かした際の振動によって放電するか、バグダッド電池を使った放電の仕掛けがあるか……。そこは分かりませんでしたが、いずれにせよせいぜい数十ボルトから百ボルト程度だろうと推測し、絶縁体であるビニールの手袋をはめてタボットに触れたのです」

「そうだったのか……。今更だけど、あの時は驚いたよ」

安堵《あんど》の息を吐いたロベルトの腕を、平賀は摑《つか》んで揺さぶった。

「見て下さい、ロベルト！」

平賀が指さす先には、昇り始めた太陽が水の柱を照らして生んだ虹《にじ》の姿があった。

その虹の彼方《かなた》から、駱駝《らくだ》の隊列が歩いてくる。

先頭の駱駝に乗っているのはシェバの女王グディトだ。グディトは王冠も胸飾りも着けておらず、シンプルなアベシャリブスを纏《まと》っていたが、それが却《かえ》って彼女の美しさを引き立てていた。

グディトが二人の前に駱駝を止めると、その後ろからタダイ神父が顔を覗《のぞ》かせて、駱駝から降り立った。

「ご無事でしたか……。心配したんですよ。どうしても心配で、シェバの村を訪ねたところ、『栄光の門』の番人が倒れているのが発見されて、村は騒然となっていたんです。

そしてアラマイヨ輔祭という方が、神殿へ向かう道の途中で戻って来られ、中には恐ろしい仕掛けがあると言ったので、もうどうなることかと思っていました」

タダイは二人の無事を確認すると、胸を撫《な》で下ろした。

「何故、この場所が分かったんです？」

ロベルトはグディトに訊《たず》ねた。

「私達の村から見えるこの岩山を、先祖達がシナイ山と呼んでいたからです。もしかするとこの何処かにソロモン神殿があるのではと、探した者もこれまでにいました。誰もそれを見つけることは出来ませんでしたが、きっと貴方《あなた》がたはここだと思ったのです。そうして駱駝をこちらへ差し向けたところ、空に虹が出、私達を導いてくれました」

「ソロモン神殿はあの岩の奥にあります。立ち寄って行かれませんか？」

「ええ、そうさせて頂きましょう。先祖達に別れを告げる為にも」

「グディト女王、神殿の至聖所にはタボットが二つあります。それは本来、貴方がたの物だ。所有の権利を主張なさいますか？」

ロベルトの問いに、グディトは艶《あで》やかに微笑んだ。

「いいえ、私達はただの番人です。先祖達がこの国に捧《ささ》げたタボットは、これからもこの国の物として下さい」

グディトは駱駝を座らせ、その背から下りると、村人達に声をかけた。

グディトが神殿へ向かって歩き出す。すると村人達は一列になって彼女に続いた。湧き水と池の周りではしゃいでいた子供達も、慌ててその列に加わった。

一行が神殿へ入って行くのを見送ったロベルトは、平賀とマヌエルと共にアシェナフィ司祭の側に行き、跪《ひざまず》いた。

「司祭、タボットを持ち去った貴方の身が危険だとマヌエル氏から聞き、僕達はここまでやって来ました。貴方が宗教亡命をお望みなら、僕達は出来る限り力になります」

ロベルトの言葉を、アシェナフィの側にいたベハイルが英語に訳し、平賀とマヌエルに伝える。

アシェナフィは、静かに首を横に振った。

「私がタボットとその守人である自分の運命に疑問を感じ、迷いの中にあった事は確かです。そんな私に、神は奇跡を示されました。私の祈りに答えてこの地に下りられ、水とマナの恵みを下さいました。それ以上に望むことなど、何があるでしょうか。

私はエチオピア正教会の司祭であることを誇りに思います。宗教裁判にかけられ、どのような罪に問われようと、私はこれから先もタボットを信じ、神を信じ続けます」

「もし、その罪で命を奪われることがあってもですか？」

「構いません。この目で神の御業を見ることができたのですから」

アシェナフィの覚悟は固い様子であった。

ロベルトは深く頷《うなず》くと、その近くにいたテスファイエ司祭を振り返った。

「テスファイエ司祭、アシェナフィ司祭の裁判はどのように行われますか？」

するとテスファイエは長い溜息《ためいき》を吐いた。

「このような奇跡を目の当たりにした今、誰にアシェナフィを裁けるというのだろうか。アシェナフィの心に曇りがあったなら、このような奇跡は起こっていまい。

私は思う、彼こそがタボットの守人にふさわしいと。正教会のきまりとして、宗教裁判は開かれるかも知れないが、私が全力でアシェナフィを擁護すると誓おう」

「そのお言葉を聞いて安心しました。バチカンからは後日、正式にタボットの鑑定要請をお送りすることになるでしょう。その対応は皆さんでご協議下さい」

「ああ、そうしよう」

テスファイエは憑きものが落ちたような、爽《さわ》やかな顔で頷いた。

ロベルトは次にハサンとケベデの所へ行った。

「この山を下ったら、僕は君達の事を警察に報告する。その前に、どうか自首して欲しい」

ロベルトの言葉に、ハサンとケベデは各々頷いた。

「タボットは正教会に戻されることになるだろう。君はタボットを破壊したいか？」

ロベルトはハサンに問いかけた。

ハサンは暫く考えた後、静かに首を横に振った。

最後にロベルトはベンの許へ足を向けた。

ベンは軽い会釈をロベルトに送った。

「ロベルト神父、君の正体が私には分かった。君と平賀神父はバチカンの奇跡調査官だろう？　噂で聞く以上に君らは優秀だった」

「いいえ、とんでもありません。僕らはただ必死だっただけですよ。貴方こそ勇敢で冷静な探偵でした。僕個人として、貴社に幸多かれと祈らせて頂きます」

ロベルトの言葉に、ベンは苦笑混じりに頷いた。

「それは有り難い。ところでバチカンはあのタボットを正式に鑑定するのか？」

「この状況ですと、タボットの所有権は元通り、エチオピア正教会に属することになるでしょう。正教会から鑑定依頼があれば、喜んでそうします」

ロベルトがそう答えた時だ。

神殿の方からシェバの末裔《まつえい》達が姿を現わした。

女王グディトは遠くからロベルトに一礼すると、駱駝の背に颯爽《さっそう》と跨《また》がった。村人達もそれぞれの駱駝に跨がる。

そうして駱駝の群れが横一列に美しく整列したと思った時だ。

グディトが勇ましい掛け声と共に、駱駝に鞭《むち》を入れた。村人達もそれに続く。

すると次の瞬間、駱駝達は八方へと散り散りに走り出した。

それは長い長い因縁の糸がほどけていく姿そのもののようであった。

ロベルトが名残惜しいような気持ちで、小さくなっていく駱駝達の姿を見詰めていると、平賀が側に歩いてきた。

「行ってしまいましたね」

「ああ、そうだね」

「とても不思議な人達でした。彼らには色々と聞いてみたいことがあったの……」

平賀は残念そうに言いかけて、突然、言葉を切った。

「どうかしたのかい？」

「あそこに何か、機械のようなものが落ちていませんか？」

平賀は五十メートルばかり先の地面を指さした。

確かにそこには半ば砂に埋もれた小さな物体が、キラリと太陽光を反射して、銀色に光っている。

「あれもシェバ達が作った仕掛けでしょうか？」

「確かめてみよう」

二人はその物体に駆け寄った。

被《かぶ》った砂を払いのけてみると、それは一機のドローンであった。

機体には大きな文字で「平賀へ、Ｌより」と書かれている。

「これは……」

平賀はドローンに取り付けられていた小箱を開いた。

そこには一枚の手紙と、衛星写真が入っていた。

エピローグ　箱の中の真実

『平賀へ
君達が追っていると思わしき奇跡の正体を偶然見つけたので報告する。

九月十三日午前二時十三分、エジプトからエチオピアに向けて、軍事威嚇を目的とした弾道ミサイルが放たれた。だがミサイルの片側に破損が生じ、ロケット燃料を噴き出しながら回転し、エチオピア東部の砂漠地帯に墜落したという事実がある。

軍事威嚇の理由はグランド・ルネッサンス・ダム問題にあるようだが、エジプト政府は作戦の失敗を隠蔽《いんぺい》する為、ミサイル発射の事実ごと公表しない方針を決めた。

でも君ならきっと事実を知りたがると思ったから、ミサイルの墜落座標に向けてドローンを送る。君がこれを手に取ってくれれば、私の苦労が報われるのだがね。

ローレン』

平賀はその短い、プリントされた文字を何度も読み返し、涙ぐんだ。

「無事なんですね、ローレン……」

ロベルトは添えられていた衛星写真を手にした。そこにはミサイルが基地から発射される瞬間の様子が写っている。

「そういう事だったのか」

ロベルトは溜息を吐いた。

グランド・ルネッサンス・ダム問題とは、エチオピア政府がナイル川上流に建設中の巨大ダムに対し、エジプト政府が「ナイル川の割当水量は、国家の安全保障にかかわる問題だ」として建設反対を表明しているという、国家間問題だ。

エチオピア政府はこのダムの建設によるエジプトへの悪影響はないと主張し、自国でのエネルギー自給の達成と電力輸出による経済発展を企図している。

一方、エジプト政府の水資源・灌漑《かんがい》省は、このダム建設によってエジプトはナイル川の水資源の二割から三割を失うと共に、自国のナセル湖の貯水量が減少する為、アスワンハイダムによる発電量の三分の一を失うことになると主張している。

「エチオピアが工事を中止しなければ、軍隊を派遣する」と強硬姿勢をみせる軍部の過激派も存在すると聞く。

「ダム問題がこれほど深刻化しているとは、僕は知らなかった。けど、確かに砂漠の試練を体験した今なら、水問題がどれほど大きいか、分かる気がするね」

ロベルトの言葉に、平賀も「ええ」と頷いた。

「これでケルビムの正体も判明した訳だ」

「はい。ケルビムの正体とは、ミサイルの片側から燃料が噴出したことによって、その推進力で回転し、噴射した燃料に火が点《つ》いて渦を描いているように見えたものなんです。ロケット燃料ですから、回転の速度も早かったわけです。

それが忽然《こつぜん》と消えたように見えたのは、ミサイルが燃料を放出し尽くしたせいだったんです」

「つまり今回の出来事は奇跡ではなかった。厳密にはそうなる。けど……彼らのあんな姿を見ていたら、まさに奇跡のようだと言いたくなるよ」

ロベルトは岩山に出現した『海』と、その傍らでマナを分かち合っているタダイ神父と正教会の司祭達、ムスリム教徒、ユダヤ教徒らの姿を眩《まぶ》しそうに見詰めた。

「ええ、そうですね。今回の出来事に科学的証明はつきましたが、私はシェバの末裔達がシナイ山と呼んだまさにこの場所にミサイルが墜落し、その閃光《せんこう》と轟音《ごうおん》がマナの発現を促した事こそが奇跡のように思われます。

それにエジプトの撃ったミサイルが破損したことも、偶然などではなく、争いを止めろという神のご意志ではなかったでしょうか」

平賀はそう言うと、涼しげに微笑んだ。

＊　＊　＊

「それで結局、タボットはアクスムのシオンの礼拝堂へ戻ったという訳か」

エフライムは部下の話を聞き終わると、深い溜息《ためいき》を吐いた。

「はい。アシェナフィ司祭は形式的な宗教裁判にかけられたものの、罪は不問とされ、引き続きタボットの番人を務めることになったそうです。

地下神殿に関しましては、今後アディスアベバ大学の考古学チームと歴史委員会が主体となって研究することとなり、一般公開されるかどうかは未定とのことです」

硬い表情で答えたのはベンである。

二人は黒い帽子に黒服を着、神殿研究所の四角い小部屋で向かい合っていた。

「何にせよ、君がタボットの写真を入手したのは幸いだ。当初の予定とは随分違う方法によってではあったがね」

エフライムはそう言うと、テーブルに並んだ写真を見詰めた。

タボットの外観から内部の様子まで、詳細に撮《うつ》したものが三十枚ばかりある。

「はい。平賀神父によれば、石板はヴェルデライト、壺《つぼ》はバグダッド電池、杖《つえ》は鉄製とのことです。今後、バチカンがタボットを鑑定すれば更なる詳細が判明するでしょう」

部下の言葉に、エフライムは表情を緩めた。

「平賀神父か。彼はタボットを鑑定できるだろうかね？」

「分かりません。現在のところ、エチオピア正教会がバチカンに鑑定依頼を出した様子はありません」

「ふむ。我が諜報部《ちようほう》としては、これらの写真を分析しながら、暫《しば》し待つとしよう」

エフライムは微笑むと、部下に「下がっていいぞ」とジェスチャーをした。

ベンが一礼をして部屋を去る。

四角い部屋に残ったのは、エフライムともう一人の男性であった。

「写真の分析など無駄な手間です。現物を奪ってしまえば宜《よろ》しかったのに」

ミッドナイトブルーの燕尾服《えんびふく》を着、シルクハットを深く被っていたその人物は、退屈そうにそう言うと、ハットを脱いだ。

衣擦《きぬず》れのような音を立て、長いプラチナブロンドがその肩や背に落ちる。

エメラルドの瞳《ひとみ》を持つ天使の如きその姿は、秘密結社ガルドウネのジュリアであった。

「神殿研究所の目的は、ソロモン第三神殿を我らの手で『復興』する事です。その為に必要なのは、ソロモン神殿に纏《まつ》わるあらゆる情報を集めることと考えております。

エチオピアのタボットが、モーセが作らせた本物ならばともかく、そうでないなら現物入手の必要はなし、というのが上層部の判断です」

エフライムは冷静に答えた。

ジュリアは片眉《かたまゆ》を僅《わず》かに吊《つ》り上げた。

「そうなんですか。では、いずれあのタボットは私が頂いても構いませんね？　古代の使えない電池やら鉄の棒などに私個人の興味はありませんが、何しろ古い物に目の無い神秘主義者の方々が、是非コレクションにと所望しておりますので」

ジュリアの言葉に、エフライムは無言で頷《うなず》いた。

「貴方《あなた》がたの弛《たゆ》まぬ努力と情熱とストイックなご姿勢には、私も感心しているのですよ。

第三神殿再建の日に備え、契約の箱を始めとする神具や祭具、聖卓や祭司服、食物を作る為の古いレシピに至るまでの情報収集活動に加え、大祭司となるべきアロン家の子孫達を集めて教育を行っている事なども知っています。

そうそう、先日は別件でバチカンに乗り込んだ際、『神殿』に纏わる機密書籍を調べ回したそうじゃありませんか。

それに貴方がシオンの聖マリア教会に通い詰めていたマヌエルとかいう学者崩れをそそのかして、タボットの写真を撮らせようとした事も知っていますよ」

ジュリアは楽しげに微笑んだ。

「貴方がたこそ、ネグッセ司祭を脅したり、ケベデ・シフェラウとかいう骨董屋《こっとうや》を動かしたりして、タボットを盗み出させようとするとは、なかなか過激でいらっしゃる」

エフライムは負けじとばかりに言い返した。

「いえいえ、それは単なる偶然です。貴方がたがタボットを盗み出そうとしていると誤解したムスリム過激派が、神殿研にタボットを渡すまいと思う余りに暴走したのです。骨董屋はそう言っていましたよ。

私がした事といえば、『栄光の門』の所在を探る為に警察を動かしたぐらいでしょうか。ツェガエとかいう警部曰《いわ》く、ガイドとその母親に少し温情をかけてやると、すぐに『栄光の門』のある村の場所を教えてくれたそうですよ。

私はその情報を貴方に教えて差し上げた、親切な協力者だと思うのですが？」

ジュリアは小首を傾げた。

エフライムは小さく咳払《せきばら》いをした。

「我々はビジネス・パートナーとして貴方がたを信頼しています。『栄光の門』の情報を下さった事にも感謝しています。お陰《かげ》でいち早く地下神殿の研究チームに仲間を送り込むことができ、今後はあの地下神殿に関する研究も進むことでしょう。

ですが、小さな疑問が残ります。貴方は『栄光の門』の情報を、ケベデにも売りましたね？　『栄光の門』の先にケベデやムスリムが居た事に、部下は大層驚いていました」

「売っただなんて、人聞きの悪い。骨董屋には、もしタボットを入手できたら買い取りたいとは言いましたが、彼から金銭は頂いていませんし……」

ジュリアは無表情に答えると、話を継いだ。

「それより私には、神殿研究所がタボットを狙っていなかった、という事実こそが驚きです。そういう意味では、少しばかり貴方がたを誤解していたようです。

なにしろ貴方がたの一派は、ディアスポラ（離散先）からのユダヤ人の帰還を支援し、軍事上の様々な救出作戦を行って来られた程の行動派でしょう？

イエメンから五万人のユダヤ人をイスラエルへ運んだ『マジック・カーペット作戦』や、エチオピアのティグレ州やゴンダールから、ユダヤ系ファラシャ（異邦人）四千人余りをイスラエルへ空輸した『モーセ作戦』、同じくエチオピア在住のベタ・イスラエルと呼ばれるユダヤ教徒一万四千人を運んだ『ソロモン作戦』などがありましたっけ。

異国で虐げられているユダヤ人をイスラエルに帰還させる事業として、いずれも高い人道的評価を得ているようですが、実際の所はどうなんでしょう？

正直に仰《おっしゃ》って下さい。貴方がたは第三神殿復興の為に、失われたソロモンの知恵を求めていたのでしょう？　そして、イエメン或《ある》いはエチオピアに潜んでいるだろうソロモンの末裔《まつえい》を探し出し、イスラエルに帰還させようと考えていた。ソロモンの末裔が発見されれば、その者こそが約束された救世主《メシア》に成り得るから……。そうですよね？」

ジュリアの問いかけに、エフライムは黙り込んで答えなかった。

ジュリアはフン、と鼻を鳴らした。

「答えたくないなら結構です。退屈ですので、そろそろビジネスの話に戻りましょうか。貴方がたの銀行がバチカン銀行を支援するという話は、上手《うま》くいっていますか？」

「はい。ゴールドマン・サックスが低金利で金を融資するという申し出に対し、バチカン銀行総裁の枢機卿《すうききよう》や国務長官の反応は上々のようだと、担当者から聞いています」

エフライムは畏《かしこ》まって答えた。

「それは良かった」

ジュリアはパチパチと手を叩《たた》いた。

「ええ。近年のスキャンダルやマネーロンダリング問題で、バチカン銀行は青息吐息です。我々はバチカンに投資的価値があると考えています」

エフライムも微笑んだ。

「出資金なら幾らでもご用意しますから、どんどんアプローチして下さいね」

「ええ。彼らがこの融資を受け入れれば、事実上、こちらの銀行の出向員がバチカン銀行を動かすことになるでしょう」

「楽しみですね。精々大金を貸し付けて、バチカンの首が回らなくなるようにして欲しいものです。そうなれば、あの国が我々の手に落ちるのも時間の問題です」

ジュリアは輝く髪をかきあげ、悪魔のような笑みを浮かべたのだった。

参考文献

『旧約聖書外典・下』関根正雄編　講談社文芸文庫
『エチオピアのキリスト教　思索の旅』川又一英　山川出版社
『シェバの女王　伝説の変容と歴史との交錯』蔀勇造　山川出版社
『せめぎあう宗教と国家　エチオピア　神々の相克と共生』石原美奈子編　風響社
『季刊旅行人　はるかなる神の国へ　エチオピア』二〇〇七年冬号　旅行人
『世界のどこでも生き残る完全サバイバル術』マイケル・S・スウィーニー
ナショナル　ジオグラフィック
『ETHIOPIA「神よ、エチオピアよ」』野町和嘉　集英社
『エチオピア駐在見聞録』尾幡佳徳　セルバ出版
『エチオピアを知るための50章』岡倉登志編著　明石書店

本書は文庫書き下ろしです。

バチカン奇跡調査官《きせきちようさかん》　ソロモンの末裔《まつえい》
藤木《ふじき》　稟《りん》

角川ホラー文庫　　H ふ4-13　　19625

平成28年2月25日　初版発行

発行者———郡司 聡
発　行———株式会社KADOKAWA
〒102-8177　東京都千代田区富士見2-13-3
電話 0570-002-301(カスタマーサポート・ナビダイヤル)
受付時間 9:00〜17:00(土日 祝日 年末年始を除く)
http://www.kadokawa.co.jp/
印刷所———旭印刷　製本所———本間製本
装幀者———田島照久

落丁・乱丁本は、送料小社負担にて、お取り替えいたします。KADOKAWA読者係までご連絡ください。(古書店で購入したものについては、お取り替えできません)
電話 049-259-1100(9:00〜17:00/土日、祝日、年末年始を除く)
〒354-0041　埼玉県入間郡三芳町藤久保550-1

ISBN978-4-04-102939-8 C0193

角川文庫発刊に際して

角川源義

第二次世界大戦の敗北は、軍事力の敗北であった以上に、私たちの若い文化力の敗退であった。私たちの文化が戦争に対して如何に無力であり、単なるあだ花に過ぎなかったかを、私たちは身を以て体験し痛感した。西洋近代文化の摂取にとって、明治以後八十年の歳月は決して短かすぎたとは言えない。にもかかわらず、近代文化の伝統を確立し、自由な批判と柔軟な良識に富む文化層として自らを形成することに私たちは失敗して来た。そしてこれは、各層への文化の普及滲透を任務とする出版人の責任でもあった。

一九四五年以来、私たちは再び振出しに戻り、第一歩から踏み出すことを余儀なくされた。これは大きな不幸ではあるが、反面、これまでの混沌・未熟・歪曲の中にあった我が国の文化に秩序と確たる基礎を齎らすためには絶好の機会でもある。角川書店は、このような祖国の文化的危機にあたり、微力をも顧みず再建の礎石たるべき抱負と決意とをもって出発したが、ここに創立以来の念願を果すべく角川文庫を発刊する。これまで刊行されたあらゆる全集叢書文庫類の長所と短所とを検討し、古今東西の不朽の典籍を、良心的編集のもとに、廉価に、そして書架にふさわしい美本として、多くのひとびとに提供しようとする。しかし私たちは徒らに百科全書的な知識のジレッタントを作ることを目的とせず、あくまで祖国の文化に秩序と再建への道を示し、この文庫を角川書店の栄ある事業として、今後永久に継続発展せしめ、学芸と教養との殿堂として大成せんことを期したい。多くの読書子の愛情ある忠言と支持とによって、この希望と抱負とを完遂せしめられんことを願う。

一九四九年五月三日

ISBN 978-4-04-100348-0

ハーメルンに哭《な》く笛

探偵・朱雀十五の事件簿2

藤木 稟

謎の笛吹き男による大量誘拐殺人!?

昭和10年9月。上野下町から児童30名が忽然と姿を消し、翌々日遺体となって発見された。そして警視庁宛に「自壊のオベリスク」と書かれた怪文書が送りつけられる。差出人はTとあるのみ。魔都を跳梁するハーメルンの笛吹き男の犯行なのか。さらに笛吹き男の目撃者も、死体で発見され……⁉　新聞記者の柏木は、吉原の法律顧問を務める美貌の天才・朱雀十五と共に、再び奇怪な謎に巻き込まれていく。朱雀十五シリーズ、第2弾。

角川ホラー文庫

ISBN 978-4-04-100577-4

ISBN 978-4-04-449802-3

バチカン奇跡調査官

サタンの裁き

藤木 稟

天才神父コンビが新たな謎に挑む！

美貌の科学者・平賀と、古文書と暗号解読のエキスパート・ロベルトは、バチカンの『奇跡調査官』。２人が今回挑むのは、１年半前に死んだ預言者の、腐敗しない死体の謎。早速アフリカのソフマ共和国に赴いた２人は、現地の呪術的な儀式で女が殺された現場に遭遇する。不穏な空気の中、さらに亡き預言者が、ロベルトの来訪とその死を預言していたことも分かり!?　「私が貴方を死なせなどしません」天才神父コンビの事件簿、第２弾！

角川ホラー文庫

ISBN 978-4-04-449803-0